KB074550

고독한
사람들의 도시

고독한 사람들의 도시

1쇄 발행 2022년 1월 11일

글·사진 고희은

펴낸이 김제구
펴낸곳 호메로스
편집디자인 DESIGN MARE
인쇄·제본 한영문화사

출판등록 제2002-000447호
주소 04029 서울시 마포구 잔다리로 77 대창빌딩 402호
전화 02-332-4037   팩스 02-332-4031
이메일 ries0730@naver.com

값은 뒤표지에 있습니다.
ISBN 979-11-90741-23-1(03810)

호메로스는 리즈앤북의 브랜드입니다.

고독한
사람들의 도시

고희은 지음

책, 그림, 영화, 그리고 유럽

prologue

이런 책을 쓰게 될 줄은 꿈에도 몰랐다. 나 같은 사람이 장거리 여행을 다니게 된 것만도 기적 같은 일이었으니까. 대학 시절 가장 친했던 친구가 다른 친구와 배낭여행을 다녀왔을 때, 왜 내겐 말 한마디 없었는지 물었더니 이런 대답이 돌아왔다. "니가 어디 낯선 데 돌아다닐 위인이냐?"

생각해 보면, 나는 낯선 곳을 두려워하는 사람이었다기보다 삶 속의 변수를 두려워하는 사람이었던 것 같다. 세상의 위험과 혼란을 피해, 익숙한 나만의 공간 속에서 침잠하며 살아가는 것. 그런 나에게 왜 이런 일이 일어났는지를 나도 정확히 설명할 수 없다. 어느 날 문득 배낭을 메고 길 위에 섰고, 타이완에서 시작해 점점 더 먼 곳으로 떠나게 되었다.

프라하에서 환전상에게 사기를 당하고, 런던에선 딱딱한 바게트를 씹다 잇몸이 찢어졌으며, 비행기를 놓쳐 룩셈부르크에 낙오하고, 베네치아에서 하룻밤을 자고 일어났더니 도시가 바닷물에 잠겨 있었다. 세 번째 파리를 찾았을 땐 샹젤리제 거리를 걷다 총격전이 벌어지는 것을 목격하기도 했다. 순식간에 차단된 도로 한복판에서 개선문을 바라보며, 지나온 모든 순간이 꿈은 아니었을까 생각했다.

유난히 마음 괴로웠던 어느 가을, 파리 몽파르나스 묘지에서 좋아하는 작가들의 묘비를 닦으며 보낸 오후. 날이 저물고 루브르 광장에서 거리 악사가 연주하는 클래식기타곡 〈대성당〉을 듣던 순간. 가슴을 울리는 3악장 알레그로의 선율에 이르러 나는 비로소 알게 되었다. 이 모든 위험과 혼란과 아름다움 속에 살아 있다는 사실, 그것이 내가 기댈 유일한 진실임을.

　책으로, 그림으로, 일생 벗했던 이들의 발자취를 따라 조용히 걷는 것이 여행지에서 나의 주된 일이었다. 하지만 세상 곳곳에서 마주친 사람들과 따스한 정을 나눈 순간 순간이 별처럼 가슴에 남았다. 웃음이 많아졌고, 미움이 부질없어졌다. 나에게 일어난 작은 기적이 모두에게 어떤 모습으로든 찾아왔으면 좋겠다.

　긴 세월, 더없이 좋은 스승이자 친구가 되어주신 이충직 교수님께 깊은 우정과 존경을 전하며.
　사랑하는 어머니와 오빠에게, 온 마음을 담아.

고 희 은

contents

책, 그림, 영화
그리고 유럽

Barcelona

카탈루냐의 새들은
'피스, 피스' 하고 운다

바르셀로나의 중심가인 람블라스 거리*La Ramblas* 끝. 콜럼버스 기념탑 뒤로 요트들이 정박해 있는 바닷가 선착장에 누워 있었다. 근처에서 도시락을 먹고 있는 가족들, 삼삼오오 모여 얘기 나누는 젊은이들. 그 가운데 팔베개를 하고 누워 스페인 시인의 시를 외고 있던 시간. 푸른 하늘 가장자리로 바람이 서서히 돛을 세우는 중이었다.

길을 밟는다.
부질없이 바라본다는 것이
결코 깨달음의 눈을 뜨게 하지는 못한다는 것을 안다.
오직 상처만이 여명을 알게 하리라.

― 호르헤 우루띠아, 「외부」에서

'부질없이 바라본다는 것'. 깨달음의 눈을 뜨게 하지는 못할지라도, 아무 목적 없이 쓸모없이 무언가를 바라보는 행위가 어쩌면 그 자체로 여행이다. 그리고 그 여행의 끝에, 그러니까 그 모든 기쁨과 뜻하지 않은 불행과 부질없는 행위들의 끝에, 버림으로써 되살아난 일상이 있다. 사소한 것. 부질없는 것. 그러나 안개처럼 소리 없이 세상을 채우는 것. 온통 쓸모 있는 사람들 사이에서 외롭고 힘들었던 영혼, 낯선 길을 밟고 그저 부질없이 바라보는 것으로도 많은 걸 얻게 되리니. 여명까진 아니어도 어떤가. 흐르는 자는 어둠 속에서도 길을 잃지 않는다.

어느새 갈매기 떼가 머리 위로 모여들었다. 평화로운 풍경이로구나, 하는 생각도 잠시. 갑자기 떨어져 내리는 갈매기 똥에 처참하게 당하고 말았다. 옆쪽에 누워 있던 젊은 남녀가 마치 액션 배우처럼 기막히게 몸을 굴려 폭격을 피하고는, 일어나 앉은 내 꼴을 보고서야 깔깔대던 웃음을 멈췄다. 그 대단한 반사 신경이라니. 시베리아를 건너 북유럽을 건너 머나먼 스페인까지 날아와, 시를 읊다 말고 갈매기들에게 이런 수모를 당하다니!

대충 옷을 닦고 레알 광장의 이름난 노천카페에 자리를 잡았다. 상그리아 한 잔에 샐러드, 오징어먹물 빠에야를 먹고 일어나기까지 걸린 시간은 두 시간 20분. 거의 한 시간 만에 음식이 나왔고, 그걸 다 먹은 뒤에도 한참을 붙잡혀 있었기 때문이다. 계산서를 가져다 달라는 손짓에 무척 근엄하고도 단호한 얼굴로 '기다려' 포즈를 취하던 웨이터 할아버지. 제발 나를 보내줘요, 애절한 표정을 짓고 있었지만, 그는 사람들 사이를 오가며 순서대로(아주 천천히) 일을 처리한 뒤 30분 만에 계산서가 놓인 접시를 들고 왔다.

"스페인 사람 중에 현대 국가가 요구하는 효율성과 일관성을 가진 사람은 거의 없다"고 조지 오웰*이 말했었지. 스페인의 여러 도시에 머물며 내가 받은 느낌도 대체로 그런 것이었다. 열정적이고 친절하고 느리고, 느리고, 느리고⋯ 그러나 나를 제일 당황하게 만든 순간은 그 다음이었다. 고딕 지구를 산책하다 바르셀로나 기념 티셔츠나 한 장 살까 하고 옷가게에 들어갔을 때, 잡담을 나누며 옷을 골라주던 곱슬머리 청년이 갑자기 이렇게 묻는 것이었다.

"Are you a communist?"

공산주의자냐고? 한국에서 왔다는 말을 어떤 의미로 알아들은 건지. 조지 오웰 광장을 찾고 있다는 말 때문에 그랬을까. 아니면 치열하게 파시스트들과 싸웠던 이 도시에 관한 얘기를 꺼내려고? 어쨌든 이에 대한 대답은 예컨대 어떤 것이어야 할까.

"네, 그렇다고 할 수 있죠." (진지한 질문을 계속하면 어떡하지? 이건 반대의 대답에도 마찬가지다.)

"전 무정부주의자예요." (아, 스페인 내전 때 공산주의자와 무정부주의자들이 반목했었지?)

갈매기 똥이 묻은 옷을 입고, 공산주의와 무정부주의, 혹은 파시즘에 대한 심오한 얘기를 나누고 싶진 않았다. 나의 영어 실력 또한 심오하지 못했고. 실없이 웃으며 "사실 전 채식주의자예요." 이렇게 농담을 건넬까 하다가 그냥 영어가 서툴러 설명하기 힘들다고 대답했다. "No problem!"을 외치며 웃어주던 청년, 반가웠어요.

---

* George Orwell(1903~1950), 영국의 소설가이자 수필가. 소설 『동물농장』과 『1984년』으로 유명하다. 1936년 스페인 내전에 참전, 파시스트들에 대항해 싸웠다. 이때의 경험으로 르포 문학의 걸작 『카탈로니아 찬가』를 펴냈다.

콜럼버스가 이사벨라 여왕을 알현했다는 왕의 광장에선 작은 바자회가 열리고 있었다. 치즈를 시식하고 물건들을 구경한 뒤 찾아간 조지 오웰 광장. 그의 이름이 새겨져 있는 표지판 앞에서 잠시 생각에 잠겼다.

스페인 내전에 관한 신문기사를 쓰러 바르셀로나에 왔다가, 오자마자 의용군에 입대했던 조지 오웰. 사실 오지랖 넓기로야 조지 오웰만한 작가가 또 있을까. 헤밍웨이나 앙드레 말로, 생텍쥐페리도 똑같이 참전하긴 했지만, 파리에서 접시를 닦다가 이번엔 바르셀로나로 날아와 시가전을 벌이면서 얼굴 옆으로 총알이 스쳐 간 경험을 낄낄대며 풀어놓는, 그러다 실지로 목에 관통상을 입고도 살아남은 불가사의한 인물이 조지 오웰 말고 또 있겠는가 말이다. 그러니 여기 광장에 이름까지 남겼겠지만. 그때의 체험이 그의 책 『카탈로니아 찬가』에 실감 나게 그려져 있다.

총알이 목을 뚫고 지나간 뒤, 입에서 피를 뚝뚝 흘리며 죽음을 예감한 순간, 조지 오웰은 이런 생각을 했다고 한다. 우선, 당연하게도, 아내. 다음으로 세상을 떠나야만 한다는 사실에 대한 격렬한 분노. 그러나 자신을 쏜 사람에 대한 분노는 느낄 수 없었다던 그의 말을 나는 너무도 잘 이해할 수 있다. 생의 막다른 골목 끝에 이르러 분노와 허망함으로 가슴이 조여 올 때. 이렇게 되고야 말았구나! 그러나 그것은 세상의 탓이지 내 삶에 총질을 한 병사 한 사람의 탓이 아니다. 그것을 알고 있었기에 그는 더 오래 살아남아야 했다.

조지 오웰은 바르셀로나에 도착했을 때의 경험에 대해 "노동계급이 권력을 잡은 도시에 들어가 본 것은 그때가 처음"이었으며 "사람을 압도하는 느낌"이었다고 했다. 그래서 이 도시를 보자마자 자신이 싸워서 지킬 만한 가치가 있음을 확신했다는 말과 함께.

그렇게 노동자 국가로 보였던 이곳은, 그러나 여러 정치 세력과 강대국들의 이해관계 속에서 평범한 부르주아 공화국으로 바뀌어 갔다. 적어도 조지 오웰의 눈에는 그랬다. 특권층 돼지들이 다시 농장주가 되고, 승리한 동물들이 다시 노예가 되고 만 자신의 소설『동물농장』처럼. 정권을 잡은 파시스트 프랑코는 평화로운 죽음으로 삶을 마감하기까지 40여 년을 절대자로 군림했다.

다시 람블라스 거리. 흑인들이 짝퉁 핸드백을 팔고 야광 장난감을 날리고 있었고, 길가의 한 건물 테라스에선 마릴린 먼로 분장의 남자가 에로틱 박물관 홍보를 하고 있었다. 세계 각국의 사람들로 북적이는 거리를 걸으며, 무정부주

람블라스 거리(La Rambla)

고독한 사람들의 도시

의자와 공산주의자, 평범한 노동자들과 부르주아가 공존했던 1930년대 바르셀로나의 풍경을 상상해 보았다. 소총을 들고 뛰어다니는 조지 오웰의 모습까지. 미안해요, 오웰 씨. 당신을 떠올릴 때마다 영화배우 숀 펜 닮았다는 생각을 하곤 했어요.

카사 바트요*Casa Batlló* 앞 벤치에 앉아 하릴없이 가우디의 작품을 바라보고, 서점에 들러 엄청나게 비싼 책값에 놀라고, 해 저문 카탈루냐 광장에 앉아 딱딱한 바게트를 뜯어 먹었다. 밤의 산책길. 대성당 뒷골목에 이르렀을 때, 저절로 발길을 멈추게 하는 소리가 있었다. 한 여성 소프라노의 길거리 공연. 희미한 달빛 아래 오페라 아리아가 울려 퍼지고, 나는 오래전 어느 우울했던 날, 라디오에서 들려오는 조앤 서덜랜드의 아름다운 자장가를 들었던 그때처럼 평화로운 꿈을 꾸는 기분에 휩싸였다. 운동복 차림의 동네 할아버지가 〈오 솔레미오〉를 목청껏 함께 부르는 모습은 감동적이기까지 했다.

천천히 걸어 도착한 산 하우메 광장. 카탈루냐 주청사 건물은 바리케이드로 막혀 있었다. 독립을 선언했던 자치정부 수반이 쫓겨나고, 시내 곳곳에서 크고 작은 시위가 벌어진 시기였다. 카탈루냐에 관한 생각을 하며 걷는 동안, 파블로 카잘스의 〈새의 노래〉를 처음 들었을 때가 떠올랐다. 1961년 백악관 콘서트 실황 앨범의 마지막 곡. 모노 음질로 지직거리는 그 음반을 접했을 때, 중간 중간 카잘스의 신음이 섞인 〈새의 노래〉를 들으며 처음엔 현장의 소음인가 했고, 조금 더 듣다가는 연주에 심취한 카잘스의 거친 호흡인가 했고, 그러다 결국 알게 되었다. 그가 울음을 참으며 내는 소리였다는 것을.

카잘스의 고향이었던 이곳 카탈루냐 지역. 프랑코 독재정권 이후로 자신들의 언어도 사용을 금지당한 사람들. 평생 가슴에 한을 간직했던 카잘스가 고향의 민요인 〈새의 노래〉를 연주하다 북받치는 울음을 참고 참은 것이었다. 거리 곳곳에 걸린 카탈루냐 깃발을 보며, 그 애잔한 선율과 함께 카잘스의 말이 떠올랐다.

"카탈루냐의 새들은 '피스*Peace*, 피스*Peace*' 하고 운다."

『카탈로니아 찬가』를 읽는 동안 가장 슬펐던 대목은 이것이다. 조지 오웰이 속한 의용군이 파시스트 진영의 병사들과 대치하고 있을 때, 총보다 확성기를 통한 이런 선전이 더 효과적이었음을 말하던 대목.

"너희들은 국제 자본주의의 하수인에 불과하다. 너희들은 지금 너희 자신의 계급에 대항하여 싸우는 것이다."

목숨을 걸고 자신의 계급에 대항하여 싸우는 사람들. 이보다 슬픈 말이 또 있을 것인가. 그런데 그보다 더 슬픈 선전이 바로 다음에 이어졌다.

"우리는 여기서 버터 바른 토스트를 먹고 있다! 그게 얼마나 먹음직스러운지 너희도 알지!"

슬프고도 아름다운 카탈루냐의 밤. 새들이 피스, 피스, 하고 울며 심연 속으로 날아갔다.

한 인간이
무엇을 할 수 있는가?

잊을 수 없다. 영원히 잊을 수 없을 것이다. 그것은 확실하다. 한순간 몰래 훔쳐보고 만 불가침의 영역. 위협적일 만큼 너무도 분명하지만, 어쩌면 무서운 속도로 해체되어버린 간밤의 짧은 꿈같은, 모순에 찬 놀라움. 나는 그 어떤 언어로도 사그라다 파밀리아*Sagrada Familia church*(성가족성당)를 마주한 순간의 경이로움을 설명할 수 없다.

전철역에서 내려 지상으로 올라온 뒤, 무심코 바라본 그곳에 가우디*Antoni Gaudi*의 성당이 서 있었다. 괴물 같은 입을 벌리고, 아니 내 어린 시절 상상했던 기묘하고도 장엄한 세계의 문을 열고. 얼어붙은 발걸음. 상상은 현실이 될 수 있는가? 이 모든 세상의 희비극 속에서도 인간의 꿈과 집념은 끝내 신에 가닿을 수 있는가? 그렇다고 말하겠다. 보라, 사그라다 파밀리아 성당이 존재하고, 가우디가 만들어낸 집에 사람이 살고 있다.

성당 안의 의자에 앉아 천장을 올려다보았다. 바닥에 누워버리고 싶은 마

사그라다 파밀리아(Sagrada Família)

고독한 사람들의 도시

한 인간이 무엇을 할 수 있는가?
인간의 기억과 상상이 가진 힘을
최대치로 끌어올리고,
반짝이는 예지와 명랑한 감각 위에,
신과 자연에 대한 경외심을 더하면
가우디의 건축이 될 것이다.

음을 누른 것이었다. 스테인드글라스를 통해 비치는 형형색색의 햇살, 수직으로 쏟아지는 기둥들 사이에서 바다인 듯 숲속인 듯 부유하는 사람들의 몸과 영혼이 보였다. 이토록 순수하게 세상을 이루고 있는 선線들이라면, 그 선을 따라 흐르고 솟아오르다 그만 거품처럼 터져버려도 좋을 것만 같던, 파밀리아 성당에서의 꿈결 같은 한나절.

가우디의 건축을 직접 마주하기 전, 구도자와도 같은 얼굴과 그 얼굴에 꼭 어울리는 삶으로 그를 기억하고 있었다. 가난한 구리세공업자의 아들로 태어나 75세에 죽기까지, 실연의 경험 한 번 이외에 오직 전 생애를 건축에 바친 사람. 그렇게 고독하고 금욕적인 삶을 살아간 예술가의 모습이 그리울 때가 있었다.

자유와 욕망, 세상 모든 충동과 광기의 표상으로서 예술을 사랑하지만, 그 소란스러운 열정 반대편에서 예술을 이야기하며 고요히 차 한잔하고 싶을 때, 성스러우면서도 미성숙한 소년의 눈빛을 간직하고 있는 흰 수염의 예술가를 떠올리곤 했다. 내겐 가우디가 그랬고, 조각가 브랑쿠시가 그랬다. 지척 거리에 살면서도 가우디와 피카소가 서로를 싫어했던 건, 피카소의 사생활에 비추어보면 당연한 일이었을지 모른다.

40여 년을 사그라다 파밀리아 건축에 매달리다 전차에 치여 사망한 가우디. 초라한 행색 때문에 부랑자로 오인되어 제때 치료도 받지 못한 그의 마지막 말은 "나의 하나님…"이었지만, 그 뒤에 홀로 베를렌의 시구를 되뇌진 않았을까.

'당신은 이 모든 것을 아시지요, 이 모든 것을.'

조지 오웰이 사그라다 파밀리아를 두고 "세상에서 가장 흉측한 건물 중의 하나"라고 표현하기도 했지만, 또한 현대 건축가들에게 가우디는 음악에서의 모차르트처럼 그저 지나간 고전일 뿐이라는 어느 작가의 글을 본 적도 있지만, 그러나 그런 이야기들도 그의 작품이 존재했기에 할 수 있는 이야기다. 두 번째 찾은 스페인, 두 번째 사그라다 파밀리아를 마주했을 때도 감흥은 조금도 퇴색하지 않았다. 성당 근처의 건물 테라스에서 차를 마시거나 빨래를 널고 있는 동네 사람들이 어찌나 부러웠던지.

성당 뒷문에선 학생들이 모여 앉아 평화롭게 카탈루냐 독립시위를 하고 있었고, 길 건너 공원에선 아랍계 노점상들이 서로 자리다툼을 하다 경찰에 쫓겨 썰물처럼 사라졌다.

물결치는 벽과 베란다. 그라시아 거리의 벤치에 앉아, 마치 해저 도시를 여행하듯 카사 밀라*Casa Milà*를 바라보았다. 영화 〈스타워즈〉의 한 장면 같은 카사 밀라의 옥상. 팀 버튼의 영화 속에서 옮겨온 것 같았던 카사 바트요*Casa Batlló*. 그 완벽한 곡선과 해학. 고딕과 로마네스크, 바로크에서 아르누보, 심지어 스페인 무어 양식까지를 아우르는 가우디의 작품들 앞에서, 다시 한 번 생각했다. 한 인간이 무엇을 할 수 있는가? 인간의 기억과 상상이 가진 힘을 최대치로 끌어올리고, 반짝이는 예지와 명랑한 감각 위에, 신과 자연에 대한 경외심을 더하면 정확히 가우디의 건축이 될 것이다. 바르셀로나, 고독한 영혼이자 위대한 예술가의 도시. 그리고 그 예술가를 지킨 위대한 자본가의 도시.

구엘 공원의 동굴 밑에선 나이 지긋한 클래식 기타리스트가 바흐의 〈샤콘

카사 바트요(Casa Batlló)

고독한 사람들의 도시

카사 밀라(Casa Milà)

느)를 연주하고 있었다. 클래식 기타를 배우던 시절, 꼭 한 번 쳐보고 싶었던 꿈의 곡. 그 끝없는 대위법을 제대로 소화해 낼 수 있을 때쯤이면 어쩐지 내 삶의 불행이 끝날 것만 같아서, 때로 울면서 때로 졸면서 기타를 쳤던 그때. 지나온 많은 기억이 조심스레 주위로 모여들었고, 나는 그 모든 것들과 함께 서서 오래도록 샤콘느의 선율을 듣고 있었다.

선인장이 우거진 구엘 공원의 산책로를 걷다가 강아지 노점상을 발견했다. 주인이 잠시 없는 사이, 의젓하게 액세서리 좌판을 지키고 앉아 사람들 한 명 한 명과 눈맞춤을 하던 기특한 녀석. 팔찌 하나를 골라 가격표대로 3유로를 좌판 위에 놓았다. 사랑받고 있음이 분명한 얼굴. 함께하는 존재들의 얼굴에는 그들 사이에 오가는 감정의 깊이가 숨김없이 아로새겨져 있다.

깨진 타일에 숨결을 불어넣은 거대한 도마뱀 조각. 도리아식의 기둥 아래 펼쳐진 광장과 자연 그대로를 살린 동굴 통로. 보이는 모든 것들이 마치 처음부터 나를 둘러싸고 있었던 것처럼 익숙하고 끈기 있게 물결치고 있었다.

살바도르 달리가 그토록 사랑했다던 구엘 공원의 벤치. 색색의 타일 조각들이 박혀 있는 가우디의 벤치는 구불구불하고 아늑했다. 어디 한 곳 모난 데 없이 인체의 곡선을 받쳐주는, 세계에서 가장 길고 아름다운 벤치에 앉아 멀리 바르셀로나 바다를 바라보았다.

오래전 어느 날, 카탈루냐의 눈부신 햇살 아래 달리와 미로가 여기에 앉아 저 바다를 보고 있었겠지. 동화 같고 신화 같은 이 환상적인 주택단지는 당시에 단 세 채밖에 분양되지 않았다. 그중 한 채는 가우디 자신이 분양받은 것이었고. 자본가 구엘*과 예술가 가우디, 자연과 하나되는 공동체 사회를 꿈꾸었던 몽상가들. 현실에서의 그들의 실패가 새삼 가슴 아팠다.

다음날 찾아간 바르셀로나 외곽, 콜로니아 구엘*Colónia Güell* 역에는 아무도 없었다. 역에서 내린 이도 나뿐이요, 무인역이었으며, 오가는 이도 아무도 없었다. 역사 앞에서부터 시작된 길바닥의 발자국 표지. 장난스럽게 그 표지를 퐁퐁 밟으며 따라가다 보니 한적한 시골 마을이 나타났다. 구엘 공원에서 한발 더 나

---

* Eusebi Güell(1846~1918), 사업가이자 가우디의 후원자. 일찍이 가우디의 천재성을 알아보고 막강한 경제력으로 그를 후원하여 걸작들을 남기게 했으나, 말년에 파산한 뒤 사망했다.

콜로니아 구엘(Colónia Güell)

아가, 노동자들을 위한 공업과 주거 단지로 계획했던 공동체 마을. 마을 안의
성당인 콜로니아 구엘을 짓던 가우디가 사그라다 파밀리아 작업을 맡고, 구엘
까지 사망하며 결국 미완으로 남게 되었다.

우뚝 솟아 있는 공장 굴뚝, 공원에선 주민들이 축구를 하고 있었고, 콜로
니아 구엘 성당 안에선 초등학교 현장 수업이 진행 중이었다. 부럽기도 하지.
미사 드리고 수업도 하는 동네 성당이 가우디의 작품이라니. 방직공장을 비
롯해 노동자들의 주거와 복지까지 완벽하게 결합하려고 했던 꿈의 세상. 예
술가와 그 후원자이자 평생의 친구 관계였던 두 몽상가의 도전은 또다시 실
패로 끝났다.

"내 건축물을 좋아하는 사람은 구엘, 당신과 나 둘밖에 없다는 생각이 들어요."

"나는 당신의 건축물을 좋아하지 않아요. 오로지 존경합니다."

수업을 끝낸 아이들마저 떠난 콜로니아 구엘. 아무도 없는 미완의 성당 안에서, 문득 가우디와 구엘이 나누었던 대화가 떠올라 가슴이 저렸다. 너무 일찍 왔거나 너무 늦게 죽은, 바보 같은 사람들.

날갯짓하는 나비 모양의 창문. 현무암과 벽돌, 유리, 온갖 이질적인 재료들이 하나로 녹아든 이곳. 동굴처럼 기이하고 아름다운 성당에서 가우디가 직접 만든 의자에 홀로 앉아 이대로 모든 것이 정지되어도 좋겠다는 생각을 했다. 일순간 정지된 두 남자의 이상 속에서, 바르셀로나의 어느 가을 오후.

Madrid

나를 피곤하게 하지 않는 것이 있다면,
그것은 산다는 것

사랑을 잃는 것이 곧 죽음인 사람들이 있다. 젊은 날 내 영혼에 깊은 상흔을 남긴 스페인 영화 〈아만테스*Amantes*〉. 사랑의 끝에 죽음을 받아들인 한 여자의 모습 앞에서, 그녀를 뒤로 한 채 새로운 사랑을 향해 절박하게 달려가는 한 남자의 모습 앞에서, 삶과 윤리의 경계가 소름 끼치게 뒤엉키는 경험을 했다.

어찌하여 삶이 인간적이어야 한다는 것인가. 운명을 피하면서도 그리
워한다는 말인가…

릴케의 「두이노의 비가」 한 구절에서 그 영화가 다시 떠올랐다. 마드리드를 배경으로 펼쳐진 사랑과 죽음의 비가. 군에서 막 제대한 주인공 파코가 마드리드에서 일하는 연인 트리나를 찾아와 함께하던 모습. 그가 결국 하숙집 여주인에게 걷잡을 수 없이 빠져들어 파국을 향해 가는 동안에도 도시의 풍경은 건조

하게만 보였다.

게르니카와 고야의 도시. 투우의 야만성을 예술로 연결하는 도시. TV에서 보던 경기장 속 소의 운명과 그 운명과 싸우는 인간의 모습이 내겐 그저 고통으로 다가오던, 마드리드로 가기로 했다.

전날 밤늦게 도착해 겨우 숙소를 찾아와 잠들었으면서, 새벽같이 눈을 뜨고 캔자스시티 로열스와 LA 에인절스의 메이저리그 디비전 시리즈 중계를 보고 있다. 연장 10회 초 홈런을 친 로열스가 기적적으로 승리! 흥미로운 경기였어. 왠지 느낌이 좋은 하루. 피로가 채 가시지 않은 몸을 끌고 숙소를 나왔다.

왕립 오페라 극장 뒷골목의 낡은 건물 한 층에 간판도 없이 자리하고 있는 숙소. 계단을 내려가니 나지막한 가로수 꼭대기에 붉은색 여자 속옷이 걸려 있었다. 그러니까 저것이 분명히 어젯밤엔 없었는데. 아무래도 이 건물 어딘가에서 창밖으로 던져진 것 같아. 비밀스러운 영화의 한 장면을 떠올리다가 발걸음을 옮겼다.

카페에서 올리브유를 뿌린 빵과 커피로 조식을 하고 다다른 솔 광장*Puerta del Sol*. 어젯밤의 솔 광장은 그야말로 젊음의 공간이었다. 내가 본 유럽의 광장 가운데서 가장 많은 청춘이 모여 있던 곳. 스페인의 다른 도시와 비교해 유난히 화려한 옷차림에 짙은 화장을 한 젊은 여성들. 거리의 화가는 스프레이 그림을 그려 팔고, 한쪽에선 마리아치 밴드가 공연을 펼치고, 무언극을 하는 피에로의 별스럽지 않은 몸짓 하나하나에 세상 시름 다 잊은 듯 즐거워하던 금요일 밤의 사람들. 주말을 맞은 오늘 아침의 광장엔 술이 덜 깬 노숙자들 사이로 관광객들의 발걸음만 분주했다.

솔 광장(Puerta del Sol)

다시, 사랑을 잃는 것이 곧 죽음인 사람들이 있다. 거대한 우주 속, 지구 표면의 한 점 먼지 같은 자신의 존재를 오직 사랑의 이름으로 확인하는 사람들. 그들에게 사랑의 끝이 곧 죽음인 것은, 삶을 걸기 때문이다. 죽도록 사랑하기 때문이다. 마드리드 출신의 작가 마리아노 호세 데 라라*도 그중 한 사람이었다. 우연히 알게 된 라라의 삶에 관심이 생겨 단편적인 글들과 책까지 찾아 읽게 되었었다. 또 사랑인가. 그 끝은 역시 죽음.

필명 '피가로'. 19세기 초의 시인이자 평론가. 스페인 로맨티시즘을 대표하는 인물. 여기까지가 라라의 이력에 대해 알려진 바인데, 『열정』(로사 몬떼로 著)

---

* Mariano José de Larra(1809~1837), 19세기 스페인의 평론가이자 시인. 18세의 나이로 비평집 『요정』을 발간한 후 문명을 떨쳤으나, 사랑에 실패한 뒤 28세의 나이로 자살했다.

고독한 사람들의 도시

이란 책에 따르면 그는 대단히 총명했고(18세에 풍자비평집을 냈다), 권력과 관습에 대항하는 자유주의적 사상가이면서 때로 대단히 급진적이고, 때로 대단히 무정부주의적이고, 엉망진창의 열정을 가진 사람이었다고 한다. 그에 대해 동료 문인들은 '분노에 찬 개인주의자'라는 표현을 썼다. 절대왕정의 억압과 언론 검열로 스페인을 떠났다가 되돌아와 발표한 글 「돌아온 피가로」의 첫 문장이 인상적이었다.

나를 피곤하게 만들지 않는 게 있다면, 그것은 산다는 것이다.

둘 다 결혼한 상태에서 만난 세비야 출신의 여인 돌로레스에 대한 열정. 7년에 걸친 우여곡절 끝에 자신의 집에서 가진 마지막 만남. 그리고 그의 사랑을 거절하고 방을 나서던 그녀의 등뒤에서 라라는 자신의 머리를 총으로 날려버렸다. 그때 그의 나이 스물여덟. 돌로레스는 어떻게 되었을까. 자신을 사랑했던 남자가 자신의 등뒤에서 삶을 끝내버린, 그 가혹한 복수를 견디며 그래도 시간은 가고 사람은 살아가게 되었겠지.

오직 삶으로 피곤해지지 않는, 분노에 찬 개인주의자. 라라에게 마드리드는 어긋난 사랑의 공간이자 정치적인 절망과 체념의 공간이었다. "마드리드에서 펜을 든다는 것은 눈물을 흘리는 일이며, 폭력과 소요의 악몽 속에서 발견할 수 있는 목소리를 찾아 나서는 일"이라고 했던 라라. 그의 자유로운 사상과 풍자 정신은, 역시 어떤 시대에 너무 일찍 도착한 탓으로 비극이 되어버렸다. 상상력과 낭만에 머물지 않고 사회 전반과 고유의 풍속에까지 비판의 칼날을 들이댄 이 젊은 시인이 동시대 사람들에게는 꽤나 불편한 존재였던 모양이다. 자유주의자들에게조차 외면당하며 반동으로 몰리다 결국 사랑 때문에 파국을 맞은 가련한 남자의 이야기.

어려서부터 조숙하고 우울했던 라라. 솔 광장에서 마드리드 왕궁으로 이어지는 구시가 산책을 즐겼다는 그의 모습을 떠올리며 천천히 걸었다. 산 미구엘 시장에 잠시 들렀다 마요르 광장으로. 10대의 소년 라라는 이곳에서 혁명과 자유주의의 상징이었던 인물들이 공개 참수형 당하는 장면을 목격했다. 그보다 더 오래전에는 종교재판과 처형이 이루어졌던 피의 광장. 이토록 평화로워 보이는 광장 한가운데서 참수형과 교수형이 무시로 행해졌을 과거의 풍경을 상상해 본다. 파리 콩코드 광장에서도, 모스크바의 붉은 광장이나 부다페스트의 영웅 광장에서도 같은 상상을 하곤 했었지. 죽음이 있던 자리. 잊는 것 또한 산 자들의 몫일 터인데, 어찌하여 나는 이런 곳에 설 때 가장 실재함을 느끼는가.

색색의 등산복을 갖춰 입은 한국인 단체 관광객들. 다정해 보이는 가족의 기념사진을 찍어주고 마드리드 왕궁으로 향했다. 지도와 나침반을 들고 헤매길 잠시, 옷가게 앞을 청소하고 있던 아저씨에게 길을 묻고 나서야 방향을 잡을 수가 있었다. 화려하기 이를 데 없는 내부, 카를로스 4세 부부를 그린 고야의 초상화와 잘 보존되어 있던 18세기의 스트라디바리우스 악기가 기억에 남는다.

발길 닿는 대로 거리를 배회하다 다시 돌아온 솔 광장. 숙소로 이어진 골목길 한쪽에 숙소 주인인 마가리타 할머니가 앉아 계셨다. 은발의 할머니만큼이

오래 혼자였던 사람은 외로움의 냄새를 안다.
속절없이 휘발된 시간의 냄새. 바위 같고 먼지 같은 추억의 냄새.

나 나이 들어 보이는 고양이를 품에 안은 채. 고양이도 이런 생활에 익숙한 듯 사람들의 눈길을 피하지 않았다. 어쩌다 바람을 쐬러 나온 것도 아니요, 할머니는 다음날도 그 다음날도 한가한 시간이면 늘 같은 자리에 고양이와 함께 앉아 있었다.

어쩌면 혼자인 분일 수도 있겠다, 그런 생각이 든 것은, 첫날 숙소 프런트 옆의 열려 있는 문으로 할머니의 방을 보았기 때문이다. 오래 혼자였던 사람은 외로움의 냄새를 안다. 속절없이 휘발된 시간의 냄새. 바위 같고 먼지 같은 추억의 냄새.

늦은 밤 도착한 나를 반기며 조곤조곤 도시에 대한 소개를 들려주던 할머니. 주름 가득한 얼굴에 번지던 미소가 참으로 애잔하게 느껴지던. 마드리드의 골목길에서 할머니와 할머니의 고양이는 그렇게 서로를 의지하며 나이 들어가고 있었다. 청춘을 던진 사랑, 엉망진창의 열정이나 세상에 대한 분노뿐 아니라, 때로 한 마리 고양이로도 누군가의 삶은 의미 있을 수 있다.

삶이 피곤한 것은 살고 있기 때문이다. 살아가려 애쓰고 있기 때문이다. 하지만 가장 피곤한 것은 어쩌면 끝을 염려하는 것이다. 죽음을 두려워하며 더디게 흘러가는 것이다. 그리하여 나를 피곤하게 하지 않는 것은 산다는 것이다. 마드리드에서, 180년 전의 어느 남자가 그랬던 것처럼.

세상의 모든
참혹을 그리다

사람이 상상할 수 있는 거의 모든 악마의 형상이 고야에 의해 창조되었다.

– 보들레르

거의 모든 악마의 형상이 사람이라는 것이, 나는 슬펐다. 화가 프란시스코 고야*의 후기 그림들은 어쩌면 오래도록 응시하기에 가장 힘든 작품일 것이다. 도둑과 강도, 창녀, 광인, 전쟁으로 피폐해진 사회 속에서 잔인하고 파렴치해져 간 사람들의 모습을 보는 것은 고통스럽기까지 했다.

어떻게 살아야 하는가. 이토록 참혹한 세상 속에서 어떻게 살아가야 하는가. 그리고 실제로 마주한 그의 그림들. 〈Two old men eating soup〉 앞에 이르러 결국 눈물이 흐르고 말았다. 참혹한 것은 인간이었구나. 죽음을 목전에 두

---

* Francisco Goya(1746~1828), 18세기 스페인을 대표하는 화가이자 판화가. 최고의 궁정화가였으나 스페인-프랑스 간의 전쟁과 병으로 청력을 잃는 불행을 겪으며 외딴집에 칩거한 채 무거운 주제와 어두운 색조의 '검은 그림' 연작을 내놓았다. 고흐, 마네, 모네 등을 비롯하여 18세기 이후의 미술 사조에 큰 영향을 끼쳤다.

고도 한 그릇 멀건 수프 앞에서 탐욕의 눈빛으로 수다에 골몰하는, 인간의 운명이, 그 본능이 참혹이었구나. 한순간 길을 잃은 것처럼 가슴이 무너져 내렸다. 어느 가을, 마드리드의 프라도 미술관에서였다.

유럽의 도시들을 여행하며 제일 아쉬움을 느끼는 순간이 있다. 바로 미술관 입구에서 정기권 가격을 볼 때. 정해진 기간에 무제한으로 미술관을 출입할 수 있는 것인데, 놀랍도록 저렴한 가격에 속이 쓰릴 때가 많다. 특히 파리와 빈, 마드리드에서 그런 아쉬움이 가장 컸다. 36유로면 1년 내내 프라도나 소피아 미술관을 출입할 수 있다! 1회 입장권이 10유로인데 말이다. 언제든 유럽의 미술관을 산책하며 그 모든 그림을 찬찬히 들여다볼 수 있다면. 오르세와 퐁피두, 에곤 실레와 고야의 그림들. 신인 작가의 기획전도 찬찬히 둘러보고, 어느 날은 종일 아무것도 하지 않고 〈게르니카〉 앞에 앉아 있고 싶은, 그런 욕망.

미술관을 돌아다니는 것은 생각보다 엄청난 체력이 요구되는 일이다. 한 작품 한 작품 꼼꼼히 보다 보면 한 개 층을 도는 데만도 한나절씩 걸리는 터라 미리 계획을 세우는 요령이 필요하다. 미술관에 소장되어 있는 가장 대표적인 작품, 그리고 자기가 좋아하는 작품이 있는 곳을 숙지한 뒤 동선을 미리 짜두는 것이다. 물론 시간이 넉넉하다면 천천히 둘러보다 어느 순간 좋아하는 작품을 맞닥뜨렸을 때의 기쁨을 누리면 된다.

다음날 정식으로 찾기 전에 잠시라도 그림을 더 볼 요량으로 전날 무료 입장 시각인 저녁 여섯 시에 맞춰 프라도 미술관으로 갔다. 일찌감치 도착해 줄을 섰으나 알고 보니 그 줄은 〈엘 그레코 특별전〉 줄이었다. 내가 하는 일이 그렇지, 뭐. 다시 줄을 서 겨우 들어간 미술관 1층에서 우선 보쉬*Hiëronymus Bosch*의 〈쾌락의 동산〉을 보았다. 딥 퍼플이나 펄스 비포 스와인*Pearls Before Swine* 같은 밴드의 앨범 재킷에 사용된 그림이어서 예전부터 궁금했었는데, 과연 그 생생하고 디테일한 지옥도는 가장 압도적인 지옥의 풍경이라 평가받을 만했다. 내일 좀 더 자세히 보기로.

뒤러의 자화상을 본 뒤 총총히 2층으로 가서 벨라스케스의 〈시녀들〉과 루벤스의 그림들 사이를 누비다 폐장 시간인 여덟 시에 쫓겨났다. 고야의 그림은 내일로 미뤄둔 채. 〈아들을 잡아먹는 사투르누스〉나 〈1808년 5월 3일의 처형〉 같은 작품을 짧은 시간에 볼 수는 없는 일이니 말이다.

다음날, 다시 프라도 미술관. 광기와 탐욕, 살인, 마녀사냥, 시대가 어두울 때 도드라지는 인간의 잔혹한 본성을 확인하는 것은 슬픈 일이다. 소시지를 훔쳐 먹은 어린 시종의 목구멍에 손가락을 집어넣는 주인의 모습, 여유롭게 사지 절단 살육을 벌이고 있는 군인들의 모습을 보며 고통스럽지 않은 이가 있을까. 생명의 존엄이 파괴되는 현장. '검은 그림'이라 불리는 고야의 후기 그림들을 보다 보면, 지옥이 따로 있지 않다. 아들을 잡아먹는 사투르누스는 그저 신화 속의 괴물이 아니다. 권력을 쥔 괴물, 그 권력을 지키고자 하는 괴물에 희생되는 사람들. 우리들의 어두운 시대가 끝나지 않고 있다.

고야의 또 다른 그림 〈개〉 앞에 섰다. 살아나갈 가망이 없어 보이는 모래언덕. 그 속에서 겨우 머리를 내밀고 있는 한 마리 개의 공허한 눈빛. 그 눈빛 앞에서 오래도록 움직일 수 없었다. 검은 개의 시간, 그 절대고독의 시간을 알 것만 같아서. 지나온 삶 속의 그 시간이 기억날 것만 같아서. 벽화를 복원한 것이

프란시스코 고야, 〈The Dog〉

라는 사실도, 순수하게 고야의 작품인지 의문이 제기되고 있다는 사실도 나의 감흥을 빼앗아가지 않았다. 프란시스코 고야. 털 뽑힌 칠면조를 그린 정물화조 차도 참으로 슬프고 잔인한 느낌을 주는 사람.

프랑스 혁명정부와 스페인 간의 전쟁, 그 상흔과 더불어 병(매독으로 추정되는)으로 청각을 잃은 개인적 불행으로 인해 고야의 작품은 완벽하게 어두운 세계로 침잠했다. 오래전, 처음 보았을 때부터 뭉크나 프랜시스 베이컨의 그림에 매료되었었다. 그리고 나서야 알았다. 그들이 고야에게서 큰 영향을 받은 작가였음을. 뭉크는 그 자신의 불행이나 예술적 감성으로 인해 어두운 세계로 편입된 경우였고, 베이컨은 폭력적이었던 아버지와 동성애자로서의 소외감과 더불어 2차 대전이라는 전쟁의 참상으로부터 그 어둡고 기괴한 작품세계를 확립한 경우였다.

얼핏 유사해 보인다고 할지라도, 전쟁 같은 거대한 사회적 부조리를 체험한 뒤에 오는 어두움에는 개인적 기질이나 불행에서 비롯된 그것과는 다른 느낌이 있다. 같은 맥락에서 뭉크보다는 베이컨의 어두움이 고야의 세계에 좀 더 가까이 있지 않을까 하는 생각을 해보았다. 물론 중요한 것은, 그 모든 어두움이 지금도 끝없이 되풀이되고 있는 우리 모두의 것이라는 사실이지만 말이다.

전쟁 중에는 목숨을 부지하기 위해 프랑스나 영국 권력자들의 초상화를 그려주며 변절자라는 오명을 얻었던 고야. 아내에게 무려 스무 명의 아이를 낳게 하고 온갖 스캔들까지 일으켰던 바람둥이. 그런 자신을 저주하며 외딴 별장에 들어가 어둡고 기괴한 그림을 그렸던 그의 삶에 연민을 느낀다. 소리가 사라진 세상에서 40년 세월을 고군분투한 그는 망명지인 프랑스 보르도에서 눈을 감았다.

프라도 미술관에서 종일 시간을 보낸 뒤, 고야의 유해가 안치된 왕궁 근처 산 안토니아 데 라 플로리다 성당에 들렀다. 고야의 프레스코화가 남아 있는 이 조그만 성당은 언제나 그의 흔적을 찾는 사람들로 붐비고 있다.

동네 매점에서 간단한 먹을거리를 사 들고 도착한 숙소. 몇 해 전과 달리 이번엔 피카소의 〈게르니카〉가 있는 소피아 미술관 옆에 숙소를 얻었다. 미술관

마드리드 중앙우체국(Palacio de Cibele)

이 환히 내려다보이는 기막힌 전망의 방. 작은 테이블이 있는 테라스에서 미술관과 광장의 풍경을 바라보며 1유로짜리 홍합 통조림에 와인을 마신 아름다운 밤. 두 번째 찾은 마드리드는, 내게 고야의 그림들과 〈게르니카〉만으로도 다시 찾을 이유가 충분한 도시였다.

주말 오후, 웅장한 마드리드 우체국 건물을 구경한 뒤 벼룩시장이 열리고 있는 스페인 광장 벤치에 앉아 따뜻한 커피와 2유로짜리 볶은 해바라기씨를 먹었다. 양쪽으로 늘어선 천막들에 각 나라의 수공예품과 기념품들이 진열되어 있었다. 안타라 같은 페루 전통악기와 동전 지갑, 라마 인형 등을 팔고 있는 페루 원주민 가족을 바라보다가 문득 떠오른 이름, 세사르 바예호[**]. 일생을 고통 속에 살았던 페루 출신의 한 시인이 80년 전 바로 이곳 마드리드에서 파시스트들의 침략을 목도하고 있었다.

전투? 아니지, 그건 열정이지. 희망의

철창을 가진 고통, 인간의 희망을 가진

민족의 고통이 전제되는 열정!

민중의 죽음과 평화의 열정!

올리브나무 사이에서 솟아난 투쟁적 열정과 죽음인 걸 우린 알아야 한다!

바람은 너의 숨결 속에서 기후의 바늘을 바꾸고,

네 가슴속에서 무덤의 열쇠를 바꾸고,

네 이마를 순교의 가장 으뜸 가는 곳에 올려 보낸다.

－ 세사르 바예호, 「공화파 의병에게 바치는 노래」에서,

『오늘처럼 인생이 싫었던 날은』

차별과 굶주림, 결국엔 누명까지 쓴 채 조국 페루를 떠나 파리와 마드리드를 오갔던 바예호. 스페인인과 원주민의 혼혈이었던 그에게 스페인을 점령한 파시스트 프랑코의 승리는 커다란 충격을 안겼다. 시집 『스페인이여! 나에게서 이 잔을 거두어다오』는 스페인 내전에 대한 그의 처절한 증언이다.

그의 시처럼, 희망이라는 울타리를 통해 세상을 바라보는 고통, 그 고통이

[**] César Vallejo(1892~1938), 페루 출신의 시인. 선천적인 병약함과 가난 속에서 시를 쓰다 방화범의 누명을 쓴 채 유럽으로 도피했다. 마르크스주의에 심취해 파리에서도 추방당한 뒤 다시 영주권을 얻었지만, 폐결핵으로 46세에 사망. 파블로 네루다와 함께 중남미 시에 가장 큰 영향을 끼친 시인으로 평가받고 있다.

전제되는 열정으로 세상은 바뀌어 왔겠지. 가난한 집안의 열한 번째 아이였던 바예호의 고통과 열정 또한 꿈꾸고 피 흘리고 죽어가다 마침내 시로 부활했다.

어느 천막 안에서 안타라의 선율이 흘러나오기 시작했다. 나의 손안에선 조금 남은 커피가 식어간다. 그러고 보니 나는 커피를 마실 때 종종 바예호의 시를 떠올렸고, 그래서 슬퍼지곤 했었다.

> 내가 태어나지 않았더라면,
>
> 나 대신에 다른 가난한 이가 이 커피를 마시련만,
>
> 나는 못된 도둑… 어디로 가야 한단 말인가.
>
> ― 세사르 바예호, 「일용할 양식」에서, 『오늘처럼 인생이 싫었던 날은』

마드리드를 떠나는 날. 공항버스를 타기 위해 아토차 역으로 가는 마지막 여정. 배낭을 메고 길을 걷는 내 뒤로 한 남자아이와 누이로 보이는 여자가 계속 따라왔다. 사람도 별로 없는 넓은 길에서 자꾸만 스치듯 배낭에 몸을 부딪쳐 오는 그들. 뒤돌아서서 얼굴을 빤히 쳐다봤더니 당황했는지 바로 옆 버스정류장으로 가는 것이었다. 그리고 그제야 열심히 내 뒤를 쫓아온 한 스페인 아저씨와 마주했다.

"영어 할 수 있어요? 소매치기가 따라붙었어요. 조심하세요."

멀리서 나의 상황을 보고 종종걸음으로 따라와 걱정스레 말을 건네준, 참 따뜻한 사람. 고마워요. 사실 저들이 손을 대려 했던 배낭의 앞주머니엔 두통약과 목캔디밖에 들어 있지 않답니다.

옆에서 뒤늦게 상황을 알아챈 노점상 아저씨가 가세해 목소리를 높였다.

"저 아이들, 여기 마드리드 사람이 아니에요. 발렌시아 출신이라고요."

그래요, 아저씨. 저들이 마드리드 사람이 아니란 것이 아저씨에게 중요하다면, 그렇게 기억할게요. 그런데 저 아이는 오렌지밭 아름다운 발렌시아에서 왜 여기로 와 소매치기가 되었을까요. 참 예쁜 눈을 가진 아이인데 말이에요. 짐짓 아무 일도 없었다는 듯 버스정류장에 두 손을 모으고 앉아 눈치를 살피는 그들의 모습에, 이상하게도 마음이 아팠다. 아이야, 네가 네 두 눈을 찌르게 될 미래는 없었으면 좋겠구나. 평안을 빌어.

떠나는 비행기 안에서 다시 마드리드를 생각했다. 소피아 미술관 206호, 한쪽 벽면을 가득 채우고 있던 〈게르니카〉. 생략과 해체를 거쳐 재배치된 고통과 분노가 얼마나 격렬한 감정의 소용돌이를 일으킬 수 있는지.

고통은 추상이다. "완벽함이란, 더 보탤 것이 남아 있지 않을 때가 아니라 더 이상 뺄 것이 없을 때 완성된다"던 생텍쥐페리의 말처럼, 고통도 분노도 그토록 단순해서 완벽하게 슬펐던 〈게르니카〉 앞에서의 기억. 고야의 검은 개와 눈물의 페루 시인. 나의 두 번째 마드리드 여행이 그렇게 끝났다.

Granada

안달루시아의
태양을 닮은 남자

알람브라 궁전의 주인은 고양이다. 이베리아 반도 최후의 무슬림 왕조, 패망을 앞둔 나스르의 탄식이 배어 있는 곳. 왕국을 잃는 것보다 알람브라를 못 보게 되는 것이 더 슬프다던 마지막 왕의 눈물. 무어인들이 사라진 알람브라엔 수많은 고양이가 삶을 이어가고 있었다.

해 질 녘 어스름 속에 알람브라의 성벽이 붉게 타오르기 시작하고, 세계 각지에서 모여든 이방인들이 하나둘 떠나가면, 비로소 이 궁전은 온전히 그들의 것이 되겠지. 발길 닿는 곳곳에서 무심한 표정으로 쉬고 있던, 그들만의 밤은 아름다우리라. 수줍고도 어렴풋한 어떤 추억 같은 것. 차라리 연민 같은 것. 알람브라에서의 시간은 꿈처럼 흘러갔다.

정교하기 이를 데 없는 아라비아 문양의 석회벽. 대위법처럼 끝없이 이어지는 기하학적 문양들. 8천 개의 삼나무 조각으로 완성되었다는 '대사의 방' 천장 아래에 이르자 마치 우주의 한가운데 서 있는 듯한 느낌이었다. 헤네랄리페 정원과 파르탈 정원에서는 하늘과 물과 성루가 하나의 생명체로 환원되고 있었다. 천국이 있다면 이런 완벽한 비례와 균형으로 이루어져 있을까. 알카사바 망루 위에 서서 그라나다 시내를 굽어보며, 로르카*의 시구를 나지막이 읊어보았다.

> 비에는 어떤 희미한 사랑의 비밀이 있다.
> 어떤 체념 어린 사랑의 졸음 같은 것.
> 어떤 나지막한 음악이 비와 함께 눈을 뜨고
> 잠자는 풍경의 혼을 흔들어 깨운다.
>
> – 페데리코 가르시아 로르카, 「비」에서, 『로르카 시선집』

스페인어권을 대표하는 위대한 시인이자 희곡작가. 무엇보다 빛나는 대지의 기운과 자연의 광기를 타고난, 안달루시아의 아들이었던 로르카. 파블로 네루다는 「로르카에게 바치는 송가」에서 그에 대해 "활기 넘치는 나비의 젊은이"이자 "영원히 자유로운, 검은 번개 같은 순결한 젊은이"라고 썼다.

그 열정과 순수함이 어떤 것인지를 나는 알 것 같다. 어두침침한 마드리드 도심을 떠나 코르도바에 가까워질수록 쏟아지던 햇살. 세비야 대성당 입구에 서 있던 직원의 부서질 듯 환한 웃음에 얼어붙었던 기억. 마당 한쪽에 10㎏의

---

* Federico Garcia Lorca(1899~1936), 스페인을 대표하는 시인이자 극작가. 안달루시아의 향토적 감성과 신비주의를 결합한 작품세계로 인정받다 스페인 내전 중 파시스트들에게 총살당했다.

사료를 포대째 부어 놓던 세비야 캣맘의 모습. 길을 묻는 나를 목적지까지 앞장서서 데려다주던 그라나다 사람들. 와플 한 조각 먹으러 들어간 누에바 광장 옆 아이스크림 가게에서조차 직원의 미소가 너무도 맑고 따뜻해서 한참을 넋 놓고 바라보았다. 그 자유, 그 바람, 터질 듯 솟아오르던 대지의 기운.

여름날 안달루시아 한밤의 기온은 너무나도 영묘하다. 마치 우리가 더욱더 순수한 대기 속에 들어가 있는 것만 같다. 거기에는 영혼의 고요함과 정신을 고양시키는 부력이 있으며 단순한 존재조차 기쁨으로 만들어주는 탄력이 있다.

– 워싱턴 어빙, 『알함브라』

단순한 존재조차 기쁨으로 만들어주는 탄력.
안달루시아는, 그랬다.

단순한 존재조차 기쁨으로 만들어주는 탄력. 안달루시아는, 그랬다. 마지막 날. 비행기까지 직접 걸어가야 하는 작디작은 그라나다 공항 출국장에 앉아, 이곳을 떠나기가 싫구나, 혼자서 얼마나 되뇌었는지.

1936년 여름, 그라나다의 언덕 위. 한 그루 올리브 나무 아래에서 몇 발의 총성이 울렸다. 독재자 프랑코의 군인들에게 갑작스레 처형당한 작가 로르카의 죽음은 전 세계인들에게 엄청난 충격을 안겼다. 영화 〈데스 인 그라나다 *The Disappearance of Garcia Lorca*〉는 바로 거기에서 출발한다. 로르카의 시와 희곡에 빠져 있던 그라나다 소년들. 그들 중 한 명이 훗날 유명작가가 되어 자기를 문학의 세계로 이끌었던 로르카의 죽음에 얽힌 진실을 밝혀내려 한다. 그때까지도 계속되고 있던 독재정권은 온갖 협박과 술수를 동원하여 그의 추적을 방해하는데….

영화 속 눈 덮인 시에라네바다 산맥과 알람브라 궁전의 붉은 성벽을 바라보며, 로르카 역할을 맡아 시를 낭송하는 앤디 가르시아를 보며, 언젠가 나도 저 곳에 가서 로르카의 시를 읊어보리라 생각했었다. 이렇게 또 하나의 꿈을 이루었는데, 바람 속에 문득 그의 피 냄새가 배어 있는 것만 같아 마음이 시렸다.

영화 〈모터사이클 다이어리〉의 한 장면이 기억난다. 의대생 시절의 체 게바라가 남미대륙 횡단 중에 휴식을 취하면서 시를 읊을 때, 옆에 있던 친구 알베르토가 묻는다.

"네루다? 아니면 로르카?"

누구의 시인지는 몰라도 그가 읊었다면 두 시인 중 한 사람의 작품이었을 거라는 얘기다. 체 게바라가 그만큼 네루다와 로르카를 좋아했던 모양이다.

로르카의 죽음을 미스터리하게 받아들이는 가장 큰 이유는, 그가 직접적인 정치 활동을 하지 않았다는 데 있다. 그러나 그가 늘 가난한 자들의 편이었고, 상당히 자유주의적인 태도를 지녔다는 것, 무엇보다 당시 민중들에게 커다란 영향력을 갖고 있었던 사실 자체가 파시스트들에게 상당한 위협으로 느껴졌던 것 같다. 어쩌면 파시스트들이 두려워한 것은 그의 순수함과 직관이었는지도 모른다. 사회에 길들여지지 않고, 힘에 굴복하지 않으며, 세상의 모순을 꿰뚫어 볼 줄 아는 사람. 본능과 자유의 편인 그들이 바로 진정한 예술가들이고, 파시스트나 독재자에게 가장 위협적인 존재임이 틀림없다. 어느 여름밤 올리브 나무 아래 로르카가 쓰러져 간 이유가 바로 그런 것이 아니었을까.

사실 그가 동성애자였던 것이 처형의 동기라는 주장이 힘을 얻기도 했지만 (당시 그라나다가 동성애에 대해 유별난 증오심을 가진 도시였다고 한다), 어쨌든 내게는 파시즘에 희생된 자유혼이자 가장 안달루시아적인 영혼을 가졌던 예술가로 기억되고 있다.

"너는 시간이 약이고 안 보면 멀어질 거라고 믿고 싶겠지만, 사실은 그게 아냐. 아무 소용없어. 골수에까지 박혀버린 화살은 아무도 뺄 수 없다고!"

로르카의 희곡 「피의 결혼」에서 결혼을 앞둔 신부를 찾아온 옛 애인이 확신에 차서 내뱉었던 말. 그들은 결국 결혼식 당일, 말을 타고, 서로를 껴안고, 유성처럼 사라진다. 죽음을 예감하면서도 "당신의 발치에 잠들며 당신의 꿈을 지키고 싶다" 고백하던 연인. 골수에까지 박혀버린 화살. 사랑이라는 본능과 죽음은 그렇게 가까이 있다. 그리고 안달루시아 사람들은 본능과 죽음, 그 모두에 가까이 있다. 투우와 같은 제의적 죽음. 플라멩코와 같은 광기의 몸짓.

 안달루시아의 태양이 불의 노래를 부르기 시작하면 온 세상이 숨죽인 채 귀를 기울인다.
 안달루시아의 햇빛은 너무도 찬란하고 화려해서, 하늘을 가로질러 날 아가는 새들도 귀금속이나 무지개, 혹은 장밋빛 보석처럼 보인다.
— 페데리코 가르시아 로르카, 『인상과 풍경』

한여름의 기질을 가진 안달루시아 사람들 속에서, 그토록 찬란한 안달루시아의 태양 아래에서, 나도 모르게 조금은 명랑하고 변덕스러워진 느낌이었다. 이런 곳에 있으면, 무언가 아주 거대하면서도 지극히 사소하고 유쾌하고 탄력 있고 질퍽거리지 않는, 그런 좋은 이야기를 쓸 수 있을 것만 같아. 이렇게 빛나는 이미지와 언어들을 건지러 언젠가 다시 와야지. 좀 더 오래 머물며 수다스러운 친구들을 사귀고, 알람브라에서 길을 잃지도 말아야지.

스페인 남부를 떠나는 길. 사막처럼 황량하기 그지없는 11월의 들판을 바라보며, 문득 하룻밤의 꿈에서 깨어난 듯했다. 모든 것이 그대로인 것을. 과거는 사라지고 미래는 알 수 없고 현재는 쓸쓸하리니. 그러나 어쩌면, 다시 사랑할 수 있을지도 몰라. 다시 시작할 수 있을지도 몰라. 떠날 수 있다면. 돌아올 수 있다면. 그것이 내 여행의 이유였다.

Sevilla

사랑과 죽음이
있는 풍경

세비야 거리를 걸으며, 카르멘과 돈 호세에 대한 혼자만의 단편소설을 머릿속에 쓰고 있었다. 남자는 이제 막 사랑을 고백하려 하고 있다. 물론 그것이 진실인지는 분명치 않고. 카르멘이란 여자에 대해 생각하다, 문득 오래전에 봤던 장 뤽 고다르의 발랄한 단편영화가 떠올랐다.

〈샤를롯과 그의 쥴〉. 쥴은 샤를롯의 남자. '애인이자 보호자'이며 '거만하면서도 애원하는' 남자라고 하던 표현이 또렷이 기억난다. 어쩌면 카르멘이 그런 여자였던 건 아닐까. 애인이자 어머니 같은 사랑을 주고, 때로 높디높은 벽이면서, 또 때로는 알퐁스 도데의 소설 『사포』의 파니처럼 "당신을 사랑하는 개로 남겠다"며 애원하는 여자.

그녀는 입에 물고 있던 아카시아 꽃을 엄지손가락으로 톡 튕겨서 정확히 제 미간을 향해 날렸습니다. 선생님, 그것은 마치 총알이 날아오는 것 같았습니다… 저는 어디로 숨어야 할지를 몰랐고, 마치 널빤지처럼 미동도 않은 채 가만히 있었습니다. 그녀가 공장으로 들어갔을 때, 저는 제 발 사이 땅바닥에 떨어져 있는 아카시아 꽃을 보았습니다. 제가 왜 그랬는지 모르겠지만, 저는 동료들 모르게 그 꽃을 주워들었고, 윗옷 속에 소중히 간직했습니다. 제 첫 번째 실수입니다!

– 프로스페르 메리메, 「카르멘」

돈 호세가 카르멘에게 사로잡힌 순간을 회상하는 대목. 그러고 보면 현실에

스페인 광장(Sevilla Plaza de España)

고독한 사람들의 도시

서든 예술작품 속에서든 치명적인 여자의 유형에는 몇 가지가 있는 것 같다. 우선 아름답고 매혹적이며, 모든 것을 던져 사랑할 줄 알지만 가질 수 없는, 카르멘과 같은 여자. 보헤미안으로 태어나 보헤미안으로 죽을 수밖에 없는 운명. 그녀는 주위의 모든 이가 사랑의 의미를 알게 되자 자기의 길로 떠나버렸다.

다음으로 탄탄한 지성과 재능으로 영감을 주는 뮤즈와 같은 존재, 예컨대 루 살로메와 같은 유형. 그녀는 그저 자신의 인생을 사는 것으로 다른 이를 파멸시키거나 성장시킨다. 그것이 아니라면 『프랑스 중위의 여자』*가 있을 수 있다. 무언가 깊은 사연을 안고 있는 여자. 연민과 비감을 불러일으키는 여자. 그리하여 '모든 것을 압도하는 무無'로 주위의 사람들을 이끄는 여자. 진정한 사랑이 그녀를 찾아왔을 때, 그녀는 이미 사라지고 없었다.

스페인 광장 근처에 아름다운 바로크 양식의 건물이 보인다. 세비야 대학이자 옛날엔 왕립 담배공장이었던 곳. 카르멘이 바로 이곳에서 공장 노동자로 일했고, 그 공장을 지키던 경비병이 돈 호세였다. 우리나라 담배가게 아가씨뿐 아니라 세비야의 담배공장 아가씨도 매력적이었던 모양이다. 어떤 구실로든 그는 그녀를 사랑하게 되었고, 그 사랑으로 인해 순수했던 남자는 타락해 간다. 밀수에 강도에 살인까지, 마치 막장 드라마처럼. 결과는 예상할 만하지 않은가? 아무렴. 그녀는 다른 남자를 사랑하게 되었고, 그런 그녀를 돈 호세는 결국 죽이고 만다. 사랑하는 여인의 목숨을 거둔 칼날에 세비야의 찬란한 태양이 부서졌을 테고.

---

* 1969년 출간된 영국 작가 존 파울즈의 소설. 19세기 빅토리아 시대를 배경으로 귀족 집안의 남자와 어두운 사연을 가진 여자의 사랑 이야기가 중심인 포스트모더니즘 소설이다.

놀라 떠는 살 속으로

차갑게 파고 들어간다.

외마디 비명의 어두운 뿌리가

뻗어 나오는 바로 그곳에서

칼날은 움직임을 멈춘다.

– 페데리코 가르시아 로르카, 「피의 결혼」

안달루시아에 있는 동안, 이 지역 문화의 특징이 죽음과 피의 이미지라고 느꼈다. 온몸으로 웃고 이야기하는 사람들의 낙천과 쾌활함 역시 어떤 면에서 너무도 강력하게 본능적인 것으로 느껴졌으니까. 마치 동전의 양면처럼, 생의 본능은 늘 죽음과 비극에 가까이 있다.

카르멘은 투우장에서 죽음을 맞았다. 그토록 투우를 찬양했던 안달루시아의 작가 로르카. "이성이 세계를 지배하기 이전의 원시적인 본능과 신비로움을 간직한 행위"라는 그의 말을 존중하지만, 투우를 직접 보고 싶진 않았다. 대신 세계 유일의 플라멩코 박물관에서 플라멩코 공연을 보기로 했다.

앞줄에 앉아 있던 나의 얼굴 위로 두엔데에 빠져든 댄서의 땀방울이 뿌려졌을 때, 형언할 수 없는 전율이 일었다고 할까. 생의 불꽃을 남김없이 소진하고 난 뒤 땅으로 흩뿌려지는 핏방울처럼, 정말이지 그렇게 느껴졌다. 어쩌면 투우를 보는 이들의 감흥이 이런 종류일 수 있겠다, 하는 생각도 함께. 결과와 윤리를 벗어나, 대지가 생명의 마지막 피를 빨아들이는 과정으로 그것을 바라보는 행위. 처음 본 플라멩코 공연의 여운에 젖어 새벽까지 잠을 이루지 못했다.

늦가을, 안달루시아의 햇살 속에서
나는 나보다 더 나인 것 같은 나를 평화롭게 마주했다.

다시 아침. 아르마스 터미널 근처 숙소에서 대성당과 살바도르 성당까지 걸어가기로 했다. 세비야를 대표하는 두 성당. 낙엽이 깔린 시청 옆 누에바 광장에선 브라스밴드가 〈Hey Jude〉를 연주하고 있었고, 모여든 사람들은 서로 눈길이 마주칠 때마다 밝게 웃어주었다. 늦가을, 안달루시아의 햇살 속에서 나는 나보다 더 나인 것 같은 나를 평화롭게 마주했다.

고딕 양식의 성당 가운데 제일 크다는 세비야 대성당. 콜럼버스의 무덤으로도 유명한데, 죽어서도 스페인 땅을 밟지 않겠다던 유언대로 그의 관은 왕들의 어깨 위에 올려져 있었다. 자신의 유언을 장난처럼 받아들였다고 화를 낼 것 같은데 말이다. 황금으로 뒤덮인 화려한 성당이지만 이상하게도 큰 감흥은 없었다. 그에 비해 겉모습은 소박하지만 엄청난 정성으로 조각된 제단에 감탄이 절로 나왔던 살바도르 성당. 만약 카르멘의 결혼식이 열렸다면, 대성당보다는 여기가 더 어울리지 않았을까. 치명적인 아름다움이란, 사실 압도적이라기보다 은밀하게 스며드는 중독과도 같은 것이니까.

지구상의 가장 큰 목재 건축물이라는 버섯 모양의 메트로폴 파라솔*Metropol Parasol*로 가는 길. 길가의 작은 꽃집에서 갖가지 꽃과 나무들이 분주히 시들어가는 모습이 보였다. 한참을 걸어가다 제일 비좁고 시끌벅적한 타파스 가게로 들어갔다. 바 안의 남자들이 온몸을 흔들며 리듬에 맞춰 음식을 내주고 있었기 때문이다. 그 목소리와 행동이 너무 크고 흥겨워서 내가 주문한 추로스 접시를 휙 하고 던질 것만 같아 바짝 신경을 쓰고 있어야 했다. 바삭한 추로스 두 개와 핫초코 한 잔이 겨우 2.5유로라니. 사람들 틈에 끼어 어깨를 부딪쳐 가며 먹은 식사는 훌륭했다.

메트로폴 파라솔(Metropol Parasol)

　　조지 오웰의 『카탈로니아 찬가』에 그런 글귀가 있다. "스페인 사람들은 오늘 있는 것들이 내일도 있을 거라고 생각한다"고. 이 얼마나 유쾌한 자세인가 말이다. 물론 내일이면 모든 것들은 사라지고 없을 수 있겠지만, 그렇다 하더라도, 그것을 미리 염려하는 것이 우리에게 얼마만큼 도움이 될 수 있을까. 기억할 만한 삶 속의 순간들을 포착해 내는 능력은 먼 꿈을 꾸는 것만큼이나 중요하다.

　　아, 같은 책에 이탈리아 사람들에 관한 이야기도 있다. 그들은 "내일 할 수 있는 것을 오늘 하지 않는다"고. 물론 그 내일은 영영 안 올지도 모르지만, 오늘 미리 함으로써 얻을 수 있는 것들을 욕심내지 않으면 될 것이다. 사랑해서 될 일이 아니면, 그저 물길 따라 흘러가는 삶도 있듯이.

스페인 광장에 들어서자 소나기가 퍼붓기 시작했다. 비를 피하려고 건물 복도로 모여든 사람들. 어디서 나타났는지 갑자기 계단 아래에서 잉카의 후예들이 안데스 음악을 연주하며 돈을 거두기 시작했다. 정복자의 땅에서 듣는 차랑고와 안타라의 선율은 처량하기 그지없었다.

비가 그치기를 기다리는 동안, 말도 안 되는 혼자만의 소설을 끝내기로 했다. 바보 같은 남자 돈 호세가 결국 카르멘에게 사랑을 고백하지 못하는 내용이다. 그랬다면 그는 행복하게 살아갔을까? 사랑이 없으면 비극도 없다. 하지만 사랑이 없는 삶 역시 비극이라면.

사랑이 있는 비극과 사랑이 없는 비극. 우리에겐 달리 방법이 없다.

그녀의 아름다운 눈동자를 그는 말없이 바라보고 있다. 이 순간이 지나면 다시는 그녀와 마주 서지 못할지도 모른다. 그러나 그는 아무 말도 할 수 없다. 왜 그런지 그도 모른다. 그저 그래야 할 것 같다는 생각이 들 뿐. 여전히 그를 바라보고 있는 그녀, 사방은 꿈결처럼 조용하다.

그리고 아무 일도 일어나지 않았다. 그 남자 돈 호세는, 그저 잠깐의 졸음 같았던 시간을 채우고 나서 어김없이 황혼이 찾아들자 병든 몸을 끌고 가족을 찾아 나섰다고 전해진다. 세비야 대성당의 오렌지 나무 정원이 붉게 물들던 어느 여름이었다.

Lisbon

늙은 친구 같은
도시에서

룩셈부르크 공항 입국장 안. 전광판을 올려다보며 망부석이 되어버린 한 사람이 있다. 다물어지지 않는 입, 공포에 질려 일그러진 얼굴, 점점 영혼이 빠져나가고 있는 모습은 마치 악령을 마주한 〈이블 데드〉 영화의 주인공 같았다고나 할까. 2018년 어느 가을 오후, 계획에도 없이 룩셈부르크에 떨어졌던 내 모습이다.

사연은 이러했다. 나는 그날, 뮌헨을 떠나 리스본으로 가는 유로윙스 항공권을 예매해 두었다. 공항에 도착해 유로윙스 카운터로 갔더니 직원은 잠시 고민하다 루프트한자 카운터로 가보라고 말했다. 그곳으로 가자 이번엔 앳된 얼굴의 루프트한자 직원이 굳은 표정으로 묻는 것이었다.

"왜 지금 나타난 거죠?"

눈치 없는 나는 분위기도 풀 겸 이렇게 대답했다.

"렌바흐 미술관에서 칸딘스키 그림을 보다가 왔는데, 왜요?"

얼음이 된 직원이 5초 만에 깨어나 타박을 하기 시작했다.

"비행 일정이 세 시간 앞당겨졌다는 메일을 보냈는데, 왜 확인하지 않았냐고요!"

이번엔 내가 5초간 얼음. 그래, 확인 안 했어. 그런데 내가 예매한 건 유로윙스 항공권이었잖아. 루프트한자에서 보냈다는 메일을 무심코 넘겨버렸다고. 예매한 항공사의 모회사까지 늘 기억하고 있어야 해?

그래야 하나 보다. 메일 확인을 하지 않고 원래 시각에 나타난 승객은 나밖에 없었다. 말썽꾸러기 학생을 나무라는 선생님처럼 굴던 직원은 여기저기 전화를 돌리며 '어느 부주의한 승객'을 어떻게 처리할지 우왕좌왕하기 시작했다. 처음 도착했던 프랑크푸르트 공항 입국장의 엄청난 무질서가 독일에 대한 나의 기대를 산산조각 내더니 독일을 떠나는 오늘, 뮌헨 공항, 너마저.

칸딘스키와 가브리엘 뮌터의 그림을 들여다보고 있는 동안 내 머리 위로 날아가버린 리스본행 비행기. 어쨌든 긴 인내의 시간 끝에 룩셈부르크를 거쳐 리스본으로 가는 항공권이 다시 내 손에 쥐어졌다. 그러면 뭐하나. 비행기는 안내방송조차 없이 한 시간 늦게 출발했고, 내가 룩셈부르크 공항에 도착했을 때 리스본행 비행기는 이미 떠나고 없었다. 그리고 그것이 오늘의 마지막 리스본행 비행기였던 것이다. 맙소사!

여행을 다닌 지 십수 년이 넘었지만, 운이 좋았는지 이런 식의 변수를 겪어본 적은 없어 꽤 큰 공포감에 빠졌다. 오늘 리스본의 숙소에 체크인하지 않으면 예약이 취소될지도 모른다. 하루 이틀 묵을 것도 아닌데 적당한 방을 다시 구할 수 있을까. 무엇보다 지금 당장 여기에서 어떻게 밤을 보내고 리스본행 티켓을 받아야 하나.

하지만 룩셈부르크 공항은 상냥했다. 입국장과 출국장의 구분도 없는, 동양인을 찾아보기 힘들었던 작은 공항. 안내 직원은 거의 울 것 같은 얼굴을 한 나를 안심시키고 루프트한자 담당자에게 전화를 걸어주었다. 발권 업무를 하고 있던 다른 항공사의 직원까지 나를 걱정하며 상황을 체크하는 모습에 감동하기도 했다. 그리고 그 모든 괴로움과 잠시의 공포는 공항 바로 옆의 고급 호텔 숙박권과 세 장의 호텔 식사 쿠폰, 다음날 출발하는 리스본행 항공권까지 손안에 주어지면서 행복하게 마무리되었다. 루프트한자 직원은 심지어 걸어서 3분 거리의 호텔을 왕복할 수 있는 택시 이용권까지 함께 출력해 주었다. 유명 호텔 체인에서의 편안한 밤, 멋진 식사, 짧은 시내 구경. 잊지 않을게요, 룩셈부르크! 모두 모두 고마워요.

리스본의 첫인상은 좋지 않았다. 룩셈부르크에서 낙오된 나의 상황을 설명하려 했지만, 포르투갈어로 몇 마디 하다 계속 전화를 끊어버리던 숙소 관리인. 영어를 알아듣지 못하는 그녀에게 어떻게든 사정을 설명하려 했지만, 세 번째부터는 짜증이 났는지 아예 전화조차 받지 않았다.

어쨌든 그 숙소에 도착했고 하루 늦게 왔음에도 다행히 방은 비어 있었는데, 수십만 원의 숙박비를 현금으로 달라는 것이었다. 밖에 나가서 현금을 찾아오라고 아무렇지 않게 말하는 그녀에게(그녀가 아는 영어는 'cash'밖에 없었고, 나머지는 몸짓이었다) 화를 낼 수도 없었다. 리스본 중심가인 아우구스타 거리에서 이 정도로 합리적인 가격의 숙소를 당장 구하기란 불가능하단 걸 알고 있었기 때문이다. 내 키에 꼭 맞는 침대, 내 몸이 꽉 차는 샤워부스, 어두침침한 노란 불빛에 작은 배불뚝이 TV가 전부인 그 숙소는, 그러나 하루하루 머물수록 내 영혼에 더없이 맞춤한 곳이 되어 갔다.

다리 위에서 뛰어내리려던 한 여인과 우연히 마주친 남자. 스위스 베른의 김나지움 선생이자 고전 문헌학자인 라이문트 그레고리우스*는 칸트에 버금가는 정확성과 철저함으로 일생 단 한 번도 규칙에서 벗어난 적이 없을 것 같은 사람이다. 그런 그의 삶이, 포르투갈 출신의 낯선 여인과 만남으로써 뿌리째 흔들리고 만다. 수업 중에 학교를 벗어난 그는 '박물관 구석의 먼지 낀 자화상' 같았던 자기 자신에게서 걸어 나와 결국 리스본행 열차에 몸을 싣는다.

라틴어와 그리스어를 사랑하고 프랑스어와 에스파냐어를 멀리하던 그레고리우스에게 아름다운 멜로디처럼 들려온 '포르투게스*Português*'란 발음. 그리고 어느 순간, 한 번도 의심하지 않았던 삶과 일상 속에 박제된 자신을 발견하고 침묵 속에 빠져드는 경험. 그 영감과 침묵의 끝에 그레고리우스는 리스본으로 떠났다. 의사이자 포르투갈의 독재자 살라자르에 저항했던 혁명군, 아마데우드 프라두의 책을 가슴에 품은 채.

호시우 광장의 노점에서 리스본 지도를 사고 있는 그레고리우스, 사우다드 거리의 체스 클럽으로 들어가는 그레고리우스, 알칸타라 전망대 위에서 타호

---

* 파스칼 메르시어의 소설 『리스본행 야간열차』의 주인공. 우연히 만난 여인과 한 권의 책에 이끌려 어느 날 갑자기 리스본으로 떠났다.

강*Río Tajo*을 바라보고 있는 그레고리우스. 리스본에 머무는 동안, 발길 닿는 곳곳에서 소설 『리스본행 야간열차』 속의 그를 떠올렸다.

어느 날 문득 완벽하게 짜인 일상에서 벗어나 낯선 세계 속에 서 있는 경험. 어쩌면 모든 여행이 그러할 것이고, 더 넓게는 일생을 뒤바꿀 단 한 번의 변곡점이 되기도 할 것이다. 그러나 떠났다고 해서 모두가 머무를 수 있는 것은 아니다. 같은 속도로 계속되고 있는 원래의 삶이 있기 때문이다. 내가 잠시 없는 나의 삶. 그것을 끝내려면 그 누구도 사랑하지 않았어야만 하고, 그 누구도 나를 기억하지 않아야 한다. 그래서 결국 돌아가는 것이다. 또다시 조금은 외롭고 담담한 정물화 같은 삶이 펼쳐질지 모르지만, 내가 떠난 뒤에도 나를 기억하는 이들로 인해 존재할 그 공간을 응시하고 지키는 것 역시 의미 있는 일일 수 있다는 것. 가슴에 지핀 불씨 하나가 언제고 다시 그의 영혼을 깨울 테지만.

『리스본행 야간열차』는 우연한 계기로 잠시 삶의 궤도에서 벗어난 한 남자의 이야기이자, 책 속의 책 「언어의 연금술사」와 저자 프라두의 삶에 관한 이야기이기도 하다. 독재정권의 비밀경찰을 살려내고 사람들의 비난을 받은 의사, 저항운동에 참여한 혁명군이면서 사색가이기도 했던 아마데우 드 프라두.

우리에게 독재자와 압제자와 자객을 사랑하라고 요구하는 세상. 마비시킬 듯한 그들의 잔혹한 군화 소리가 골목에 울려도, 그들이 고양이나 비겁한 그림자처럼 소리 없이 거리로 숨어들어 번쩍이는 칼날로 등뒤에서 희생자의 가슴까지 꿰뚫어도… 설교단에서 이런 무뢰한을 용서하고 더구나 사랑하라고 요구하는 것은 가장 불합리한 일 가운데 하나다. (…) 적을 사랑하라는 이 괴상하고도 비상식적인 명령은 사람들의 의지를 꺾고 용기와 자신감을 빼앗아, 필요하다면 무기까지도 들고 독재자에 대항하여 일어나야 할 힘을 얻지 못하도록, 그들의 손아귀에서 나긋나긋해지도록 하기에 적합해 보인다.

– 파스칼 메르시어, 『리스본행 야간열차』

종교에 관한 프라두의 고민 앞에서 나 역시 아주 오랫동안 생각에 잠겼던 적이 있다. 분노나 인간관계에 대한 고찰에서도 마찬가지였다. 그리고 한 가지 더. 그의 삶에는 스타인웨이로 바흐의 〈골드베르크 변주곡〉을 연주할 줄 아는 여자, 기억력이 비상하면서 아름다운 여자를 조심해야 한다는 교훈도 있다.

리스본의 밤은 길고 아름다웠다. 작은 소란들을 덮고도 남을 오래된 도시의 날개. 매일 저녁, 바다에 닿아 있는 코메르시우 광장 앞 강가에 앉아 어둠에 휘감기는 파도와 멀리 '4월 25일 다리'를 바라보았다(원래는 독재자 살라자르의 이름을 딴 다리였으나 카네이션 혁명을 기념하는 이름으로 바뀌었다). 세계적인 관광도시의 중심가임에도 포장마차나 상점 하나 없는 고즈넉한 강가. 가족끼리 연인끼리 삼삼오오 계단에 앉아 밀물을 피해 다니며 이야기 나누던 그곳. 밤마다 사람들의 정다운 대화를 엿들으며, 관객도 얼마 없는 그곳에서 열정을 꽃피우던 버스커들의 노래를 들으며, 조금씩 리스본이라는 도시에 스며들어 갔다.

그리고 가장 잊을 수 없는, 리스본의 골목길. 호시우 광장 주변의 바이샤 지구와 언덕 위의 알파마 지구, 대지진의 흔적이 남아 있는 바이후 알투 지구. 어

이전에도 내가 여기에 있었고
앞으로도 벗어나지 못할 것만 같은,
영원의 세계.
리스본의 강가와 골목에서 느낀 감정이
그런 것이었음을
나는 뒤늦게 깨달았다.

느 날은 걸어서, 어느 날은 트램을 타고, 또 어느 날은 지어진 지 100년이 훨씬 넘은 신고딕 양식의 산타후스타 엘리베이터를 타고 올라가 리스본의 골목 골목을 눈에 담았다.

다닥다닥 붙은 낡은 집들, 담벼락의 꽃과 붉은 지붕, 소박한 음식점과 파두 공연장들. 1755년 대지진과 독재자 살라자르 치하의 저개발시대를 거친 포르투갈의 아픔과 고단한 역사가 구시가 곳곳에 새겨져 있는 듯했다.

전망대나 언덕 위의 계단에 앉아 멀리 푸르른 타호 강과 저물녘의 하늘을 바라보던 날들. 포르투갈 맥주인 사그레스Sagres(정말이지 최고의 맥주!) 한 병 외엔 아무것도 필요 없었던 시간. 16세기의 화려한 유산 제로니무스 수도원이나 리스본 대성당, 로마 시대 요새였던 상 조르지 성 등 리스본을 대표하는 명소들을 다 둘러보았지만, 내겐 좁고 투박하기 그지없던 골목에서의 시간이 진짜 리스본으로 다가왔다.

그리고 자신들의 도시만큼이나 오래되고 지쳐 보이면서도 순수한 미소를 간직하고 있던 사람들. 유럽에서 리스본을 '늙은 조강지처 같은 도시'라 부른다더니, 나에겐 마치 시간을 감아 마주한 늙은 친구와도 같은 느낌이었다. 무언가 아득하면서 전혀 낯설지 않은, 포르투갈의 천재 시인 페르난두 페소아**가 『불안의 책』에서 묘사한 것처럼.

나는 결코 여기 리스본 도라도레스 거리를 벗어나지 못할 것이라고

** Fernando António Nogueira Pessoa(1888~1935), 포르투갈의 시인이자 평론가, 번역가. 살아생전 영문으로 된 책 네 권과 포르투갈어로는 단 한 권의 시집(『멘사젬, Mensagem』)을 남겼으나, 사후에 엄청난 양의 미완성 원고가 발견되었다. 작품세계 역시 사후에 재평가되어 20세기 최고의 포르투갈어 문학으로 꼽히고 있다.

때때로 생각한다. 내가 그 거리를 글로 쓴다면, 그곳은 마치 영원의 세계 같은 것이리라.

바로 그것이었다. 이전에도 내가 여기에 있었고 앞으로도 벗어나지 못할 것만 같은, 영원의 세계. 리스본의 강가와 골목에서 내가 느낀 감정이 그런 것이었음을 나는 뒤늦게 깨달았다. 리스본보다 더 큰 기대를 품고 찾아갔던 포르투. 리스본과 마찬가지로 언덕과 강, 골목이 있었지만 거의 모든 골목에서 낡은 건물을 리모델링 하는 공사가 한창이었고, 나는 마음 둘 거리를 쉬이 찾지 못했다. 세련된 카페와 북적이는 강가, 밤이면 축구팬들의 함성이 거리에 울려 퍼지곤 했다. 카르무 성당의 화려한 파사드와 아줄레주 벽, 세계에서 제일 아름다운 서점으로 꼽히는(늘 지독히도 북적이던) 렐루 서점, 시선 닿는 곳마다 화보였던 빌라 노바 데 가이아 거리. 포르투의 많은 것들이 명성 그대로였지만, 이상하게도 자꾸만 리스본의 골목길이 그리워지는 것이었다.

지나고 나서야 더 사랑하게 되는 것은 쓸쓸하면서도 벅찬 일이다. 나는 그곳을 떠난 뒤 비로소 리스본을 깊이 사랑하게 되었다. 어쩌면 이미 있었던 사랑을 뒤늦게 깨달은 것인지도 모른다. 리스본의 좁은 골목들 사이로 조각조각 펼쳐진 하늘에 노을이 질 때, 좀 더 오래 언덕에 서서 생각할 걸 그랬다. 잊지 말아야 했던 숫자와 아름다웠던 약속들, 내 아버지에 대한 기억과 남아 있는 날들을. 코메르시우 광장 앞, 깊어가는 밤의 강가에 앉아 맥주 한 병 마시며 좀 더 오래 할아버지 버스커의 노래를 들어줄 걸 그랬다. 나이 든 밥 딜런 같은 가창력이었지만, 스틸기타의 삐걱대는 소리만큼은 정말 멋졌는데.

고독한 사람들의 도시

그리고 아아, 28번 트램! 굽이굽이 언덕길을 힘겹게 오르내리던 그 작고 노란 트램에 다시 올라타고 싶다. 사람들 사이에 겨우 끼어 선 채 좁디좁은 골목을 따라 이리저리 흔들리며 전망대를 향해 올라가고 싶다. 전망대 벤치에 앉아 강과 하늘과 언덕 아래 도시를 굽어보고, 골목 곳곳에 숨어 있는 작은 공연장에서 파두 공연을 본 뒤 페소아의 시집을 옆에 끼고 느릿느릿 언덕을 내려오고 싶다.

생각한다는 건
바람이 세지고, 비가 더 내릴 것 같을 때
비 맞고 다니는 일처럼 번거로운 것.

내게는 야망도 욕망도 없다.
시인이 되는 건 나의 야망이 아니다.
그건 내가 홀로 있는 방식.

– 페르난두 페소아, 「양 떼를 지키는 사람」에서, 『시는 내가 홀로 있는 방식』

『리스본행 야간열차』에서 아마데우 드 프라두가 남긴 마지막 메모지에 적혀 있던 단어는 '외로움'이었다. 꽃과 길과 언덕의 도시. 좁고 빛바랜 골목 골목에서 기꺼이 외로움과 동행하며 더 외로워질 날들을 생각했던, 그래도 슬프지 않았던 리스본에서의 가을. 그 속에 다시 한 번 머무르고 싶다.

고독한 사람들의 도시

♣ 여행에서 돌아온 한참 뒤, 한 독일 시인의 「리스본」이란 제목의 시를 읽다가(분명 예전에 읽었던 책. 경험한 뒤에야 비로소 보이는 것들이 있다) 잠시 멍해졌다. "덜컹거리는 오래된 타자기 같은 전차"가 "지난 세기의 구석을 돌며 사라진다"는 구절. 리스본의 트램을 이렇게 잘 표현한 시는 아마 앞으로도 만나기 어려울 것 같다.

> 덜컹거리는 오래된
> 타자기 같은 전차는
> 임대 가옥의 마지막 공간에서 종을 치며
> 지난 세기의 구석을 돌며 사라진다 우리
> 울타리 밖의 구경꾼들은 행군에 피곤한 눈길과
> 완전히 얼룩진
> 중고품 영혼을 지닌 채 향수 어린
> 골목길의 소란 사이로 빠져나간다
>
> – 한스 위르겐 하이제, 「리스본」에서, 『작은 것이 위대하다』

Sintra

비밀의 숲의 은둔자

거친 바다 앞에 선다는 것은, 지나간 모든 고통과 은총 앞에 숙연해진다는 것. 해와 달의 사연이 바다의 깊이를 바꾸고, 가까웠다가 멀어지는 타원의 궤도 위에서 바람이 불고 청춘이 졌다. 언제쯤이었나. 휘몰아치는 파도 앞에 서서 저 바다 너머에 다른 세상이 있다는 것을 믿기 힘들었던 때. 여기가 정말 세상의 끝이 아니라면, 이렇게 해져버린 돛을 매달고 저 거친 바다를 아직 더 표류해야 한다는 것인지. 얼마나 부지런히 따라잡아야 늘 달아나버리는 경계에 닿을 수가 있나.

'땅의 끝', '세상의 끝'이라 불리던 그곳에 가보고 싶었다. 카보 다 호카Cabo da Roca. 카보는 곶이고, 호카는 '미친 사람'이란 뜻이니 우리말로 '미친 사람의 곶'이다. 그렇겠지. 세상의 끝에 서 있는 자, 곧 미친 사람이었을 테니. TV에서 포르투갈에 대한 여행 프로그램을 볼 때마다 그래, 저기, 세상의 끝에 서 있어 보고 싶구나, 막연히 생각했다. 거친 대서양의 천 길 낭떠러지 위에서 한 번쯤 무심히 나를 바라보고 싶었다.

　리스본 호시우 역을 떠난 열차가 신트라에 도착했다. 작고 고즈넉한 역사. 밖으로 나오자 옹기종기 모인 전 세계 여행자들이 각자의 목적지로 가는 버스를 기다리고 있었다. 어떤 이들은 페나 궁전으로, 어떤 이들은 무어인의 성으로, 그리고 나는 403번 버스를 타고 호카 곶으로 향한다. 신트라 산맥의 경사면에 자리하고 있는 도시. 위태롭게 이어진 꼬불꼬불한 비탈길을 노 젓듯 미끄러져 가던 운전기사는 종종 다른 일을 하면서도 길의 곡선 그대로를 기억했다. 이윽고 도착한 바다. 저 멀리 커다란 십자가 탑이 보이고, 길게 이어진 절벽 아래 아득한 바다가 펼쳐져 있었다.

　유라시아 대륙의 최서단인 이곳. 깎아지른 듯 위태롭게 솟은 절벽 위에 서서, 지리적 이유 외에도 왜 옛사람들이 이곳을 세상의 끝이라 여겼는지를 알 것 같았다. 안개에 쌓인 신비로운 대기, 흐린 수평선 너머 무언가가 더 있다고 생각하기엔 바다가 너무 검푸르고 바람은 너무 사납다. 로마 시대부터 1,500년 세월을 그렇게 믿었던 사람들. 그들 중 누군가는 때로 저 막막한 세상의 경계 위로 마지막 고통의 한 발을 내딛기도 했으리라.

　바람이 차고 물이 깊을수록 뜨거운 것들을 건져내는 인간의 슬픈 습관. 그러나 어느 순간, 그토록 뜨거웠던 것들이 마치 아무것도 아닌 것처럼 되는 순간이 있다. 어떤 연민도 후회도 없이, 어떤 과장도 눈물도 없이, 자신의 삶을 똑바로 바라보게 되는 순간. 인생과 나의 시선이 부딪친 그때, 가벼운 목례라도 나누며 어느덧 편안해진 얼굴로 돌아설 수 있다면.

호카 곶(Cabo da Roca)

　　몸을 가누기 힘든 바람. 이 극한의 언덕 위에서 생명을 이어가고 있는 건 오로지 풀과 나지막한 관목, 그리고 야생화뿐. 주어진 상황이 혹독할수록 존재들은 낮고 강해진다. 날리는 옷깃을 부여잡고 여행객들이 줄 서서 사진을 찍고 있는 곳으로 갔다. 호카 곶의 상징이자 포르투갈의 상징인 십자가 탑이다.

　　여기에서 땅이 끝나고

　　바다가 시작된다.

　　탑 가운데 16세기 포르투갈의 국민시인 까몽이스의 대서사시 「우스 루지

아다스」의 한 구절이 새겨져 있다. 리스본의 제로니무스 수도원에서 바스쿠 다가마의 석관과 함께 자리하고 있는 까몽이스의 석관을 보았을 때, 그만큼 국가적으로 존경받는 인물이라는 느낌이 들었었다. 전투에서 한쪽 눈을 잃고 온갖 우여곡절을 겪으며 가난하게 살다간 시인. 유럽의 변방이 되어버린 지금의 포르투갈 사람들에게는, 찬란했던 조국의 역사와 신화를 노래한 까몽이스의 「우스 루지아다스」가 위안이자 그리움일지도 모르겠다.

관광안내소를 찾아 잠시 망설이다가 결국 호카 곶에 왔었다는 증명서를 발급받고야 말았다(11유로를 내고). 여행 소식을 궁금해 하는 친구에게 보여주며 유치한 자랑이라도 해야 하나.

"오늘은 세상의 끝에 서 있었어. 거긴 말이지, 파도와 바람이 인간을 압도하고, 공기는 투명하면서도 위엄을 잃지 않고 있어. 잊지 마, 그 아찔한 절벽 위에서 내가 중심을 잡고 있었다는 걸."

유럽과 아랍의 이해관계가 얽히고설킨 대항해시대의 속사정은 잠시 미뤄두고, 거친 바다 앞에 서서 문득 그런 생각이 들었다. 모두가 끝이라 하는 곳에서 두려움을 딛고 망망대해로 나선 사람들. 그들로 인해 세상은 넓어지고 발전하기도 했으리라. 그러나 또 다른 한편에 서 있는 이들이 있을 것이다. 소중한 이와 함께할 작은 땅 위에서 조용히 욕심 없이 살고자 한 사람들. 뒤에 남겨질 이들의 눈물과 이미 앞에 있었던 이들의 아픔이 요구되는 일이라면 그 무엇도 욕심내지 않는, 그저 그렇게 흔들리며 고요하게 한세상 살다 가고 싶었던 사람들.

그런 작은 평안조차 작은 의지로는 얻어내기 힘들다는 걸 안다. 그러나 그렇게 살았더라면, 그 많은 이들이 바다에 묻히지도 않았을 테고 아프리카의 주인들 역시 자신의 영토에서 계속 자유로웠을지 모른다. 이 차가운 바람 속에 서서 이런 부질없는 생각을 하는 회색인. 게으르고 심약하다 해도 좋다. 그러지 못할 이유도 없지 않은가.

호카 곶을 떠나 동화 속 궁전처럼 알록달록 예쁜 페나 궁전과 7~8세기 무어인들이 해발 450미터의 산 위에 지어 놓은 무어인의 성터를 둘러본 뒤, 서둘러 헤갈레이라 별장Quinta da Regaleira으로 발걸음을 옮겼다. 사진을 통해 보았던 그 스산하고 신비로운 분위기에 사로잡혀 꼭 한 번 찾고 싶었던 곳이기 때문이다.

헤갈레이라 별장은 오래전 헤갈레이라 자작부인의 소유였던 별장을 20세기 초에 대대적으로 개축한 곳이다. 브라질 출신의 사업가 카르발류 몬테이로[*]가 이탈리아의 무대 건축가 루이 마니니에게 의뢰해 4헥타르에 이르는 독특한 정원과 궁을 완성했다. 커피와 보석 판매로 성공한 몬테이로는 당시 포르투갈에서 '백만장자 몬테이로Monteiro the Millionaire'로 통했다고 하니, 얼마나 대단한 부를 소유하고 있었는지 짐작할 만하다.

언덕길에 자리한 입구를 통과해 매혹적인 풍경 속으로 들어섰다. 우거진 고목과 넝쿨, 미로처럼 연결된 길이 있었고, 신비로운 지하 동굴과 폭포, 구불구

* Carvalho Monteiro(1848~1920), 브라질에서 포르투갈인 부모 밑에 태어나 막대한 유산을 상속받은 백만장자이자 사업가, 곤충학자이자 수집가. 신트라에 신비한 상징과 도상학적 기호들로 가득한 헤갈레이라 궁전을 건설했다. 리스본의 공동묘지 'Prazeres Cemetery'에 있는 그의 무덤 역시 프리메이슨을 연상케 하는 다양한 상징들로 장식되어 있다.

헤갈레이라 별장(Quinta da Regaleira)

고독한 사람들의 도시

불 이어진 성벽과 작은 탑 아래에 상상하지 못한 공간들이 숨어 있었다. 유럽의 여러 나라를 돌아다녀 보았지만 이렇게 비밀스러운 숲과 정원은 본 적이 없다. 어디에선가 시계 토끼나 푸른색의 유령신부가 튀어나올 것만 같은, 또 어느 동굴에선 인디애나 존스의 모험이 펼쳐지고 있을 것만 같은 공간. 그러면서도 로코코와 네오 고딕, 네오 마누엘 양식 등이 버무려진 건물과 장식들은 고풍스러운 유럽의 유산 그대로였다.

여기저기를 걷다 별장에서 제일 잘 알려진 나선형의 우물 입구에 다다랐다. 다양한 국적의 여행자들을 인솔하고 온 젊은 가이드가 막 이야기를 시작하고 있었다.

"여기가 바로 헬게이트입니다!"

그는 이 우물이 죽음으로 가는 길을 상징한다고 말했고, 바닥까지 내려간 뒤 거기에서 이어진 긴 동굴을 지나면 환생의 연못과 폭포에 이르게 된다고도 했다. 옛날 사람들은 9층 높이의 나선형 계단을 걸어 내려가는 것을 곧 죽음으로 향하는 길이라 여겼다는 것이다. 가이드의 설명이 이어지고 있는 사이 서둘러 아래로 내려갔다.

닫힌 벽이 아니라 계단으로 이루어진 우물. 성벽처럼 이어진 나선형의 돌계단을 따라 아래로 내려가면 우물의 바닥에 닿게 된다. 내려갈수록 빛은 희미해지고, 사람들은 텅 빈 어둠 속에서 침묵하고 있었다. 머리 위의 작은 하늘. 한줌 빛의 무게로 영혼의 마디마디가 내려앉을 것만 같은. 죽음이 이런 것이었나. 저토록 가깝게 보이는 빛을 등지고 이제 캄캄한 동굴로 들어서야만 한다. 그 끝에 있는 환생의 연못을 향해 걸으며, 해묵은 공기와 어둠 속에 더듬거리며, 아득하고 두려워도 또다시 사랑이 기억났다. 이렇게 이번 생에 좀 더 머무를 수 있다면, 피안의 약속 같은 건 없어도 좋을 텐데.

녹조 가득한 초록빛 연못과 작은 폭포 너머로 다시 태어난 이들의 재잘거림이 가득하고, 나는 돌다리와 구름다리와 숲길을 지나 몬테이로의 대저택에 이르렀다. 잿빛 하늘 아래 신비로운 기운을 내뿜고 있는 네오 고딕 양식의 건물. 정교한 장식의 첨탑들, 로코코와 네오 마누엘 양식으로 치장된 내부. 이렇게 아름답고 비밀스러운 왕국을 거닐며 살았을 그 옛날 백만장자의 모습을 그려본다. 행복했을까, 그는. 노년에 이 별장을 완성한 후 겨우 10여 년을 살다 떠난 그의 삶이 조금은 쓸쓸하게 느껴졌다.

밖으로 나와 아무도 없는 정원의 돌 벤치에 앉았다. 맞은편엔 색색의 자갈들로 섬세하게 모자이크된 성벽. 문득 베르베르의 단편 「완전한 은둔자」가 떠오른 것은 그 제목 때문이었을 것이다. 감각에 기대지 않는 '진짜 세계'를 탐구하며 완전한 고독을 택한 주인공. 그러나 그런 진정한 깨달음은 겨우 아이들의 장난이나 한 마리 개로 인해 파괴될 수 있는 것이었다.

하지만 명상을 끝내면서 그가 발견한 것은 하나의 심연뿐이었다. 그 심연을 보고 그는 아찔한 기분을 느꼈다. 그러자 문득 죽음이야말로 진정으로 흥미진진한 마지막 모험이라는 생각이 들었다.

– 베르베르, 「완전한 은둔자」에서, 『나무』

어쩌면 이 별장의 주인 또한 은둔자로서 10여 년을 보내고 죽음이라는 마

적막한 정원 아래 동굴을 지나서
다시 우물의 바닥에 서 있어 보아야겠다.
나선형의 죽음을 거슬러 올라가면
몇 세기 전의 기억이 떠오를 것만 같은 오후.

지막 모험을 떠난 것은 아닐까. 물론 베르베르 소설의 주인공과 달리 몬테이로의 뇌는 그의 몸 안에 있었고(아마도), 또 그에게는 사유에 앞선 몸과 경험이 있었다.

몬테이로에 관해 알려진 바는 많지 않으나, 포르투갈 코임브라 법대를 졸업한 브라질 출신의 사업가라는 것 외에 곤충학자이자 박애주의자였으며 연금술이나 성전기사단, 장미십자회 등에 관심이 깊었다는 이야기가 전해진다. 짐작건대 일생을 바쳐 일군 부로 자신만의 왕국을 건설하고, 그 속에서 새로운 세계의 질서를 사유하다 떠난, 그런 사람이 아니었을까. 그게 아니라면 그가 직접 구상했다는 이 아름답고 조금은 기괴하고 비현실적인 공간을 설명할 길이 없다.

고독한 백만장자들. 〈찰리와 초콜릿 공장〉의 윌리 웡카처럼 스스로 세운 거대하고 유쾌한 세계 속에서 덜 자란 어른으로 살거나, 솔 벨로의 소설 『비의 왕 헨더슨』의 주인공처럼 무기력하고 고통스럽게 지내다 결국 아프리카로 떠나거나, 그리고 몬테이로처럼 이 신비로운 왕국의 주인으로 삶을 마감하거나. 어떤 경우에도 물질적 부는 그 자체로 가치를 갖지 않는다는 것. 그저 숫자가 적힌 종이 다발로 행복해질 수는 없다는 것.

초콜릿 공장도 좋고 비밀의 정원도 좋지만, 교환 가치로서의 부를 잃어버린 동심을 되찾는 데 쓸 수 있다면. 나처럼 게으른 사람도 죽을 만큼, 다시 태어나는 것만큼 간절히 노력할 수 있을 텐데. 적막한 정원 아래 동굴을 지나서 다시 우물의 바닥에 서 있어 보아야겠다. 나선형의 죽음을 거슬러 올라가면 몇 세기 전의 기억이 떠오를 것만 같은 오후.

리스본으로 돌아가기 위해 신트라 역에 도착했을 때, 엄청난 혼란이 벌어지고 있었다. 열려 있는 개찰구. 승강장의 인파와 웅성거림. 뒤이어 흘러나오는 안내방송에서 'strike'란 단어를 듣는 순간 나의 머릿속도 하얘졌다. 파업이라니! 태어나 처음으로 포르투갈에 와서, 내내 리스본에 머물다 잠시 찾아온 신트라에서, 그것도 바로 조금 전부터 포르투갈 열차가 파업을 시작했다니.

짐은 리스본에 있고, 나는 내일 아침 일찍 포르투로 떠나야 한다. 어떻게 해야 하나. 택시를 타고 리스본까지 가면 요금이 얼마나 나올까. 온갖 생각에 사로잡혀 있는 동안, 근처 주민들이 하나둘 역사에 나타나 리스본 중심가로 가는 방법을 함께 고민해 주었다. 기다리다 보면 열차가 한 대쯤은 올 것이다, 그것을 타고 리스본 전철로 갈아탈 수 있는 역으로 가라, 등등. 일부는 인근의 휴양 도시 카스카이스에서 방법을 찾겠다며 버스 정류장으로 떠났고, 일부는 서로 하소연을 늘어놓으며 무작정 열차를 기다렸다. 그리고 한참 뒤 거짓말처럼 역사로 들어온 한 대의 열차.

"세상의 끝에 있는 마을에서 생각에 잠겼다가 돌아오니 열차가 파업을 시작했지 뭐야."

서울에 있는 친구에게 소식을 전했더니 이런 답장이 돌아왔다.

"사색의 끝엔 파업이니 뭐니 하는 현실이 곧장 대기하고 있지."

바다, 그리고 비밀의 정원. 아름다웠던 신트라를 떠나야 할 시간. 대기 중이던 열차가 사람들을 싣고 다시 현실 속으로 힘차게 달려 나갔다. 미처 따라나서지 못한 내 마음이 저만치서 천천히 움직이기 시작했다.

Rome

불한당들의 세상

중세 도시 오르비에토의 기차역에 앉아 로마행 기차를 기다리고 있었다. 들판과 마을 사이 승강장. 조용했고, 잘 여문 올리브 향기가 바람에 실려 오는 듯했고, 반짝이는 햇살이 기찻길 위에 골고루 뿌려져 있었다.

어느 사이 더딘 걸음으로 바로 옆 벤치에 와서 앉은 행려 할아버지. 덥수룩한 흰머리에 낡고 더러운 옷, 허공을 바라보며 빙그레 미소를 짓고 있던 할아버지가 앉은 채로 볼일을 보고 있음을 깨달았을 때, 나도 모르게 주위를 둘러보았다. 한참 떨어진 벤치에서 대화 중인 젊은 남녀를 제외하고 아무도 없는 기차역. 다행이구나. 그냥 그대로 옆에 앉아 멀리 토스카나 들판으로 시선을 돌렸다. 서둘러 자리를 옮기거나 소리를 내고 싶지 않았기 때문이다. 그저 사람 사는 세상의 일부라고 느꼈고, 나 또한 그를 둘러싼 세상의 일부로 있어 주고 싶었고, 마치 꿈을 꾸는 듯 편안해 보이는 그의 시간을 방해하고 싶지 않았다.

로마행 기차에 올라 멀어져 가는 할아버지의 모습을 바라보며, 문득 에드거 앨런 포의 글귀가 떠올랐다.

낮에 꿈꾸는 사람은 밤에만 꿈꾸는 사람에게는 찾아오지 않는 많은 것을 알고 있다.

포 역시 삶의 마지막 시간을 길 위에서 보냈었지. 어찌 알겠는가. 낮에도 꿈꾸고 있는 저 할아버지가 일생을 통해 얼마나 많은 것을 알아내고 또 간직하고 있을지.

한 시간을 넘게 달린 차창 밖으로 우울한 로마 변두리의 풍경이 펼쳐지기 시작했다. 그러고 보니 유럽 어느 도시에서든 변두리의 풍경은 대체로 우울했다. 중심과 변두리 따위의 구분이 이 넓디넓은 우주 속에서 어떤 의미가 있을지 모르겠지만.

1960년대, 로마 변두리 빈민촌에서 동성애자에게 몸을 팔거나 도둑질을 일삼으며 살아가던 토마조와 그 친구들. 영화감독이기도 한 파졸리니*의 소설 『폭력적인 삶』을 처음 만난 것은 20대의 어느 겨울이었다. 세상은 거칠고 매일의 밤은 깊어, 책이 아니고서는 음악이 아니고서는 살아갈 도리가 없었던 시절. 서점을 둘러보다 본능적으로 그 책을 집어 들었다. 아마도 제목 때문이었을 것이다. 그들의 삶이 폭력적이었는지, 삶이 그들에게 폭력적이었는지, 그

---

* Pier Paolo Pasolini(1922~1975), 이탈리아 영화감독이자 작가. 〈테오레마〉, 〈살로 소돔의 120일〉 등 체제와 종교를 적나라하게 비판한 영화들로 큰 충격을 불러일으켰으며, 인정받는 소설가이자 시인이기도 했다. 잔혹하게 살해된 변사체로 발견된 뒤 17세 소년이 범인으로 체포되었으나, 정치적 타살이라는 주장이 계속 제기되었다.

고독한 사람들의 도시

것이 궁금했던가. 결국엔 둘 다였지만.

파졸리니의 또 다른 소설『삶의 아이들』역시 로마 변두리에서 도둑질하고 사기 치며 살아가는 소년들에 관한 이야기다. 독일 점령기와 전후 이탈리아 사회의 민낯을 더없이 사실적이고 냉정하게 풀어놓은 그 책들을 읽는 동안, 이상하게도 그런 느낌이 들었다. 부지런히 물어온 상징의 나뭇가지들로 씨줄 날줄 엮은 내 영혼의 둥지가 허망하게 무너져 내리는 느낌. 어떤 극적인 묘사나 감정의 폭발 없이도 그렇게 될 수 있음을 깨달았던 그때. 지옥도처럼 구체적인 그들의 삶을 읽어 내려가는 것이 고통스러워 몇 번이고 책을 덮곤 했다.

어느덧 로마 시내에 도착한 기차. 테르미니 역에서 64번 버스를 타고 나보나 광장으로 향했다. 휴대폰 대신 지도를 손에 든 채 늘 헤매 다니는 길눈 어두운 여행자. 버스에서 내린 그 여행자를 광장에까지 인도한 건 은빛 수염의 이탈리아 할아버지와 영국에서 여행 온 가족이었다. 나보나 광장을 한 바퀴 돌아 팡테옹으로 가는 동안엔 다시 경찰 아저씨의 도움을 받았다. 로마는 광장과 태양과 탄산수와 시끄럽고 친절한 사람들로 이루어져 있다.

도무지 입구를 찾을 수 없어 한참을 헤맨 숙소. 간판 대신 벽에 작게 붙어 있는 명패를 다시 한 번 확인했다. '호텔 토마스 만'. 좋은 위치임에도 꽤 저렴한 가격이 가장 큰 이유였지만, 로마의 중심가인 팡테옹 근처에서 독일 작가 토마스 만의 이름을 보는 것이 흥미로워 선택한 숙소이기도 했다. 토마스 만이 젊은 시절 로마에 머물며 글을 쓴 적이 있다더니, 이 도시가 아직도 그를 기억하고 있는 모양이다.

　와이파이도 터지지 않는 몇 백 년 된 건물의 중정에선 빨래와 채소 따위를 든 사람들이 분주히 오가고 있었고, 관리인은 중세에나 썼을 법한 거대한 열쇠 꾸러미를 건네주었다. 처음엔 그가 이탈리아어를 하는 줄 알고 멍하니 서 있었는데, 곰곰이 듣다 보니 영어가 아닌가. 그토록 시끄럽고 극단적인 억양의 영어는 처음이었다. 마치 〈캐러비안의 해적〉의 잭 스패로우가 이탈리아어로 화를 내는 느낌이랄까. 현장 결제 과정을 잘 모르는 내가 답답했는지 가슴을 치며 목소리를 높이던 그가 헤어지기 전에 환하게 웃으며 내일 조식을 기대하라고 하는 대목에서 나도 그만 피식 웃고 말았다.

　어느새 날이 저물고, 다시 나보나 광장을 찾아가기로 했다. 거리의 번쩍이는 광고판과 환히 불 밝힌 가게들에 적응이 되지 않았던 건, 피렌체와 오르비에토에 머물다 온 탓이었을 것이다. 로마의 응접실이라는 나보나 광장. 바로크 예술의 거장 베르니니의 '4대강의 분수 *Fontana dei Quattro Fiumi*' 앞에 앉았다. 색색의 래커 스프레이로 순식간에 그림을 그리는 거리의 화가와 악사들, 야외카페에 자리 잡은 사람들. 로마의 밤이 깊어 갔다.

　다음날 아침 여덟 시 30분. 오래된 이탈리아 가정집의 모습 그대로인 숙소 주방에서 유쾌한 손놀림의 이탈리아 아주머니가 커피를 끓이고 우유를 데우고 빵과 버터를 내주었다. 바로 옆자리엔 뽀글머리의 젊은 프랑스 남자와 토끼 앞니를 가진 여자 커플이 있었고, 잠시 후 독일인 노부부가 들어와 함께 아침을 먹었다. 평화로운 시간. 토마스 만의 소설 『마의 산』에서 한스가 아침 식

로마는
광장과 태양과 탄산수와 시끄럽고 친절한 사람들로 이루어져 있다.

사 중인 식당의 사람들을 관찰하던 장면이 떠올랐다. 물론 나는 평생을 관찰한대도 토마스 만 같은 묘사를 할 수는 없을 것이다.

불빛과 음악과 사람이 넘치던 로마의 밤. 꿈에서 깨어난 이들의 아침은 창백했다. 감나무와 석류나무, 뒷골목 건물들의 붉은색 흙벽, 꽃밭처럼 펼쳐진 자갈길. 팡테옹에서 포폴로 광장을 지나 바티칸에 이르는 길을 천천히 걸었다. 내부에 예배당만 열한 개가 있는 압도적인 규모의 성 베드로 대성당. 줄선 지 30분 만에 들어간 성당 안에서(러시아 여행객들의 당당한 새치기에 할 말을 잃었다) 지인의 부탁으로 챙겨온 작은 약병에 성수를 담고, 베르니니와 미켈란젤로의 조각을 감상했다. 돌을 깎아 만들었다고 믿기 힘들었던 〈피에타〉의 섬세함.

일정한 공간 안의 사람들을 분석했을 때, 아마도 그 국적이 가장 다양할 것 같은 시스티나 예배당. 미켈란젤로의 〈천지창조〉와 〈최후의 심판〉이 동시에 눈앞에 펼쳐져 있는 비현실적인 공간 속에서 평면의 그림이 마치 조각인 듯 살아움직이는 느낌을 받았다. 〈최후의 심판〉 속 지옥의 모습을 바라보며, 〈천지창조〉의 역동성과 아름다운 색감 한편에 전해져 오는 어두움의 이유를 생각하며, 오래도록 서 있었다.

일찌감치 예약해 둔 바티칸 박물관에서 그 유명한 라파엘로의 〈아테네 학당〉을 본 뒤 끝없이 이어지는 중세와 르네상스, 바로크 회화에 정신을 놓을 무렵, 오가는 사람도 별로 없는 작은 전시관에서 고흐의 〈피에타〉를 발견했다. 흥분과 함께 활력이 샘솟아 다시 씩씩하게 걷기 시작. 그 뒤로도 강렬한 현대미술

작품들이 곳곳에 걸려 있어 탄성이 새어 나왔다. 사랑하는 존재를 뜻하지 않은 곳에서 마주친 기쁨.

여러분, 바티칸 박물관에는 현대 종교미술 전시관이 있습니다! 달리와 샤갈, 칸딘스키에서 프랜시스 베이컨의 작품까지 있어요!

박물관을 나와 이곳저곳을 하염없이 돌아다니다 도착한 비토리오 에마누엘레 2세 기념관. 저물녘 마지막 산책을 하면서 다시 『폭력적인 삶』의 한 대목을 떠올렸다. 로마 변두리 밭에서 수박을 따와 이 근처 시장에 내다 팔았던 토마조와 친구들. 좋은 자리를 선점해 수박을 줄 세워 놓고, 거리의 창녀들을 벗삼아 밤새 수박을 지키고 있었던 그들의 모습.

"이 수박들을 보세요. 불길처럼 빨간, 이 아름다운 수박들을 보세요! 소방수를 부르세요!"

아침이 밝자마자 장사를 시작한 그들의 목소리가 귓가에 들리는 듯했다. 끝모를 가난 속에서 그저 낄낄대고 장난치거나 주먹을 휘두른 가련한 청춘들의 한때.

홍수로 물에 잠긴 빈민촌에서, 고립된 창녀를 구하기 위해 몸을 던졌다가 결국 죽음을 맞는 토마조. 창녀 한 명의 목숨이 자기 자신을 던질 만한 가치가 있는 것인지, 그 순간 토마조는 그런 생각을 했을까? 아마도 하지 않았을 것이다. 죽음이 똑같은 죽음이듯, 목숨 또한 그저 목숨이지 창녀의 목숨이 아니기 때문이다. 토마조 같은 불한당에게도 자연스레 내재해 있는 생명에 대한 본능적 경도, 어쩌면 그것이 이 폭력적인 세상을 구원할 가치라는 것이 파졸리니의 믿음이었던 모양이다.

팡테옹(Pantheon)

　"개인은 타인의 삶과 역사로부터 결코 자유롭지 않다"고 했던 파졸리니
의 말은 진실일 것이다. 그래서 그는 '지옥을 이해하고자 하는 굳은 의지'로
사회의 그늘과 변두리 인생을 관찰했고, 결국 그 속에서 구원의 가능성을 찾
았다. 난자당한 채 자동차 바퀴에 짓이겨진 시신으로 발견된 그의 죽음은,
정치적 살인에 대한 의심으로 여러 번 재조사 움직임이 일었다. 가톨릭과 파
시즘을 강력하게 비판했던 그의 급진적인 사상이 일군의 사람들에게 표적이
되었기 때문이다. 살아 있었다면, 포르투갈의 올리베이라 감독처럼 100살
이 넘어서도 영화를 찍는 그의 모습을 볼 수 있었을까. 깊게 팬 주름에 고집

스러운 표정으로 로마 거리 곳곳을 누비고 다녔을 그의 얼굴이 그려진다.

세상을 억압하는 모든 권위에 대항하고, 가장 밑바닥의 삶 속에서 구원을 찾으려 했던 파졸리니. 나는 그가 그들의 삶을 지나치게 편애하고 있다고 생각하고, 결핍에서 비롯된 악 역시 그저 악일 뿐이라고도 생각한다. 하지만 썩은 판잣집에서 쓰레기처럼 살아가던 그들. 하나씩 불구가 되거나 자살하거나 병들어 죽거나 감옥으로 사라져 가는 그들의 모습을 지켜보는 것이 고통스럽고, 또한 그 고통의 끝에 변혁에의 의지가 환기될 수 있다고도 생각한다.

『폭력적인 삶』의 토마조는 감옥에서 출소한 뒤 생전 처음으로 빌라에 살게 된 가족을 찾아간다. 깨끗한 벽과 세련된 계단이 있는, 집이라 부를 만한 집을 처음 마주한 순간, 감격에 겨워 노래 부르면서 이곳저곳을 공처럼 튕겨 다니던 그의 모습. "기쁨이 피부 밖으로 터져 나올 것 같다"던 그의 말에 가슴 저렸던 기억이 난다. 그저 작고 안락한 집에서 깨끗한 옷을 입고 노래를 부르며 살아갈 수 있었더라면. 그조차 어렵기만 한 세상이 그에게는 그토록 폭력적이었던 것이다.

어둠이 내리고, 마지막으로 도착한 팡테옹 앞 로톤다 광장 계단에 앉아 집시 부부의 반도네온 연주를 들었다. 카를로스 가르델의 〈Por Una Cabeza〉. 사랑 노래지만, 가사의 앞머리만 생각이 났다.

"잘나고 젊은 말은 간발의 차이로 결승선 앞에서 뒤처지고 말았지."

뒤처지면 어떠하랴. 하나의 결승선에 도달하면 누군가가 또 새로운 결승선을 세울 것인데. 그저 자신의 속도로 걷거나 뛰다 보면 어느새 진짜 끝이 와 있을 것인데.

바람조차 불지 않는 로마의 밤. 긴 하루를 끝내야 한다. 고독한 사색을 계속해야 한다. 나의 존재를 무의미하게 하려는 모든 것들과 맞서 싸워야 한다. 이 폭력적인 세상 속에서. 저 아름다운 반도네온의 불협화음처럼.

달콤한 삶은
어디에 있는가?

두 번째의 로마 여행. 이젠 로마 중심가 어디에서 출발해도 트레비 분수로 가는 길을 찾을 수 있다. 베네치아 광장을 지나 포폴로 광장으로 가는 대로변에서 오른쪽 샛길로 접어들면 트레비 분수 방향의 작은 골목길이 나온다. 영화 〈로마의 휴일〉 스틸 컷과 각종 기념품을 팔고 있는 곳. 밤이면 멋진 할아버지 악사들이 핑크 플로이드의 곡을 연주하는 곳이다.

몇 천 년 된 돌과 분주한 사람들이 촘촘히 박혀 있는 배경을 가로질러 그 골목을 지나다가, 돗자리 위에서 모자를 눌러쓴 채 동냥을 하는 한 청년을 보았다. 손가락으로 바닥에 그림을 그리던 그의 동냥 그릇 앞에 이런 종이가 놓여 있었다.

'사회 부적응자입니다. 도와주세요.'

이내 등을 돌리고 바닥에 눕는 남자. 그 광경 앞에서 이상하게도 마음이 힘들었다. 동냥의 이유가 진실이든 아니든 그 문구 자체가 가슴을 파고들었고, 무엇보다 그의 뒷모습이 너무 쓸쓸해 보였기 때문이다. 마치 어머니의 뱃속으로 돌아가기라도 할 것처럼, 다리를 모은 채 한껏 몸을 구부리고 누운 그의 등.

영화 〈택시 드라이버〉의 트래비스처럼, 도시를 떠도는 방랑자라도 되지 그래요. 어차피 잠이 오지도 않을 거면서. 이 오래된 도시의 뒷골목을 관찰하는 외로운 성자로, 무엇이라도 구원하고 싶어질 때까지.

그의 고독이 그의 것만 같지 않던 오후. 예닐곱 살 된 소녀가 젤라토를 손에 들고 그의 주위를 뛰어다니고 있었고, 어디선가 빵 냄새가 나고 있었다.

영화 〈달콤한 인생〉의 주인공 마르첼로 루비니는 퇴폐와 향락으로 점철된 로마 상류층 사람들의 삶을 쫓는 신문기자다. 몰락한 귀족이나 한물간 스타에 대한 글을 쓰는 기자이면서, 동거하는 여자를 두고 수시로 딴짓을 하는 바람둥이. 그러나 화려한 파티에 참석하고 상류층 사람들과 어울릴수록 그의 영혼엔 권태와 공허함만 더해질 뿐이다.

물질적 부와 품위, 아름다운 아내와 아이들. 모든 것을 갖춘 것처럼 보이던 마르첼로의 친구 스타이너가 비극적인 결말을 맞는 순간은, 충격적이라기보다 오히려 담담하게 다가와 더 쓸쓸한 구석이 있다. 빈틈없이 완벽해 보이는 삶, 그 이면의 균열과 허상을 너무 많이 보아온 탓일 것이다.

2차 세계대전 직후, 실업자가 넘쳐나던 로마의 풍경을 사실적으로 그린 영화 〈자전거 도둑〉. 흑백 화면에 우울하기 그지없는 분위기, 자전거 한 대를 도둑맞고 또 훔치는 것이 이야기의 전부인 이 영화보다 10여 년 뒤에 만들어진 〈달콤한 인생〉의 화려함이 오히려 더 황폐해 보이는 것은 아이러니한 일이다. 생계를 꾸리기 위해 어쩔 수 없이 남의 것을 훔쳐야 하는 세상 속에서도 아직

고독한 사람들의 도시

살아 있는 연민. 도둑이 되어버린 아버지를 따뜻하게 위로하는 어린 아들의 작은 손. 〈자전거 도둑〉의 궁상맞음과 처절함 속에, 어쩌면 〈달콤한 인생〉의 인물들이 놓치고 있는 삶의 의미가 숨어 있을지도 모르겠다는 생각을 했다.

잃어버린 자전거를 찾아 이 거리 구석구석을 헤매 다니던 영화 속 아버지와 아들의 모습. 이토록 풍요로워진 도시에서, 아직도 고통 속에 있는 당신의 얼굴을 바라본다. 무엇을 잃어버렸나, 당신은. 당신의 고독이 배고픔보다 가볍지 않다는 것을 안다. 상실과 외로움으로 죽은 사람들의 이름을 내가 밤새 기억해 낼 수 있는 것처럼. 끝내 무언가를 찾지 못한다 해도, 길 위에서 마주친 이들을 향한 애틋한 눈길을 거두지 않는 한 삶은 계속될 수 있다고, 그렇게 믿고 싶다.

모두가 행복해 보이는 곳, 트레비 분수와 스페인 광장이다. 〈로마의 휴일〉에서 오드리 헵번이 공주로서의 일상을 탈출해 처음으로 자유를 만끽하던 트레비 분수. 〈달콤한 인생〉의 마르첼로가 금발의 여배우와 로마의 밤거리를 드라이브하다 당도한 곳. 분수의 아름다움에 빠져버린 여자 앞에서 마르첼로의 욕망은 또 한 번 부질없어진다. 근처 스페인 광장의 계단은 영화 속 오드리 헵번처럼 젤라토를 먹고 있는 사람들로 가득했다. 침묵이 끼어들 새도 없이 온통 웃음과 수다로 둘러싸인 그곳에 앉아 나 또한 같이 웃음 지었다. 즐겁다니, 저토록 즐겁다니, 알 수 없는 일이었지만 그 빛나던 공기와 생기를 잊지는 못할 것이다.

생각보다 내부 규모가 작게 느껴져 놀랐던 콜로세움. 원형 그대로 보존된

트레비 분수(Fontana di Trevi) ▶

▼ 콜로세움(Colosseum)

고독한 사람들의 도시

상태가 아니라서 그럴지도 모르겠지만, 물을 채워 해상전투까지 재현했으리란 설은 도무지 믿어지지 않았다. 어쩌면 믿고 싶지 않았을지도 모르겠다. 범죄자나 노예들을 가득 싣고 한 편이 모두 죽을 때까지 피비린내 나는 살육을 벌였을 그 광경을 군이 상상하고 싶지는 않았으니까 말이다. 그런 대규모 전투가 아니더라도 얼마나 많은 사람과 동물의 피가 이곳에 뿌려졌을까. 술과 향락, 광기 어린 피의 축제를 보며 제국의 자부심을 느끼고 노동의 수고를 잊었을 로마 사람들. 비단 그 시대만의 이야기가 아닌 것 같아 마음이 서글펐다.

성스러운 길, 'Via Sacra'라 이름 붙여진 거리를 걸어 고대 로마의 중심지 포로 로마노에 도착했다. 뜨거운 태양 아래 갑자기 쏟아지기 시작한 비. 티투스의 개선문 아래에서 여우비를 피하러 모여든 몇몇 여행자들끼리 가벼운 인사를 나누었다. 여행하다 보면, 서로 눈만 마주쳐도 웃음 짓게 되고 이야기를 꺼내게 되는 특별한 경험을 자주 하게 된다. 대화를 나눌 순간, 혹은 그와 동행중인 침묵을 지켜줘야 할 순간을 구별하는 것. 어쩌면 그것이 여행으로 터득하게 되는 값진 미덕 중의 하나일 것이다.

무성한 잡초와 고양이들, 귀퉁이만 남은 처마를 위태롭게 이고 있는 기둥, 여기저기 나뒹구는 건축물들의 잔해, 머리가 없는 조각상, 초라한 카이사르의 무덤, 폐허라기엔 여전히 압도적인 느낌을 주는 공공 광장. 찬란했던 옛 로마의 흔적들 앞에서 아득한 감흥에 빠졌다. 1,500년 영화를 누린 제국의 혼들이 떠도는 이곳. 열매를 주렁주렁 매달고 있는 올리브 나무 사이로 불현듯 그 시대를 넘나드는 경계가 나타날 것만 같아서, 시간과 공간의 가장자리를 주의 깊게 걸었다.

수천 년을 살 것처럼 살아가지 말라. 살아 있는 동안 최선을 다해 선한 자가 되라.

아우렐리우스 황제의 명상록 한 구절이 떠올랐다. 2,000년 전 로마인들의 숨결을 느끼며. 이 거대한 폐허 한가운데서.

베네토 거리에 있는 숙소. 영화 〈달콤한 인생〉의 포스터와 스틸 컷이 방안 곳곳에 장식되어 있다. 당시 사교계의 중심가였던 이 거리가 영화의 주 무대였기 때문일까. 지금도 바르베리니 궁전을 비롯해 유서 깊은 건물들과 분수를 중심에 두고 로마에서 보기 힘든 대로변이 형성되어 있다.

마지막 날 밤. 치즈와 작은 와인 병을 들고 숙소를 나와 쉴 새 없이 차들이 교차하는 바르베리니 광장의 분수 앞에 자리를 잡고 앉았다. 오가는 차들과 불 밝힌 노천카페. 그 풍경을 바라보며 치즈 한 조각에 와인을 마시고 있노라니, 모처럼 작은 일탈이라도 벌이고 있는 기분이었다. 해 저문 로마의 하늘 아래, 오래된 건물과 가로수가 늘어선 교차로 한가운데 혼자 앉아 와인을 마시는 이 방인. 아무도 나에게 신경을 쓰지 않았고, 그 무심함이 너무 달콤해 노래라도 부르고 싶은 심정이었다.

"어린 시절의 것만 제외하고 모든 정열은 스치고 지나가 저절로 꺼진다"고 체사레 파베세가 그랬었나. 어느 날 갑자기 수면제 한 통을 먹고 죽어버린 이탈리아의 작가. 여행을 떠나오기 전, 한동안 그의 책을 읽었었다. 스치고 지나가는 그 모든 정열이, 그러나 삶의 이유이기도 하다는 걸 당신은 알고 있었겠지.

포로 로마노(Foro Romano)

1,500년 영화를 누린 제국의 혼들이 떠도는 이곳.
열매를 주렁주렁 매달고 있는 올리브 나무 사이로
불현듯 그 시대를 넘나드는 경계가 나타날 것만 같다.

꺼져 가는 그 정열을 가까스로 부여잡고 나는 여행을 떠나기로 했다. 삶이 곧 여행임을 알아가는 시간. 내가 인식하지 못했을 때부터 나의 삶은 시작되었고, 그리하여 나의 여행도 이미 오래전부터 시작되었음을.

달콤한 삶은 어디에도 없다. 계획과 욕망, 달콤한 순간과 고통과 시가 있을 뿐. 사랑은 시의 한 형식이다. 달콤하고 고통스러운 모든 순간을 거쳐 삶의 한 형태를 완성하는 순간, 한 편의 시나 알레고리라고 할 수도 있는 그 순간, 드디어 모든 것들을 이해하게 되리니. 생의 비밀을 깨닫는 그 순간을 향해 그저 묵묵히 길을 걸을밖에. 또다시 길을 떠날밖에.

로마에서의 마지막 밤. 소란한 길가의 고독 속에 홀로 앉아 있던 밤. 죽음을 인식하고 삶을 구성하는 동안 나의 세계가 다시 시작되었다. 나는 지금 살아 있고, 언제든 그것을 끝낼 수 있다. 운명은 힘이 세지만, 내가 운명 앞에 마주 설 수 있는 이유가 바로 그것이다.

달콤한 삶은 어디에도 없다. 그러나 이 모든 수수께끼와 매혹과 어둠 속에 살아 있다는 사실, 그것이 나의 힘이자 긍지이며 당신을 사랑할 수 있는 자격이다.

Firenze

어느 실업자의 죽음

피렌체 가죽 시장 근처의 숙소 건물에 들어선 뒤, 육중한 손잡이가 달린 문 안에 오도 가도 못한 채 갇히고 말았다. 숙소가 있는 2층의 출입문을 비롯해 입구 쪽에서 닫혀버린 중문을 열 수가 없었기 때문이다. 아무리 벨을 눌러도 인기척은 없고, 숨소리까지 울리는 돌벽에 둘러싸여 중세의 죄수마냥 중문 쇠창살을 잡고서 누군가가 건물에 들어오기만을 기다렸다.

구원자가 나타난 건 그로부터 40분 뒤. 늦가을, 몇 백 년 된 건물이 내뿜는 한기 속에서 슬픈 동태가 되어가던 나는 입구에 들어선 이탈리아 가족을 만나자마자 울음이 터질 것 같은 얼굴로 내 사정을 설명하기 시작했다. 안쓰러운 얼굴로 나를 바라보던 가족들. 부인이 누군가에게 전화를 걸어서 긴 신호 끝에 몇 마디를 한 뒤, 거짓말처럼 2층 출입문이 열렸다. 그리고 모습을 드러낸 사람. 숙소의 주인 할머니였다.

밤 아홉 시에 도대체 얼마나 깊은 잠에 빠졌으면 그렇게 벨을 울리고 문을 두드렸는데도 깨어나지 않을 수가 있단 말인가. 춥고 서러워 어찌할 바를 모르는 내게 할머니는 느릿느릿 비스킷과 커피를 내왔다.

"일단 이것부터 먹고 얘기해요."

그제야 할머니의 모습을 찬찬히 바라보았다. 이탈리아 여배우 모니카 비티의 노년을 보는 것 같은, 층층이 주름지고 살짝 각진 얼굴, 깊은 눈매에 온화한 웃음이 자신의 집만큼이나 오래되고 기품 있어 보이던 할머니. 다신 그렇게 깊이 잠들지 마세요. 무섭단 말이에요.

시뇨리아 광장으로 나가 늦은 저녁을 먹다가 또다시 울 뻔했다. 광장 기마상의 말 엉덩이 방향 식당. 호기심에 주문한 안초비 피자를 한입 베어 물다 벼락에 맞은 듯한 충격을 받았기 때문이다. 어쩌면 이렇게도 짜디짠 음식을 내올 수가 있는 것인지. 온몸을 타고 흐르는 소금 전류에 정신까지 마비되는 것 같았다.

도대체 나한테 왜 이러는 거예요. 피렌체를 좋아한단 말이에요. 아까 노스코리아에서 왔다고 한 말은 농담이었어요.

다음날 아침. 잠결에 어디선가 CSN&Y의 노랫소리가 들려왔다. 이건 꿈일 거야. 이처럼 오래된 피렌체 할머니의 집에서 닐 영*Neil Young*의 목소리가 흘러나올 리 없잖아. 홀린 듯 방을 나와 식당에 들어섰을 때, 요리를 끝낸 데보라 할머니가 테이블마다 정갈하게 아침 식사를 차리고 계셨다. 그리고 거실 한쪽의 오디오에서 돌아가고 있는 CSN&Y의 LP 음반.

무언가 비현실적인 그 광경을 멍하니 바라보고 있는 내게 할머니가 어서 와

앉으라며 손짓을 했다. 정성스러운 손글씨로 숙박하는 이들의 이름표까지 세워놓은 테이블. 오디오에서 눈을 떼지 못하는 내게 특별히 좋아하는 음악이 있느냐고 묻는 할머니.

"이탈리아 음악 좋아해요, 정말 좋아해요, PFM, 방코, 라떼 에 미엘레…"

학창시절 좋아하던 이탈리아 아트록 밴드의 이름을 신나게 읊어대는 나를 보고 그녀가 웃었다. 그리고 오디오로 다가가 틀어준 음악. 방코*Banco Del Mutuo Soccorso*였다.

데보라 할머니의 오디오

이건 정말이지, 꿈같은 순간이라고밖에. 몇 백 년 된 이탈리아 가정집에서, 이탈리아 할머니가 손수 만든 오믈렛과 포도파이를 먹으며, 음악을 좋아하는 할머니의 LP 랙에서 꺼낸 이탈리아 아트록 밴드의 노래를 듣는, 기적.

이런 종류의 행복을 상상해 본 적이 없었다. 늘 내 것이 아니었던 행복. 내 것이 아니었던 열망. 삶의 기적이 이처럼 멀리 있지 않음을 진작 알았더라면. 기적은 기적처럼 오지 않는다. 말라붙은 나무에 매일 물을 길어 나르듯 포기하지 않고 행한 수고, 다시 살아날 것을 믿은 용기. 그리하여 영화 〈희생*The Sacrifice*〉의 나무는 되살아나고, "기적은 분명 진실에 다름 아니"라는 타르코프스키 감독의 말 또한 진실이 된다. 그 순간은 내게 분명 기적이었다. 일생 외로 웠던 한 사람이, 한 끼 식사와 음반 한 장에 그토록 행복할 수 있었던 순간이 기적이 아니라면 무엇이란 말인가. 그 모든 고통과 지리멸렬함 속에서 하루를 영원처럼 견딘 날들. 긴 어둠의 시간이 작은 기적으로 돌아온, 피렌체에서의 어느 아침.

일찍부터 여행객들로 북적이는 아르노 강변. 베키오 다리*Ponte Vecchio*를 천천히 걸으며 마키아벨리*의 모습을 떠올렸다. 이 다리 근처에서 태어난 마키아벨리는 아버지의 심부름으로 어린 시절부터 제본소에 책을 찾으러 다니곤 했었다. 포도주와 식초를 들고 다리를 건너가 리비우스의 『로마사』로 바꿔 들고 총총히 돌아왔을 열일곱 살 마키아벨리의 모습.

그는 20대 젊은 시절부터 일하던 피렌체공화국 서기관직에서 마흔네 살에 갑자기 해고당했다. 공화정이 무너지고 메디치 가문이 다시 권력을 잡으며 벌어진 일이었다. 그 후 마키아벨리는 피렌체 근교 산탄드레아 마을의 산장에서 멀리 피렌체 도심을 바라보며 평범한 삶을 그리워하며 지냈다. 한편으로 『군주론』을 집필하면서 말이다.

시오노 나나미의 『나의 친구 마키아벨리』를 읽으면서 마키아벨리의 삶을 특징지을 키워드는 어쩌면 군주론도, 체사레 보르자도, 메디치도 아닌, '실직'이

---

* Niccolò Machiavelli(1469~1527), 르네상스 말기의 이탈리아 사상가. 피렌체공화국 서기관으로 외교와 군사 방면에서 활약하였으나 공직에서 추방된 후 책을 집필하며 지냈다. 국가의 이익을 위해 군주는 종교와 도덕을 떠나 어떤 수단도 취할 수 있다는 『군주론』으로 논쟁을 불러일으켰으며, 이탈리아 연극사의 걸작 『만드라 골라(La Mandragola)』를 남긴 희곡작가이기도 했다.

아니었을까 하는 생각을 했다. 사람에게는 저마다 영혼의 전일성全—性을 유지하는 방법이 있을 것이다. 어떤 이에게 그것이 완전한 자유인 것처럼, 또 어떤 이에게 그것은 그저 규칙적이고 평범한 일상일 수 있다. 국방부 직원이나 개인 비서로 일하며 매일 새벽 부지런히 글을 썼던 폴 발레리처럼, 마키아벨리도 그렇게 철저히 일상적인 삶 속에서 영혼을 단련해 간 사람이 아니었을까.

유배지 같은 그 시골 마을에서, 저녁이면 푸줏간 주인이나 벽돌공들과 어울려 카드놀이를 하고 사소한 다툼을 하며 불한당 같은 생활을 하고 있다던 그의 편지는 몹시 마음 아픈 구석이 있다. 그렇게라도 또 다른 일상을 만들어내지 않으면 살아갈 수가 없었던 것이다. 그러면서도 밤이면 몸을 정제하고 관복으로 갈아입은 후 서재에서 글을 써 내려간 마키아벨리. 그렇게 보내는 네 시간 동안 "모든 고뇌를 잊고, 가난도 두렵지 않게 되고, 죽음에 대한 공포도 느끼지 않는다"던 그는 위대한 정치 철학자이자 위태로운 조국 이탈리아를 걱정한 사상가였음이 틀림없지만, 어쩌면 평범한 생활인으로 살아가기를 가장 열망했을지도 모르겠다.

철저히 현실적이고 계산된 정치론으로 인해 권력자들을 위한 조언자, 권모술수를 가르치는 악의 화신으로 평가받았던 마키아벨리. 『군주론』은 이탈리아의 정치적 통일을 염원하며 집필한 책이었지만, 따지고 보면 그 역시 메디치의 눈에 들어 피렌체의 직장으로, 일상으로 다시 돌아가고 싶었던 의지가 일정 부분 반영된 것이었다. 결국, 또, 실업자인 그의 처지가 문제였던 것이다.

현대에 와서는 권력의 속성을 파헤치는 그의 대범한 통찰이 오히려 약자들을 일깨워 강자의 횡포에 맞설 수 있게 한 측면이 있는 것으로 새롭게 해석되고

베키오 다리(Ponte Vecchio)

아르노 강둑을 가르는 작고 소박한 다리.
그 위로 석양이 내리고 그림자가 길어지면,
누구라도 그리운 이의 모습과 닮아 있을 것만 같다.

있다. 가난하고 외로웠던 사람. 죽어서도 긴 시간 오해받았던 사람. 그의 이름에서 비롯된 '마키아벨리안*Machiavellian*'이란 형용사는 아직도 '권모술수를 부리는', '교활한' 등의 의미로 통용되고 있다.

오래전에 예매하고서도 바우처를 입장권으로 바꾸는 데에 엄청난 시간이 걸린 곳. 유럽의 미술관 중에서 제일 들어가기 힘들었던 우피치 미술관. 피렌체뿐 아니라 이탈리아의 정체성 그 자체이기도 한 곳.

이곳에 와서야 로베르토 로셀리니 감독의 영화 〈전화의 저편*Paisà*〉에 그려진, 약탈당한 우피치 미술관의 텅 빈 벽이 얼마나 슬픈 장면이었는지를 깨달았다. 나치에 점령당한 피렌체에서 텅 비어버린 우피치 미술관을 바라보는 일은, 이탈리아 사람들에게 어쩌면 죽음과도 같은 고통이었으리라.

끝도 없이 이어진 종교화와 초상화들 속에서 한눈에 들어온 아름답고 서정적인 그림, 보티첼리의 〈봄〉과 〈비너스의 탄생〉 앞에 한참을 서 있다가 옥상 테라스로 올라갔다. 푸르른 하늘 한가운데 거대하게 솟아 있는 베키오 궁전의 모습. 현재는 시청으로 사용되고 있는, 마키아벨리가 그토록 돌아가고 싶어 했던 직장.

베키오 궁전 2층 난간에 서서 1층의 대강당 홀을 오래도록 바라보았다. 베키오 다리를 건너 매일 이곳으로 출근했을 마키아벨리. 어느 날은 미켈란젤로의 다비드상을 여유롭게 바라보며, 어느 날은 지각 벌금이 두려워 종종걸음으로 남쪽 출입문에 들어섰을 그의 모습. 천장화와 벽화로 가득한 옛 집무실들. 창밖으로 시뇨리아 광장과 산타 마리아 델 피오레 대성당*Cattedrale di Santa Maria* *del Fiore*이 보이는 집무실에 앉아, 서기관이자 대통령 비서관 역할까지 맡아 밤낮으로 성실히 일했을 마키아벨리의 모습이 그려졌다.

그저 이 작은 집무실과 책상이면 충분했을 텐데. 그랬더라면 『군주론』은 태어나지 않았을지도 모르지만, 그게 다 무슨 소용인가. 고통 속에서의 영혼의 승리보다 그 자신에게 더 소중한 것이 있었다면 말이다.

한참을 걸어 산타크로체 성당 광장에 앉았다. 왼편에 단테의 조각상이 서 있는 아름다운 고딕 양식의 성당. '피렌체의 팡테옹'이란 명성에 걸맞게 마키아벨리와 미켈란젤로, 갈릴레오의 묘를 비롯하여 끝내 고향에 돌아오지 못하고 죽은 단테의 가묘까지 있어 수많은 이름을 떠올리게 하는 곳이다. 이탈리아 출신도 아니면서 불려 나오는 이름, 스탕달까지.

이탈리아를 여행하던 중, 이곳에 묻힌 이들의 묘와 벽화 앞에서 정신을 잃을 뻔했던 스탕달의 경험에서 '스탕달 신드롬'이란 용어가 생겨났다. 아름다운 예술 작품으로 인해 정신적 혼란을 겪는 현상을 일컫는데, 그렇게도 조국 프랑스에 대한 불평을 늘어놓던 스탕달이 "이 도시의 아름다움은 사람을 병들게 하고, 정신을 잃게 한다"며 예찬한 곳이 바로 피렌체였다.

시간이 흐르고 흘러 피렌체에서의 마지막 아침. 이탈리아 밴드 제스로 툴 *Jethro Tull*의 〈Thick as a brick〉이 흘러나오는 거실에서 데보라 할머니가 갓 구워낸 크루아상을 먹었다. 도착한 날보다 가벼워진 배낭을 메고(컵라면 등등이 사라졌으니까) 맞이한 이별의 시간. 얼마 전 돌아가신 고향의 할머니가 떠올라 더욱 애틋한 마음이 들었지만, 짧게 인사했다. 그녀도 나도 서로가 없었던 시간

속으로 돌아가야 한다. 기억이 길 것을 알지만, 누구에게도 다시 만나자는 약속을 하지는 않을 것이다.

　기차역으로 떠나기 전, 골목길을 굽이굽이 올라 미켈란젤로 광장이 있는 언덕에 다다랐다. 멀리서도 한눈에 들어오는 산타 마리아 델 피오레와 피렌체 시내. 그 풍경 앞에서 다시 마키아벨리를 떠올렸다. 메디치 가문이 추방되자마자 피렌체로 돌아온 마키아벨리는 원래 일하던 공화국 서기관직에 입후보한다. 결과는 낙선. 그 후 열흘 만에 병으로 쓰러진 그는 결국 다시 일어나지 못했다. 끝까지 직업을 되찾으려 애썼던 외로운 투쟁. 동시대에 제대로 인정받지 못한 사상가이자 장기 실업자였던 한 남자의 마지막은 그토록 쓸쓸했다.

　먼 산장에서 매일 피렌체의 풍경을 바라보며 그곳에서의 일상을 그리워했을 마키아벨리. 언덕 위에 서서, 그의 마음을 조금이나마 이해할 것 같았다. 피렌체라는 이 도시는, 단테와 마키아벨리에게 그랬던 것처럼 첫사랑과도 같은 곳이다. 잊고 살기엔 너무 아름답다는 뜻이다. 버리기엔 너무 다정하다는 뜻이다. 그러니까 결국, 운명적이고 시적이라는 뜻이다. 흐린 하늘, 구름을 비집고 한줌 햇살이 소리 없이 뻗어 나왔다.

사랑으로 구원받다

시에나에서 덜컹거리는 세 칸짜리 시골 열차를 탔다. 중학교 시절, 혼자서 비둘기호 열차를 타고 몰래 경주를 오가던 기억. 느리고 느리게 여행을 하던 시절엔 길 위에서의 모든 과정이 바로 여행이었다. 창밖의 세상을 응시하며 온갖 공상에 빠져 있는 동안, 목적지에 쉬이 닿지 않아도 불안하지 않았었다. 덜컹거리는 차창 밖으로 부서지던 햇살. 들판의 그 환한 빛과 낯선 풍경 속의 사람들. 어느 집 마당에서 곱게 마르고 있는 아이의 옷을 바라보던 그 모든 시간이 여행이었음을 깨달았을 때, 어른이 되어 있었다. 주위를 살피며 느리게 걷는 것을 배웠던 어린 시절은 지나고, 최대한 빨리 목적지에 도착해야 했던 어른의 삶. 습관의 굳게 다문 입을 뚫고 나오기까지 또다시 많은 시간이 걸렸다.

치우시 역에서 열차를 한 번 갈아탄 뒤 도착한 오르비에토. 해발고도 200미터의 바위산에 자리한 중세의 성벽 도시. 300년에 걸쳐 지어진 웅장한 두오

모와 3,000년 전의 지하 동굴 등 이 도시를 기억하게 하는 것은 많겠지만, 내게 있어 가장 잊지 못할 시간은 절벽 위의 전망대에 걸터앉아 있는 동안이었다.

관광객도 많지 않은 소박한 마을. 선선한 바람이 불어오고, 눈앞엔 넓디넓은 토스카나 평야가 펼쳐져 있다. 초록의 들판과 가지런한 사이프러스 나무, 꽃처럼 피어 있는 붉은 지붕들. 꼭 한 번 절벽 위에서 토스카나의 이런 풍경을 굽어보고 싶었다. 소리소문 없이 사라지고 싶은 충동을 느끼게 한 낭떠러지, 아무도 없는 그곳에 걸터앉아 지나온 삶을 돌아본 시간.

인생의 중반기쯤, 바위처럼 무겁고 막막해질 때가 있다. 뒤를 돌아보면 안 된다는 규칙을 어겼다 돌이 되어버린 사람처럼. 추운 세상, 말라가는 이파리로 몸부림쳤던 긴 시간이 지나고 어느 날. 반쯤 고장난 육체 앞에 끝 모를 어두운 숲이 펼쳐져 있는 것을 보았다. 그리고 문득 오래전에 읽었던 『신곡』의 한 구절을 떠올린 것이다. 책 속에서 단테의 나이는 35세. 「지옥」 편은 이렇게 시작된다.

인생 항로의 중반기에, 나는 어느 어두운 숲속에서 길을 잃고 말았다.

그렇게 된 가장 큰 이유는 사랑의 상실로부터였고, '황량한 산허리에서 헤매다가' '두려운 나머지 길을 벗어난' 단테를 구하고자 한 것 역시 그의 평생의 사랑 베아트리체였다. 오직 신을 향한 믿음으로 직조되었던 중세에, 사랑이라는 인간적 감정으로 실존과 구원을 이야기한. 그런 의미에서 단테는 시인이자 철학자이며 혁명가이기도 했을 것이다.

피렌체 대성당(Santa Maria del Fiore)

시에나를 거쳐 오르비에토에 오기 전, 피렌체에 머물렀다. 단테의 도시이자 메디치와 마키아벨리의 도시. 좁은 골목길을 지나 어느 순간 눈앞에 펼쳐진 꽃의 성당, 산타 마리아 델 피오레의 거대한 자태에 숨이 멎을 것 같았다.

나는 아직도 런던 세인트 폴 성당이 피렌체 대성당보다 더 크다는 사실을 마음으로 받아들이지 못하고 있다. 벌써 세 번째의 피렌체 여행이었지만, 적어도 내겐 다른 어떤 성당보다 더 크고 아름답게 느껴진 곳. 맞은편 천국의 문 앞에 앉아 그 웅장한 파사드를 목이 아프도록 바라보며 시간을 보내곤 했던, 피렌체에서의 게으른 기록.

꽤 익숙해진 피렌체 거리에서 단테 기념관을 찾을 땐 유독 길을 헤매게 된다. 골목 골목을 누비다 결국 큰길로 나와 방향을 다시 잡는데, 그 과정에서 작은 동네 도서관을 발견한다거나 하는 예상치 못한 즐거움을 얻을 때도 있다. 밤열두 시까지 문을 여는 고풍스러운 도서관. 책과 더불어 일상을 보내는 주민들사이에 끼어 잠시 평화로운 시간을 보냈다.

단테가 태어나 살았던 위치에 지어진 기념관. 근처에 베아트리체가 살았었고, 건물 앞 광장 바닥엔 그것을 밟으면 행운이 온다고 전해지는 단테의 부조가있다. 물을 뿌려야만 보이는 단테의 얼굴. 커다란 매부리코에 고집스러워 보이는 인상을 그대로 담은 기념주화가 5유로에 팔리고 있다.

아홉 살 때 축제에서 만난 소녀 베아트리체에게 영혼을 빼앗겨버린 단테. 이루지 못한 첫사랑과 그녀의 때 이른 죽음. 베아트리체가 떠난 후, 가정생활은충실히 하면서도 일생 그녀를 그리워하며 살았던 단테는 정치적 소용돌이에 휘말려 피렌체에서 추방당하고 망명자의 삶을 살게 된다. 가족이 있고 첫사랑의기억이 있는 고향. 어찌 돌아가고 싶지 않았겠는가. 이탈리아 전역을 유랑하며고향으로 돌아가고자 정치세력들 사이를 줄타기한 그의 시도는 번번이 무위로돌아갔고, 그는 끝내 피렌체 땅을 밟지 못하고 숨을 거두었다.

단테 기념관에서 베키오 다리까지 천천히 걸었다. 이 다리를 건너오는 베아트리체를 넋 놓고 바라보았을 열여덟 살의 단테. 잔잔한 아르노 강둑을 가르는 작고 소박한 다리. 그 위로 석양이 내리고 그림자가 길어지면, 누구라도 그리운 이의 모습과 닮아 있을 것만 같구나. 강의 이쪽과 저쪽. 다리의 이쪽과 저쪽. 당신이 오지 않으면 내가 갈 수밖에. 걷고 걷다 보면 어디에선가 마주치리라 믿어 볼 수밖에.

피렌체에서의 첫날, 숙소의 주인 할머니는 캐리어도 없이 배낭 하나를 메고 있는 나를 보고는 "Fantastic!"이라고 하셨다. 그리고 세 번째 방문이란 말에는 더욱 놀란 표정을 지으며 진짜냐고 되묻는 것이었다. 사실 유럽의 도시 중 세 번 이상을 여행한 곳은 파리와 바르셀로나, 그리고 피렌체밖에 없었다.

내가 피렌체란 도시를 좋아하게 된 이유를 곰곰이 생각해 보았다. 르네상스의 발원지, 도시 전체가 문화유산인 아름다운 도시. 그에 더해 이런 이유가 있었다. 우선 산타 마리아 델 피오레 성당. 어떤 각도에서 그것을 향해 다가가도 결국엔 매혹되고 말았던 곳. 오래된 건물 사이를 걷다 피티 궁전 앞마당에 아무렇게나 드러누워 광합성을 하던 시간. 그리고 무엇보다 나를 사로잡은 건 피렌체의 밤이었다. 화려한 네온사인 하나 없이 오렌지빛 가로등만이 불을 밝힌, 다정하고 사려 깊은 피렌체의 밤. 단체 관광객들이 모두 떠난 뒤, 이 작은 도시를 사랑하는 이들끼리 광장에 모여 함께 웃고 노래하던 아름다운 시간.

공화국 광장에선 회전목마가 돌아가고, 광장 한가운데서 젊은 컨트리 버스커가 자니 캐시의 〈I walk the line〉을 부르고 있었다.

안눈치아타 광장
(Piazza Santissima Annunziata)

진실해지는 것은 아주 쉬운 일인 것 같아.

하루가 끝나면 내가 혼자인 것을 발견하지.

그래, 그대에 관한 한 나는 바보인 걸 인정하겠어.

그대가 나의 사람이기에 난 나의 길을 간다네.

천천히 걸어 도착한 안눈치아타 광장. 영화 〈냉정과 열정 사이〉에서 주인공들이 기적처럼 재회한 바로 그곳이다. 다시 마주하기까지 10년의 세월이 필요했던 그들처럼, 진실해지는 것은 아주 쉬운 일이면서 어쩌면 그토록 어려운 일.

이곳에 오는 모두가, 언젠가 꼭 진정한 사랑을 찾아 행복해지기를. 단테가 끝내 돌아오지 못한 고향. 고요한 밤의 도시이자 사랑의 도시, 피렌체.

고독한 사람들의 도시

Venezia

베네치아의 뒷골목을
헤맨다는 것

길을 잃었다. 호롱불처럼 침침한 가로등 사이로 검은 공기와 좁디좁은 운하가 펼쳐져 있었고, 그 위에 초승달처럼 걸린 자그만 다리가 계속 이어졌다. 물로 이루어진 골목. 양옆으로 늘어선 건물들에 물살이 부딪치는 소리를 들은 것도 같다. 작은 광장과 성당이 차례로 나타났다가 사라지고, 멀지 않은 거리에서 수많은 별이 무리 지어 나를 따라다녔다. 또다시 물과 다리. 또다시 광장. 기이하게 아름다운 밤이었다.

베네치아의 뒷골목을 헤매면서, 길을 잃는다는 것이 때로 이토록 인간의 감각을 깨어나게 할 수 있다는 사실에 대해 생각했다. 어둠 속에서 민감하게 열리던 눈과 귀. 오래된 집에 매달린 주홍빛 전등의 포근함과 좁은 골목길을 떠도는 바람에 간지럼 타던 피부. 찰싹대는 물결의 속삭임. 그리고 깨달았다. 길을 찾기 위해, 다시 처음으로 되돌아가야 한다는 것을. 그럴 수만 있다면 말이다.

무조건 큰길로 나간 뒤, 처음 이 도시에 발을 디뎠던 산타 루치아 기차역으로 갔다. 그리고 다시 출발. 산 시메온 피콜로 성당을 지나 숙소 체크인을 했던 사무실(다짜고짜 열쇠와 숙소 안내문을 건네고는 나를 내쫓은 할머니!), 한참 떨어진 곳에 자리한 숙소까지 되짚어가며 천천히 걸었다. 그리고 드디어 성긴 기억의 그물 속에서 마당 넓은 집 한 채가 모습을 드러냈다.

숙박비로 악명 높은 도시지만, 찾기 힘든 위치인 데다 오래전에 예약한 덕분으로 큰 부담이 없었던 숙소. 정성스레 가꾸어진 정원, 넓은 방과 거실, 햇볕이 잘 드는 욕실. 운하에 맞닿아 있는 집이었다.

어느 날은 그저 집에서 쉬며 창문을 열고 하릴없이 운하를 바라보곤 했다. 탁한 물결 위를 미끄러져 다니는 곤돌라와 쪽배. 그 아래로 음료 캔과 썩은 과일 따위가 둥둥 떠다녔다. 괴테가 곤돌라를 타고 "아드리아해를 지배하는 사람이 된 것 같다"고 하던 시절엔 이런 풍경이 아니었던 걸까. 그렇다면 이건 소설 『베니스에서의 죽음』을 통해 토마스 만이 그린 베네치아에 좀 더 가까운 풍경이다. 작고 지저분한 물 위의 도시. 다닥다닥 붙어 있는 운하 건너편의 집에서 피곤한 얼굴의 주민들이 분주히 살아가고 있었다.

길에서 산 전통 가면을 쓴 채 즐거워하는 관광객들. 또각또각 돌로 된 다리를 건너는 멋쟁이 아저씨의 구두 소리. 똑같이 생긴 다리를 몇 개 건너는지 세어보리라는 결심은 오늘도 잊어버린 채 산마르코 광장에 도착했다. 나폴레옹이 "세상에서 제일 아름다운 응접실"이라고 격찬했다는 이 광장은 나폴레옹 외에도 세계적인 예술가들이 사랑한 곳으로 유명하다.

괴테의 『이탈리아 기행』에 보면, 그가 베네치아를 여행하는 동안에 이 광장 근처의 여관에서 묵었다는 대목이 나온다. 여관 이름이 '영국의 여왕'이었던가. 그에게 있어 베네치아를 여행하는 것이 "운명의 책 한쪽에 쓰여 있던 일"이었다는 구절을 보고, 나에게도 그런 도시가 있는지를 떠올렸던 기억이 난다.

광장 한편에 자리한 '카페 플로리안'. 베네치아를 대표하는 300년 전통의 카페. 오래전부터 유럽 각지에서 모여든 예술가들로 북적였던 곳이다. 몇 백 년 전 이곳의 풍경을 머릿속에 그려보았다. 저기 어느 테이블에 앉아 있었을 괴테. 그토록 갈망했던 고독을 제대로 느낄 수 있는 도시라던 이곳에서 『이피게니에』의 원고를 개작하는 데 몰두하고 있었으리라. 그리고 바로 여기에서 나폴레옹의 몰락 소식을 들었던 스탕달이 로시니와 함께 은근히 소심한 프랑스 사람들을 걱정하거나 송로버섯 요리에 관한 이야기를 나누었을지도 모른다. 거만하고 익살스러운 작가, 그리고 미식가이자 뛰어난 음악가 사이의 우정은 베네치아를 떠나 파리에까지 이어졌다.

프랑스 시인 뮈세*Alfred de Musset*가 젊은 날 조르주 상드와 불꽃 같은 사랑을 나누었던 이곳. 그 사랑의 유효기간은 1년이었고, 뒤따른 고통은 뮈세의 작품 세계를 한층 성숙하게 했다. 파리의 페르 라세즈 묘지에 묻힌 그의 묘석에는 이런 시가 새겨져 있다.

> 나는 단지 이렇게 말하리라, 이때 이곳에서
> 한때 나는 사랑받았고 사랑했고
> 그녀는 아름다웠다.

물 위에 흔들리는 그림자 같은,
손에 잡을 수도 빠져나올 수도 없는 미로 같은,
그래서 더욱 우리의 삶 같은 이 도시.

나는 이 보물을 영원한 영혼 속에 묻고

하늘나라로 가져가리라.

　그의 일생에 가장 사랑받고 사랑했던 곳. 뮈세는 베네치아에서의 사랑이 끝
난 뒤 파리로 돌아가 죽을 때까지 고통과 향락 속에서 방황했다. 그의 사랑처
럼, 바이런이나 샤토 브리앙의 짧은 사랑도 이곳 베네치아에서 타올랐다 사라
져 갔다. 순간의 사랑과 영원한 예술이 아로새겨진 도시. 그리고 마르셀 프루
스트가 있다. 정신적 스승이었던 존 러스킨의 책을 번역하며 『잃어버린 시간을
찾아서』의 영감을 떠올린 곳이 또한 베네치아. 내가 이 도시의 뒷골목에서 밤
마다 길을 잃었던 것도, 그러고 보니 프루스트 적인 일이었다. 물 위에 흔들리
는 그림자 같은, 손에 잡을 수도 빠져나올 수도 없는 미로 같은, 그래서 더욱 우
리의 삶 같은 이 도시.

산조르조마조레 섬(San Giorgio Maggiore)

　　　　　　　　　　　　　　　　　　　　　고독한 사람들의 도시

늦가을, 산마르코 광장의 귀퉁이에 앉아 몇 백 년의 세월을 여행하는 동안 어느덧 해가 저물고 있었다. 산마르코 성당과 두칼레 궁전 앞을 천천히 걷다 석양이 깔리는 베네치아의 바닷가에 서 있는 일은, 이 세상과 인간에 대한 일종의 경외심을 불러일으키는 데가 있다. 이민족에 쫓겨온 사람들이 늪과 모래땅에서 무역과 공화제를 발달시킨 도시. 완벽하게 연결된 골목과 운하, 그 위에 자리한 고딕과 비잔틴 양식의 건축물들. 멀리 보이는 산조르조마조레 섬, 하늘과 바다 사이에 우뚝 솟아 있는 천재 건축가 팔라디오의 아름다운 파사드. 비록 내가 찾던 그곳이 여기가 아니라 해도, 잊을 순 없으리란 느낌이 들었다.

『베니스에서의 죽음』속, 연회색 눈동자를 가진 소년 타치오를 마주칠 것만 같은 저물녘의 바닷가. 소년의 아름다움에 매료되어 그 뒤를 따르던 노작가 아센바흐처럼 조심스레 걸었다. 보이는 모든 풍경이 담아두고 싶은 하나의 장면들이었기 때문이다.

두칼레 궁전에서 재판을 받은 뒤 감옥으로 향하는 죄수들이 건넜다는 탄식의 다리. 한 번 들어가면 다시 나오지 못한다는 지하 감옥을 향해 탄식하며 한발 한발 걸어갔을 그들의 모습. 물론 그 다리를 건넌 뒤 탈옥에 성공한 카사노바가 있었지만.

인간은 무한히 자유롭다고 했던 베네치아의 전설적인 바람둥이, 카사노바. 하지만 "정열의 지배를 받고 그것이 이끄는 대로 행동하는 것은 자유가 아니라 노예가 되는 것"이며, "평온한 상태가 되기까지 행동을 유보하는 자가 진정으로 현명한 사람"이라던 그의 회고록을 읽으면서 모험가이자 작가로서의 카사노바에 대해 깊이 생각했던 기억이 난다.

사람은 죽을 때야 자기 자신의 주인이 되듯이, 나 자신의 모든 행위를 이제야 또렷이 이해할 수가 있게 되었다. 그러므로 내 미래에 관해서는 철학적으로 사색할 필요성을 느끼지 않는다. 그에 대해서는 아무것도 모르겠기 때문이다. 나는, 내가 존재하고 있음을 알고 있을 뿐이다. 그것을 느끼기 때문이다. 내 감각이 내 존재를 보증해 주니, 내가 느끼기를 그칠 때, 나는 더 이상 존재하지 않게 될 것이다.

– 카사노바, 『자유인』

일흔두 살 카사노바의 회고록. 다음해에 그의 감각과 시간은 영원히 정지되었다. 베네치아에서 보낸 한때. 나 역시 미래를 알지 못하지만, 지금의 내 모든 감각이 존재를 보증해 주니 길 위에서의 시간이 앞으로도 나를 살릴 것이다.

카사노바의 고향에선 오늘도 불꽃같은 사랑과 자유로운 영혼이 살아 숨쉬고 있겠지. 저마다 고통 속에 떠도는 외로운 영혼들의 포구엔 바다로 나아갈 작은 쪽배 한 척이라도 매여 있기를. 광장을 메운 이들의 발걸음이 사라진 뒤, 그렇게도 적막하던 베네치아의 밤. 달빛 아래로 난 바다의 작은 길을 따라 걷던, 그 시간이 때때로 그립다.

물 위의 도시에서

　어느 날과 그 다음날. 그 둘이 완벽하게 다른 날이 되기도 한다. 가까이 존재하던 이가 갑자기 세상에서 사라졌을 때, 나는 이전의 나와 완전히 다른 사람이 되었다. 그래도 삶은 계속되고, 그래서 나는, 달라진 나인 채로 여행을 떠났다.

　1년 전에 숙소를 예약해 둔 곳이 두 번째 찾는 베네치아였고, 하필 찬 바람 부는 가을이었고, 늦은 오후 산타 루치아 역에 도착해 어두운 호텔 방에서 불면의 밤을 보내고 나니 도시가 바닷물에 잠겨 있었다. 이것이 말로만 듣던 아쿠아 알타*Acqua alta*`*`인가. 전날의 베네치아와 완전히 다른 베네치아에서, 나는 어디로 향하든 막힌 길을 돌아 오래도록 걸어야 했고, 무엇을 하든 물 위에 서 있어야만 했다. 그래도 삶이 계속되었던 것처럼, 그래도 어딘가에 길이 있었다. 이

`*` 이탈리아 북부에서 발생하는 이상 조위 현상. 가장 수위가 높아지는 베네치아는 도시 내부까지 침수되기도 한다. 이를 방지하기 위해 아드리아해와 베네치아 석호 사이에 초대형 방벽을 건설하는 토목 프로젝트 모세(Mose project)가 진행되고 있다.

러다 보면 언젠가는 그리운 이들의 곁으로 갈 수 있을까. 산 만큼을 더 살아야 한다면, 방법이 없지 않은가. 돌고 돌 수밖에.

산마르코 광장의 카페. 종아리까지 물이 차는 야외 테이블에 앉아 커피를 주문했다. 기다란 장화를 신고 커피와 음료를 나르는 가르송들. 베네치아 전통 로스팅의 묵직한 커피를 마시며 물 위에 서 있는 대성당과 두칼레 궁전을 바라보았다. 산마르코 대성당의 지하 묘지와 대리석 기둥을 걱정하는 것이, 이 순간 나의 일이다. 그것이 비록 내 가슴속의 고통 한줌 덜어주지 못할지라도, 고통은 고통이요, 생은 생인 것이다.

집과 가게에 들이친 바닷물을 퍼내고 있는 사람들의 아픔과 새로운 경험에 들뜬 여행자들의 활기가 교차하는 풍경. 물장난치는 아이는 행복해 보였고, 여기저기서 기념사진을 찍는 이들의 표정 역시 즐겁기 그지없었고, 주민들은 골목 골목에서 묵묵히 자기의 일을 했다. TV에선 50여 년 만의 최악의 침수 사태라는 뉴스가 연이어 나오고 있었다. 1년 전에 계획한 여행에서, 도착한 지 단 하루 만에 역사적인 재난의 현장을 마주하다니.

유디트 헤르만의 단편소설 「아쿠아 알타」의 구절처럼, 나는 여기 베네치아에서 "미로 같은 골목길을 헤매다 사라질" 수도 있고, "땅속으로 꺼지거나 물이 나를 삼킬" 수도 있다. "위험하지 않다면 그건 아무것도 아닌" 것이다. 베네치아도, 여행도, 삶도, 그렇게 위험하고 그래서 의미가 있다 한다. 그 말을 한 번 믿어볼까. 늘 조금은 위태로웠던 삶. 거듭되는 위험 속에서 나는 소중했던 많은 것을 잃었다. 들이친 바닷물은 언젠가 마르겠지만, 파괴된 자리는 결코 처음으로 되돌릴 수 없다. 파괴된 채로, 혹은 가까스로 복원된 채 존재한다는 것. 그것

물에 잠긴 산마르코 대성당의 지하 묘지와
대리석 기둥을 걱정하는 것이
이 순간 나의 일이다.
그것이 비록 내 가슴속의 고통 한줌
덜어주지 못할지라도
고통은 고통이요, 생은 생인 것이다.

은 실리콘을 넣은 고대 신전의 기둥처럼 슬픈 일이지만, 그래도 살아갈밖에. 고통 없는 삶이 어디에도 없으니, 이 평범한 생을 받아들일밖에.

산마르코 광장을 떠나 구겐하임 미술관 근처까지 갔지만, 마지막 골목이 막혀 있었다. 그렇다면 다시 광장으로. 또 다른 골목길을 돌고 돌아 공사 중인 모세 성당을 지나고, 조그만 가게에서 엽서 몇 장을 산 뒤 무제아 성당을 지나고, 스테파노 성당과 비달 성당을 지나고, 범람 직전의 다리를 건너 결국 미술관에 당도했다.

아무리 돌고 돌아도 찾아올 작정이었다. 막스 에른스트의 〈The Robing of the Bride〉나 르네 마그리트의 〈The Empire of Light〉 앞에 다시 서는 일이, 힘들다 한들 또 어떠하랴. 강렬한 인상을 받았던 안젤름 키퍼와 쿠닝 같은 이들의 작품도 다시 보고, 칸딘스키와 폴록의 대작에 완전히 압도당하는. 맨 처음 베네치아를 여행한 뒤 오래도록 기다려왔던 시간.

내가 그때의 내가 아니듯이 그림들 역시 또 다른 느낌으로 거기에 있었다. 시간이라는 시련을 같이 견뎌낸 친구처럼, 한 작품 한 작품과 눈을 맞추었다. 르네 마그리트의 〈The Empire of Light〉을 바라보니 이상하게도 눈시울이 뜨거워졌다. 하늘은 푸르고, 이토록 낯선 어둠의 제국에 내 마음이 있다. 가로등 불빛 하나 켜지 못한 채로.

마그리트에 이어 안젤름 키퍼의 거친 선들이 또다시 내 존재의 기원과 이유를 물었다. 어둠을 더듬어가는 과정의 끝이 결국 무無일 것을 알면서, 왜 우리는 이리도 힘겹게 소멸하는가. 마치 태어나기 전의 나를 보기라도 하는 듯 키퍼의 그림 앞에 서서 울었다. 사람들이 오고, 가고, 나는 누구의 눈에도 보이지 않는 공기처럼 거기에 있었다. 한줌 바람으로 흩어져도 좋았으리라. 그러나 바람이 부는 것 역시 바람의 의지가 아님을 나는 알고 있다. 한참 만에 발걸음을 뗀 뒤, 소용돌이치는 잭슨 폴록의 선과 색채 속에 숨겨진 눈동자를 찾다 보니 눈물은 그제야 말라 있었다.

밖으로 나와 정원 한쪽 구석에 있는 페기 구겐하임의 묘 앞에 섰다. 백만장자 상속녀이자 미술품 수집가, 화가들의 후원자. 넘칠 만큼의 돈과 남성 편력과 예술에 대한 심미안을 가졌지만, 가족과의 행복을 얻지 못한 그녀. 두 번의 이혼, 곁에 남은 딸마저 자살한 뒤 이 아름다운 저택에서 평생 수집한 그림과 더불어 여생을 보냈던 사람. 오늘 같은 날엔, 뒷마당에서 물이 차오르는 운하를 바라보며 무슨 생각을 했을까. 호퍼의 그림처럼 바다에 맞닿은 문 앞에 서 있는 그녀의 모습을 상상해 보았다. 그것은 삶 속의 어떤 상실에 관한 생각이기도 하고, 영속할 수 없는 인간의 운명에 관한 생각이기도 하다. 비어 있는 방. 들이치는 햇살. 영겁의 문고리를 잡은 채로 우리의 시간은 흘러만 간다.

페기만큼은 아니더라도 꽤 커다란 부를 가졌다면, 나는 어떻게 살아갔을까. 사업가나 자선가가 아니라면, 몽상가나 컬렉터가 되었겠지. 나만의 성을 짓거나 비밀 결사 단체를 만들고, 고흐의 그림을 침실에 걸고, 비틀스의 데모 음반이나 오리지널 탄노이 오토그라프 스피커를 찾아 유럽을 헤매기도 하면서. 그러다 어느 순간, 주어진 시간이 다해 감을 문득 깨닫고 주위를 둘러보겠지. 남은 것과 잃은 것을 헤아리며 소멸해 가겠지. 그럴 여유라도 주어진다면.

또다시 골목을 돌고 돌아 도착한 프라리 성당. 3유로의 입장료를 내고 티티

안과 벨리니 등의 그림을 감상했다. 역시 나는 중세 종교화 취향이 아닌 것으로 판명. 그래서 포르모사 성당과 아카데미아 미술관의 그림들도 패스. 컵에 담아 파는 해산물 튀김을 손에 든 채 물을 헤치고 다시 산마르코 광장을 찾았다. 바닷가에 세워진 임시 다리에 기대어 아드리아해에서 잡힌 새우와 문어를 씹으며 바라보는 풍경. 저 멀리 청록빛 하늘 아래 산조르조마조레 섬이 보이고, 나는 오늘의 일몰이 마치 생의 끝인 것 같은 느낌에 사로잡힌다.

어릴 적부터 눈물 많은 나를 달래던, 내 하나뿐인 형제는 이제 세상에 없다. 범람해 버린 베네치아의 바닷가에서, 삶에 대한 절망과 갈망의 경계를 오갔다. 희미한 별처럼 먼지 쌓인 마음. 그러나 나는 또다시 무거운 바위를 굴려야 하고, 고독이 두려워 현실에 매달려야 한다. 숨쉬고, 웃고, 떠나고, 돌아오고. 그러다 보면, 지나가리라. 온 마음 부서진 채로도 끝내 깜박이며, 다시 만나리라. 멀고도 가까울 그때를 기다리며, 눈물 같은 도시에서 또 한 번의 밤을 맞는다.

고독한 사람들의 도시

Torino

토리노의 말

베네치아는 물에 잠겼고, 토리노에는 매일 비가 내리고 있다.

10월 말부터 시작된 이탈리아의 우기. 토리노 역에 도착한 날, 가늘게 내리는 빗줄기를 바라보다 우산을 꺼내는 대신 모자를 눌러쓰고 걷기 시작했다. 지금도 생생히 기억난다. 살갗을 파고들던 추위와 비에 젖은 풀냄새, 잿빛의 거리를 안개처럼 부유하던 사람들. 그러나 토리네세 *torinése* (토리노사람)들은 더없이 따뜻했고, 도시는 고즈넉하고 아름다웠다. 한때 이탈리아 노동자 운동의 중심이었다거나, 내가 기억하는 많은 이들이 살았던 도시가 아니라 해도 언제고 다시 찾고 싶을 만큼.

배낭을 메고 토리노 시내를 걷는 동안, 신호등이 없는 도로에서 단 한 번도 걸음을 멈춘 적이 없다. 모든 운전자가 거짓말처럼 내가 지나가기를 기다려주었기 때문이다. 완벽한 타인들 간의 다정한 눈인사. 중앙역에서 광장과 숙소

고독한 사람들의 도시

로 가는 방향을 알려준 토리노 대학생들의 환한 미소. "유벤투스 박물관을 찾는 거 아니었어요?" 장난기 어린 한 학생의 말을 듣고야 알았다. 토리노 영화제 기간도 아니요, 대성당에 있는 토리노의 수의가 공개되는 해도 아닐 때 군이 이 도시에 머물 동양인 여행자는 많지 않다는 것을. 축구팀 유벤투스의 팬이 아니라면 말이다.

당신들의 대학 선배, 그람시와 체사레 파베세의 흔적을 따라왔어요. 혹은, 태어난 집에서 자살해 버린 프리모 레비의 고향이 여기라고 들었습니다만. 그도 아니면 이렇게 말해 볼까. 사실은, '토리노의 말'을 찾아왔답니다. 그 말을 보고 울부짖다가 서서히 미쳐간 한 남자의 흔적까지 말이에요.

와글와글 즐거운 그들의 모습 앞에서 나도 결국 웃으며 말했다. "그래요, 유벤투스의 전설, 네드베드의 팬이랍니다. 챔피언스리그 유니폼을 사러 왔어요."

바로크식 건물로 둘러싸인 산 카를로 광장에선 이튿날부터 초콜릿 축제가 시작되었다. 오가는 사람도 별로 없는 빗속의 축제. 여성 버스커의 노랫가락만이 적막한 천막들을 채우고 있다. 조금 걷다 보면 이집트 박물관. 루브르 박물관 다음으로 많은 고대 이집트 유물을 소장하고 있다고 한다. 다시 좀 더 걸으면 카를로 알베르토 광장. 첫날, 숙소를 찾기도 전에 제일 먼저 들렀던 곳.

토리노에 머물던 니체가 어느 날, 이 광장에서 채찍질 당하는 말을 보게 된다. 달려가서 마부를 말리던 그는 말의 목을 끌어안고 울다 쓰러졌고, 그 후 10여 년을 거의 광인의 상태로 살다 죽었다. '초인'을 말하던 철학자가 채찍질 당하는 말 한 마리 앞에서 무너져버린 아이러니.

어떤 이는 채찍질에도 꿈쩍하지 않는 말에게서 인간의 자유 의지를 볼 수

카를로 알베르토 광장(Piazza Carlo Alberto)

있다고 말하고, 또 어떤 이는 수난을 당하는 예수, 혹은 민중들의 모습을 본다고 말한다. 아무려면 어떤가. 미쳐버린 니체가 서서히 죽음을 향해 갈 동안, 말도 그렇게 죽어가고 가난한 마부 역시 늙고 병들어 죽어갔을 터인데. 말을 움직여 일하게 하는 것이 마부의 일이라면, 아무리 몸부림쳐도 파국을 향해 가는 것은 이 세상의 일이다. 벨라 타르의 영화 〈토리노의 말〉에서처럼, "세상은 점점 나빠지고" 있고, "인간이 가진 것이라곤 비열하고 교만한 싸움 끝에 얻은 것"뿐이니. 말도 마부도 세상의 질서 속에서 그렇게 소멸해 가는 것이다.

광장을 한 바퀴 돌아 바로 옆 건물, 니체가 살았던 3층의 하숙집을 올려다

고독한 사람들의 도시

보았다. 저기에서, 그렇게 좋아하던 바그너의 〈트리스탄과 이졸데〉를 들으며 책을 쓰고 있었을 니체. 자신에게 다가올 광기를 예지하지 못한 채 학자로서의 마지막 시간을 불태웠을 한 남자의 모습. 그를 만날 수 있다면, 정말 민주주의가 인간을 나약하게 만드는 선동이라 믿고 있는지, 『안티크리스트』의 모든 내용을 확신하는지 물어보고 싶다. 미쳐 있든 아니든 상관없이 말이다.

토리노에 도착하자마자 이곳을 찾아와 배낭을 바닥에 내려놓은 채 니체의 집을 바라보고 있을 때, 산책 중이던 동네 할아버지가 말을 걸어왔다. 아케이드 처마 밑에 우두커니 서 있는 나의 행색이 몹시 춥고 가련해 보였던 모양이다. 우산은 있는지, 어디로 갈 것인지를 묻는 그의 걱정스러운 목소리. 한순간 뭉클한 감정이 가슴에 차올랐다. 추위에 떨고 있는 이방인을 무심코 지나치지 못하게 하는 어떤 온기가 깃들어 있는 것만 같은 도시. 이탈리아 북부의 번성한 산업 도시에서 이런 친근함을 느끼게 될 줄이야.

1990년대 이탈리아 영화 〈우리가 웃는 법〉에는 시칠리아 출신의 형제가 일자리와 학교를 찾아 토리노에 왔다가 온갖 차별과 고난을 겪는 모습이 그려져 있다. 남부 출신의 노동자에게 집을 빌려주지 않고, 학교에서조차 동생을 멸시하고 따돌리던 도시가 바로 여기였는데. 점점 더 잔인한 현실로 내몰리던 형제의 슬픈 운명. 옛 영화들 속의 밀라노와 토리노는 그렇게 남부인을 차별하고 노동자들을 혹사케 하는 도시였는데. 혹은 안토니오니 감독의 영화에서처럼 메마르고 건조하기 이를 데 없는 곳이거나. 그런데 참 이상도 하지. 한니발이 알프스를 넘어와 점령했던 곳, 통일 이탈리아의 첫 번째 수도, 토리노가 어느 순간 내 마음에 들어왔다.

250년 역사의 토리노 대학을 지나면서 그람시의 이름을 떠올렸다. 정치적 분열과 투쟁으로 점철된 조국 이탈리아를 걱정했던 사상가, 안토니오 그람시*.

'왜 이탈리아에서는 가난한 노동자와 농민이 무솔리니의 파시스트 독재를 더 지지하는가?'

노동자들조차 세상이 작동하는 최선의 방식이 자본주의라고 믿게 되었다고, 이런 상황에서 혁명은 불가능하다고 했던 그람시. 사르데냐 섬 출신으로 사회주의와 노동자 운동의 중심지였던 토리노를 동경하다 결국 토리노 대학에 입학한 그는, 훗날 파시스트 정권에 체포되어 정치범으로 복역한 뒤 죽음을 맞았다.

척추 장애에 병약한 육신을 걸친 채 평생 고통에 시달리면서도 지적인 탐구를 포기하지 않았던 사람. 이론적 이해나 한국에서의 수용에 대한 평가를 떠나, 그저 그의 방대한 사상적 지평 앞에 설 때마다 이 세상에 먼지만큼의 전복적 에너지도 보태지 못하는 내가 한없이, 한없이 초라하게 느껴지던 젊은 날의 기억.

그 시절은 지났지만, 그람시를 떠올리며 다시 한 번 생각했다. 그가 『옥중수고』에 썼던 것처럼 "밤마다 몰래 울곤 하더라도" 세상 앞에 나약해지지 않으며, 어떤 고난 속에서도 "나를 따라다니는 익살로 가득 찬 작은 요정"과 함께 의연한 삶을 살고 싶다고.

이탈리아 통일 이전, 사보이 왕가의 궁전이었던 팔라초 레알레를 지나 몰레 안토넬리아나*Mole Antonelliana*를 바라보며 걷는다. 토리노를 상징하는 거대한

---

* Antonio Gramsci(1891~1937), 이탈리아의 정치인이자 사상가. 이탈리아 공산당의 창설자 중 한 명이다. 반파시즘 운동과 자본주의 비판으로 널리 알려져 있으며, 무솔리니의 파시스트 정권에 의해 투옥되어 10년 넘게 복역한 뒤 사망했다. 등이 굽은 척추장애인으로 평생 병고에 시달리면서도 초인적인 의지로 방대한 원고의 『옥중수고』를 남겼다. 이 책은 '마르크스주의 이론의 진정한 발전'으로 평가받고 있다.

몰레 안토넬리아나(Mole Antonelliana)

탑. 지금은 국립영화박물관으로 사용되고 있는 이 탑은, 같은 시기에 세워진 파리의 에펠탑을 제외하고는 유럽에서 최고 높이의 구조물이었다고 한다.

돔 천장까지 뚫린 3층 템플 홀의 압도적인 풍경. 최초의 영상기구인 '카메라 옵스쿠라*camera obscura*'를 체험하느라 시간 가는 줄 몰랐고, 난니 모레띠 감독의 영화 〈나의 즐거운 일기〉에 쓰인 베스파 스쿠터가 전시된 방에서 영화의 장면

"너희는 격렬한 구호나 외치다 속물이 됐는지 몰라도,
난 정의를 외치다 빛나는 40대가 되었다고!"

빛나는 40대는 아닐지라도,
하얀 헬멧을 쓴 채 모레띠의 저 스쿠터를 타고 이탈리아 거리를 누비고 싶다.

과 대사를 떠올리기도 했다.

"너희는 격렬한 구호나 외치다 속물이 됐는지 몰라도, 난 정의를 외치다 빛
나는 40대가 되었다고!"

빛나는 40대는 아닐지라도, 하얀 헬멧을 쓴 채 모레띠의 저 스쿠터를 타고
이탈리아 거리를 누비고 싶다. 흥에 겨워 혼자 춤추고, 밴드의 공연에 끼어 노
래도 부르면서.

온갖 전시실과 영화들 속을 유랑하다 로비로 나왔을 때, 짐 보관소의 관리
인 할아버지와 눈이 마주쳤다. 종종걸음으로 내게 다가와 잠시만 기다려달라
던 그는, 한참이나 전화기를 뒤적인 끝에 번역기를 켜고 "박물관 구경이 어땠
냐"고 물었다. 아이처럼 대답을 기다리고 선 그의 맑은 얼굴. 어제 니체의 집 앞
에서 그랬던 것처럼 이상하게도 뭉클한 감정이 밀려왔다. 내가 할 수 있는 가장
큰 손동작으로 만족감과 행복을 표현한 것은, 주름진 얼굴에 아로새겨진 그의
삶에 대한 나의 헌사가 포함된 것이었다.

다음날 저녁 산책길에 다시 찾은 몰레 안토넬리아나. 첨탑 아래에서 피보나
치 수열 장식이 붉은 네온사인으로 반짝이고 있었다. 자연의 숫자라는 피보나
치 수열의 아름다움이 곧 이 탑의 모습과도 같다는 토리노 사람들의 자부심. 고
딕 스타일의 첨탑과 신전으로 불리는 웅장한 사각형의 하관을 바라보니, 철골
구조의 에펠탑에서는 절대로 느낄 수 없는 어떤 정취가 느껴졌다. 영화를 좋아
하는 사람이라면, 인생의 다만 한때라도 영화에 빠져 꿈꾸듯 살아본 사람이라
면, 이 아름답고 흥미로운 박물관은 그 자체로도 토리노를 찾을 이유가 되어줄
것이다.

프리모 레비의 집과 유서 깊은 출판사 에이나우디가 있는 곳. 레 움베르토 거리를 지나 로마 거리의 숙소에 머무는 동안, 밤이면 근처 어느 호텔 방에서 자살해 버린 작가 체사레 파베세**를 떠올렸다.

> 여름날의 오후
> 광장마저 텅 비어 있고, 저물어가는 태양 아래
> 길게 늘어져 있는데, 이 사내는 쓸모없는
> 가로수 길에 이르러 걸음을 멈춘다.
> 더욱 외로워지기 위해, 홀로 있을 필요가 있을까?
> 사방을 둘러보아도 광장과 거리는
> 텅 비어 있다. 지나가는 여자라도 있으면
> 말을 걸어 함께 살자고 해볼 텐데.

그의 시 「피곤한 노동」의 구절을 읊조리며 쓸쓸하게 잠든 밤이 있었지만, 정말 쓸쓸해진 건 토리노를 떠나 밀라노에 머물면서였다. 차갑기 그지없는 호텔 직원들, 대성당 앞 광장의 무례한 호객꾼들 때문만은 아니었다. 명품거리 입구에서 레드 제플린의 노래를 열창하는 버스커에게 호응해 주는 이는 아무도 없었고, 아침이면 키오스크에서 지하철 표를 사느라 헤매는 나를 도와주는 사람 역시 없었다. 웅장한 밀라노 대성당의 풍광과 스포르체스코 성의 정원 산책으로도 채워지지 않던 마음.

** Cesare Pavese(1908~1950), 이탈리아의 시인이자 소설가. 반파시즘 활동으로 옥살이를 한 전력이 있다. 네오리얼리즘과 실존주의, 독자적인 서정성을 구축한 작품들로 명성을 얻었으나, 마흔두 살의 나이로 토리노의 한 호텔에서 자살했다.

토리노에 좀 더 머무를 것을. 영화박물관 템플 홀의 안락의자에 누워 낮잠도 자보고, 관리인 할아버지와 도란도란 얘기를 더 나눠볼 것을. 찾지 못한 프리모 레비의 묘지도 다시 찾아보고, 비바람에 제대로 둘러보지 못한 왕궁의 정원도 걸어봐야 하는데. 그리고 토리노의 자랑, 비체린 커피! '카페 바라티'나 '알 비체린'에서 뜨거운 초콜릿과 에스프레소로 다시 한 번 하루를 시작할 수 있다면.

전 세계가 코로나19 팬데믹 상황에 빠져든 뒤, TV를 통해 해외의 상황을 접할 때마다 여행지에서 마주친 이들의 얼굴이 떠올랐다. 단 한 번 마주친 이들에 대한 염려. 어디에 있든 모두가 연결되어 있고, 그래서 우리는 형제라는 것. 토리노의 카를로 알베르토 광장에서 보낸 시간이 다시금 기억났다.

빈의 철학자 알텐베르크가 말한 것처럼 "낯선 사건들에 신경 쓰지 않을 가련한 힘"만 가진 사람으로 살아가지 않기를. 그러나 니체처럼 그저 상처받아 죽을 것이 아니요, 세상의 현실에 신경을 팽팽히 당기고 공감과 연대의 힘으로 깨어 있는 사람이 되기를.

언젠가, 다정하던 토리네세들을 찾아 다시 여행을 떠나리라. 헤이즐넛이 든 토리노 전통 초콜릿 잔두이오토*gianduiotto*를 먹으며, 대성당과 사보이 정원을 지나 몰레 안토넬리아나를 향해 천천히 걸어갈 것이다.

Auvers-Sur-Oise

까마귀 나는 언덕

누군가 놓아 두고 간 해바라기
가 시들고 있다. 나란히 누운 형제
의 무덤 앞. 심호흡 한 번 하고 구름
이 드리워진 하늘을 올려다보았다.
저 멀리서 까마귀 한 마리가 잿빛
점으로 사라졌다.

마을에서 한참을 걸어온 이곳.
이렇게 쓸쓸하리라고는 생각하지
못했다. 사진을 찍고 돌아가는 한
무리의 단체 여행객들 외엔 인적이
없는 공동묘지. 그리고 그 속에 너무도 초라하게 자리하고 있는 작은 무덤. 가
슴이 저렸지만 울지 않았던 건, 그것이 그에게 더 어울려 보였기 때문이다. 방

한 칸과 화구 외엔 무엇도 가져본 적 없는 그 삶의 끝에 화려한 묘비를 세웠더라면, 주인 없는 연회처럼 슬플 것이었다.

  나를 먹여 살리느라 너는 늘 가난하게 지냈겠지.
  돈은 꼭 갚겠다. 안 되면 내 영혼을 주겠어.

  동생 테오에게 보낸 고흐의 편지 한 대목이 기억났다. 일생 가난했으나 서로를 지극히 사랑한 형제는 그토록 무정했던 세상에 나란히 등을 대고 누워 있다. 내내 쓸쓸했으리라. 밤마다 회한이 눈처럼 내리고, 그래도 그림을, 혹은 사람을 포기하지 못하고 또다시 고통스럽게 내일을 준비했으리라. 굶주리고 방황하면서도 서른일곱 해를 견뎌준 고흐에게 고맙다고 말하고 싶었다. 그가 어떻게든 살아보려 이 작은 마을에까지 찾아들지 않았더라면, 우리는 프로방스의 눈부신 하늘과는 또 다른 깊이로 그려진 하늘, 초가집과 오베르 성과 까마귀 나는 밀밭을 보지 못했을 것이다.

  누군가를 떠올릴 때 나는 주로 바닥에 앉는다. 몸을 낮추고 눈을 맞추고 무릎을 감싸 안으면 그제야 그의 영혼에 조용히 말을 걸 수 있을 것만 같다. 아까 고흐의 방에서도 그랬다. 그가 머물렀던 라부 여관의 3층 다락. 조그만 침대와 의자 하나가 전부인 그의 마지막 방. 스스로 가슴에 총을 쏘고도 바로 죽지 못했던 그 방. 가쁜 숨소리와 비릿한 피 냄새로 가득했을 그곳의 귀퉁이에 앉아 초라한 철제 침대를 하염없이 바라보았다. 불행의 기질을 타고난 사람. 그의 편지 한 대목이 또다시 아프게 기억났다.

라부여관(Ravoux Inn)

미래의 내 모습을 상상할 수 있다.

작은 성공을 누리고 있지만, 과거에 정신병원 철창을 통해

밭에서 수확하는 사람을 내다보면서 느꼈던

고독과 고통을 그리워하는 나 자신.

그건 불길한 예감이다.

성공하려면, 그리고 계속되는 행운을 즐기려면,

나와는 다른 기질을 타고나야 할 것 같다.

– 빈센트 반 고흐, 『반 고흐, 영혼의 편지』

오베르 쉬르 우아즈

작은 성공조차 결국 누리지 못했지만, 성공했다 하더라도 그는 행복해 하기보다 고통을 그리워했을 사람이다. 그런 이들이 있다. 세상에서의 성취가 곧바로 삶의 이유가 되지 못하는 사람들. 존재하지 않았더라면 더 좋았겠지만, 존재하는 동안 그저 타고난 영감과 열정의 운명을 짊어진 채 한없이 무無를 향해 달려가는 사람들. 칸트조차 자신을 파괴하는 것으로부터 풍요로운 정신의 원천을 발견할 수 있다고 하지 않았던가. 물론 그것에는 '자살하지 않고 있을 때만 유효하다'는 전제가 붙어 있었지만.

1890년 여름, 가슴에 총알이 박혀 피를 흘리면서도 이틀을 더 살아 있었던 고흐. 고갱과의 관계가 끝난 뒤 면도칼로 귀를 자르고도 살아남은 그였다. 소식을 듣고 오베르로 달려온 동생과의 마지막 만남이 어떠했을지는 상상하고 싶지도 않다. 테오 역시 6개월 만에 형의 뒤를 따라갔다. 고흐의 마지막 숨결이 어린 작은 다락방에서, 문득 그의 부고를 전해 들은 뒤 "슬픈 일이지만 그다지 슬프지 않다"고 했던 고갱의 마음을 이해할 수 있을 것만 같았다.

> 슬픈 일이네. 그러나 나는 그다지 슬프지는 않다네. 그것은 그 가여운 친구가 자신의 광기 때문에 얼마나 고군분투했는가를 알고 있기 때문일세. 지금 세상을 떠난 것이 그에게는 오히려 다행이라고나 할까.
>
> – 고갱, 에밀 베르나르에게 보낸 편지

거듭된 발작과 정신착란, 오랜 요양원 생활 끝에 마지막으로 찾아든 이곳. 고흐는 아름다운 시골 마을 오베르에서 낡은 초가집과 들판, 밀밭이 있는 언덕을 그리고 또 그렸다. 아까 라부 여관 건물을 안내하던 젊은 여인이 정말 오랫동안 오베르에서의 고흐의 행적을 설명했는데, 그가 이곳에서 짧은 기간 동안 얼마나 많은 작품을 그렸는지를 가장 힘주어 말했었다. 오베르의 자연이 고흐에게 그만큼 커다란 영감을 주었다는 뜻이리라.

설명을 듣던 도중 잡담을 나눈 여행자들에게 엄한 지적까지 해가며 오래오래 고흐의 삶과 죽음을 이야기하던 그녀. 오베르 출신이라는 그녀에게서 자부심과 함께 어떤 비장함이 느껴졌다. 그래서였을까. 다른 이들이 잠시 고흐의 방을 둘러보고 떠난 뒤 내가 좀 더 오래 머물러도 되겠냐고 조심스레 물었을 때, 그녀는 무척 기쁜 얼굴로 계단 입구의 문을 닫아주었다.

걸어서 모든 것을 볼 수 있는, 작고 다정한 오베르의 오후. 고흐의 그림 속 배경이 되었던 오베르 성당은 공사 중이고, 시청사는 120년이 흐른 지금까지도 그림과 똑같은 모습으로 라부 여관 앞에 서 있다. 관광안내소 옆에선 주말 장터가 한창이고, 소박한 집들의 마당엔 들꽃 향기 가득하고, 마주치는 주민들은 수줍고도 상냥하다. 파리에선 이렇게 조용히 얘기하는 사람들을 본 적이 없었다.

이슬비 왔다 간 잿빛 거리. 추위에 오스스 떨며 바람 속을 걸어 오른 언덕. 묘지 앞에 한참을 앉아 있다 고흐의 마지막 그림으로 알려진 〈까마귀가 나는 밀밭〉의 배경 앞에 섰다. 황금빛 밀밭 대신 잡초뿐인 들판이 펼쳐져 있고, 맞은편의 옥수수밭은 수확도 하지 않은 채 까마귀들이 쪼아 먹은 흔적만 남아 있다. 그 속에 외롭게 서 있는 고흐의 그림 안내판. 풍경은 변했어도 세 갈래로 뻗은 길과 어두운 하늘, 간간이 날아가는 까마귀 떼는 그림 속 모습 그대로였다.

오베르 쉬르 우아즈

위대하고도 불행했던 한 영혼을
한 세기 넘게 기억하고 있는 눈물의 언덕.
그새 더 짙어진 하늘이 표지판 속 그림을 닮아간다.

고독한 사람들의 도시

옥수수밭 앞에 자리를 잡고 앉아 고흐가 바라보았을 바로 그 풍경을 보고 있다. 프레임의 왼편에서 밀려드는 한 무리의 여행객들. 오베르에서 마주친 단체 여행객은 모두 한국인들이었다. 역 앞 안내소에 한국어 안내 팸플릿이 비치되어 있고, 직원이 우리말로 인사를 건넬 정도였다. 자연스레 가이드의 설명을 귀동냥하게 되었다.

"고흐가 마지막에 그린 이 그림을 우울함과 절망, 고뇌의 표현으로 해석하는 의견들이 많은데요. 제 생각은 조금 다릅니다. 힘차게 날아가는 까마귀 떼, 무엇보다 고흐는 노란색을 정열과 희망의 색채로 자주 사용했습니다. 저는 고흐의 그림 속 노란 밀밭이 삶에 대한 여전한 희망과 의지를 상징한다고 보고 있습니다."

대략 이런 말이었다. 나름의 생각으로 작품을 해설하고 있는 모습이 좋아 보였다고 할까. 그들이 그림 안내판 옆에서 사진을 찍고 사라진 뒤, 또 다른 한국 단체 여행객들이 언덕을 올라왔다. 그리고 시작된 가이드의 설명. "…제 생각은 조금 다릅니다." 아까와 같은 이야기였다.

바람이 불고 한기가 몸속을 파고든다. 위대하고도 불행했던 한 영혼을 한 세기 넘게 기억하고 있는 눈물의 언덕. 그새 더 짙어진 하늘이 표지판 속 그림을 닮아간다.

"이 안정적이고 지루한 세상에 홀연히 나타나 가혹하게 혹은 축제처럼 자신을 불살라버린 신화적인 인물." 조르주 바타이유가 바라본 고흐는 그런 존재였다. 갑자기 까마귀 떼까지 날아올라 풍경을 완성한다. 저 까마귀. 앙토냉 아르토는 "어두운 하늘 아래 위협적으로 소용돌이치는 우울함의 상징"으로 고흐의 까마귀를 해석했었다. 그리고 지금, 버려진 옥수수밭을 등지고 앉아 있는 나는 그림 속 까마귀 떼에서 고흐의 영혼 그대로를 느낀다. 지상의 양식과 천상의 자유 사이를 방황하는 한 마리 까마귀. 밀 이삭만으로 허기를 달래지 못한 그 영혼이 보다 빨리 다다르기 위해 고흐의 하늘은 그토록 낮고 깊었던 모양이다.

예술의 아름다움 앞에서 울어본 경험, 그 속에 깃든 고통을 느끼며 울어본 경험, 나와 전혀 상관없는 이의 불행에 울어본 경험. 인간을 인간이게 하는 그 경험들을 한꺼번에 하게 해준, 빈센트 반 고흐. 위대함은 모든 것을 초월한 경지에서 오는 것이 아니다. 이 속절없고 나약한 인간의 한계 속에서 끝내 자유와 진리를 갈망하는 의지. 내일의 끼니를 걱정하면서도 밀 이삭 한 개, 까마귀의 날갯짓 한 번을 이해하기 위해 끝없이 심연을 헤매는. 진정 위대하고 감동적인 것은 바로 그것이다.

검푸른 죽음의 문을 지나 마침내 도달한 별과 꽃과 태양의 세상에서, 월세를 내지 않아도 되는 영원한 작업실에서 마음껏 그림을 그리고 있을 고흐를 떠올려본다. 힘들었던 당신, 그곳에서나마 행복하기를. 행복의 기질을 타고나지 못했더라도, 행복하지 않을 수 없는 곳에서라면 당신도 어쩔 도리가 없을 것이다. 동생과 함께, 어쩌면 한때 사랑했던 여인과 그녀의 아이까지. 다시는 혼자 아프지 말고, 서서히 죽어가지 말고, 다만 행복하기를.

오베르의 적막한 언덕 위로 까마귀 떼 날아가고 있다.

Paris

이방인, 그대는
무엇을 사랑하는가?

수수께끼 같은 친구여, 말해 보아라.

너는 누구를 가장 사랑하느냐? 아버지? 어머니? 누이나 형제?

나에겐 아버지도, 어머니도, 누이도, 형제도 없소.

친구들은?

당신은 오늘날까지 내가 그 의미조차 모르는 말을 하고 있구려.

조국은?

그게 어느 위도 아래 위치하는지도 모르오.

미인은?

불멸의 여신이라면 기꺼이 사랑하겠소만.

돈은 어떠한가?

당신이 신을 싫어하듯, 나는 그것을 싫어하오.

그렇군! 그렇다면 너는 도대체 무엇을 사랑하느냐, 불가사의의 이방인이여?

나는 구름을 사랑하오⋯ 흘러가는 구름을⋯ 저기⋯ 저기⋯ 저 찬란한
구름을!

– 샤를 피에르 보들레르, 「이방인」, 『파리의 우울』

어느 날 문득, 깨달았다. 갈 곳이 없다. 나의 시간은 더디게 흘러갔다. 청춘
이 저물었어도 달라진 건 없었다. 다정도 병인 내가 무정한 사람들 틈에서 병이
들었고, 늘 이방인 같았던 나는 차라리 낯선 곳에서 이방인이 되기를 꿈꾸었다.
그렇게 떠난 여행. "이방인으로 이곳에 흘러들어왔다가 이방인으로 다시 이곳
을 떠나네." 파리행 열차 안에서 슈베르트의 〈겨울 나그네〉를 들으며 보들레르
의 시를 떠올렸다. 이방인, 그대가 사랑한 것은 무엇인가?

런던 세인트 팽크라스 역에서 유로스타를 타고 파리로 오는 동안, 열차 안의
사람들을 주의 깊게 관찰했다. 나지막이 대화 나누는 영국인들. 그 뒤로 내내 애
정행각 중인 프랑스 커플. 그리고 다른 한쪽에서 남들은 아랑곳하지 않은 채 단
체로 맥주파티를 벌이며 떠들고 있는, 역시 프랑스인들. 내 옆에 앉아 도착하는
순간까지 내내 코를 풀어대고 시끄럽게 통화하던 여성도 프랑스인이었다.

파리에 도착해서도 그랬다. 주말 밤거리의 끝도 없는 고성방가, 교통신호
따윈 어디에서도 지켜지지 않고, 여기저기 던져지는 담배꽁초, 깨진 술병과 쓰
레기들. 좋게 말해 그들이 대체로 자유분방하고 남의 시선을 의식하지 않는다
는 평은 맞는 것 같았다. 파리에 오래 머물며 그런 분위기에 점차 익숙해졌는
데, 사실 그저 평범한 생활의 공간 같은 그 느낌이 싫진 않았다.

런던에 있는 동안, 아무리 아침 일찍 길을 나서도 거리에서 쓰레기 한 점을 보기가 힘들었다. 너무도 정돈된 느낌을 주던 도시. 사람들은 친절했지만, 그 음습한 날씨와 내내 나를 따라다닌 감기가 런던에 대한 인상을 차갑게 만들어 버렸다. 버킹엄 궁전의 인파 속에선 배낭으로 스친 줄도 모르고 길을 걷다가 열두어 살쯤 되는 여자아이에게 붙들려 "사과하는 에티켓도 없느냐"는 꾸지람을 듣기도 했다. 영국식 악센트가 그때처럼 야박하게 느껴지긴 처음이었어.

파리의 숙소에 도착하자마자 프런트에 있던 젊은 관리직원과 다시 거리로 나와야 했다. 위치를 제대로 찾지 못해 동네를 뱅글뱅글 돌 때 숙소 입구 계단에 앉아 있던 그와 눈이 마주쳤었는데, 내가 결국 그곳으로 들어오자 파리에서 주소 찾는 법을 알려주겠다며 나를 끌고 나간 것이다. 편하게 그냥 '엘'이라고 불러줘, 자, 이렇게 홀수 블록 따로, 짝수 블록 따로, 연신 알아들었는지를 확인하며 쏟아내는 그의 수다에 웃음이 터지고 말았다. 막냇동생처럼 격의 없는 그의 태도가 마치 내게 건네는 이 도시의 환영 인사처럼 느껴졌기 때문이다. 만난 지 10분 만에 그가 아르메니아 출신이라는 것까지 알게 되다니.

파리에 머무는 동안, 곳곳에서 다양한 일을 하는 이민자와 불법체류자들을 만났다. 종일 사람들 사이를 서성거리며 에펠탑 열쇠고리 다섯 개에 1유로를 받던 흑인들. 한국에서 왔다는 말에 싸이의 말춤부터 흉내내어 나를 웃게 했던 숙소 앞의 크레페 가게 청년은 아프가니스탄 출신이라고 했다. 매일 드나들며 가까워지고 난 후 이런저런 얘기를 나누었는데, 그 역시 낮에는 열쇠고리, 밤에는 야광 장난감 파는 일을 오랫동안 했다고 한다. 일과가 끝나면 같은 구역에서 일하는 친구들끼리 모여 그날의 수익을 나누어 가졌다는 말이 아

파리의 거리를 걷는다는 건,
이곳을 거쳐간 수많은 이들의 숨결을 느낀다는 것이다.
이 거리 어디쯤에서
"부러질 듯 구부정한 등으로, 불구의 짐승처럼 지팡이를 짚고 가는"
보들레르의 작품 속 노인을 마주칠 것만 같다.

직도 잊히지 않는다.

사람들의 옷차림 정도가 달라졌을 뿐, 19세기 후반의 파리를 묘사한 그림 들과 거의 유사한 거리 풍경. 오래전부터 구스타브 카유보트의 그림 〈비 오는 날, 파리의 거리〉에 눈길이 오래 머물렀던 것은, 성글게 깔아 놓은 보도블록 사이사이 고여 있는 빗물 때문이었다. 돌과 돌 사이 작은 물길이 있는 땅, 가득 채워지지 않은 무엇과 무엇 사이를 좋아하는 이상한 이방인.

파리의 거리를 걷는다는 건, 이곳을 거쳐간 수많은 이들의 숨결을 느낀다는 것이다. 다리 밑과 뒷골목을 산책하며 영감을 떠올렸던 보들레르. 때로는 손수레 하나로 충분한 짐을 끌고 더 싼 방을 찾아 이사 다녔을 그의 모습. 이 거리 어디쯤에서 "부러질 듯 구부정한 등으로, 불구의 짐승처럼 지팡이를 짚고 가는" 보들레르의 작품 속 노인을 마주할 것만 같다.

스산한 날씨. 이런 파리의 뒷골목에서 "고통의 젖을 빨고 사는 사람들"과 "꽃처럼 말라가는 고아들"을 바라보던 보들레르는, 그러나 딱 그만큼의 거리에서 그들을 바라보다 집으로 돌아갔을 것이다. 문을 걸어 잠그고 자기만의 세계에 침잠하며 창작의 불꽃을 피워 올렸던 보들레르. 같은 시대, 빅토르 위고는 어쩌면 그들에게 손을 내밀어 따뜻한 밥 한 끼를 함께 했을지도 모르겠다.

파리 중심가에서 조금만 벗어나도 소설 『자기 앞의 생』의 아랍계 소년 모모가 살던 파리 19구의 벨빌 지역이나 소외계층과 이민자들이 모여 사는 외곽 도시 방리유banlieue가 있다. 도시 정비 사업이 진행되고 있긴 하지만, 파리라는 이름의 이 낭만적인 도시는 사실 철저하게 이곳에 속한 사람들과 철저하게 소외된 사람들이 각자의 삶을 살아가는 공간이다. 일상화된 차별 속에서 이민자나 그 2세들은 자신을 프랑스 사회의 구성원이라 생각하지 않고, 그런 가운데 2005년의 이민자 폭동이나 2015년의 파리 연쇄 테러 같은 악몽이 되풀이되고 있다.

군이 빈민가를 찾지 않더라도 발길 닿는 곳곳에서 민낯 그대로의 파리를 보고 느꼈다. "도시의 무의식이 깃들어 있는" 공원. 루이 아라공이 그곳에서 "정복감과 자유로운 정신의 황홀한 도취감"을 느꼈다던 뷔트 쇼몽 공원을 찾았을 때, 고즈넉한 숲속 벤치에 앉아 언론사 테러를 주도했던 쿠아치 형제가 속한 급진 이슬람 단체 '뷔트 쇼몽 네트워크'의 이름을 떠올린 것은 슬픈 일이었다. 여행 명소에서조차 넘쳐나던 노숙자들. 파리의 뒷골목은 낭만과는 거리가 먼 이들의 피로로 가득했다.

종일 관광객들이 찾지 않는 파리 외곽의 이곳저곳을 걷다 숙소로 돌아가는 길. 놀랄 만한 길치인 나는 역시나 큰길가에 버젓이 있는 모노프리 _Monoprix_ (대형슈퍼마켓)를 찾지 못하고 헤매다 뒷골목의 작은 상점에 이르렀다. 잠겨 있는 문. 안에 있던 주인이 유리창 너머로 조심스레 나의 행색을 살핀 후에야 문을 열어주었다. 위험한 사람 아니에요, 손짓하며 웃어 보이자 경계를 풀고 눈웃음으로 화답하는 주인. 파리의 밤은 센 강의 야경이나 에펠탑의 레이저 쇼만이 아니다. 얼마간의 위험과 얼마간의 우울, 세상 어디나 그런 것처럼.

숙소 로비에 들어서니, 엘이 의자에 기댄 채 졸고 있었다. 파리를 떠나기 전에 저 친구에게 얘기해 줘야지. 내가 아주 오래전부터 '두둑'이라는 악기를 사랑했노라고. 연주자 스테판 미쿠스의 내한공연에서 아르메니아 전통악기 두둑의 소리를 처음 듣고, 깊이를 잴 수 없는 영혼의 울림을 느꼈노라고. 너의 모국이, 학살이나 내전이 아니라 3,000년 세월을 이어온 두둑의 소리처럼 아름답게 기억될 날이 오기를.

이방인, 그대는 무엇을 사랑하는가?

중심이 아닌 것. 흘러가는 것. 희미해져 가는 것. 그러면서 끝내 살아남는 것. 그래서 눈물겨운 것.

르누아르의 아름다움과
쿠르베의 고통

．

세 개의 돔으로 이루어진 백색의 사크레쾨르 성당. 로마네스크와 비잔틴 양식이 어우러진 이 성당의 아름다움은 의외의 소박함에 있다. 당시엔 '중세 건축의 모조품'이라 비판도 받았다지만, 웅장한 외형과 달리 절제된 내부, 천장의 곡선을 따라 은은하게 반사되는 빛은 마음마저 평화롭게 비워주었다.

성당 앞 계단에 앉아 버스커의 록 공연을 보며 시내를 굽어본다. 안개 낀 파리의 전경. 저마다 자유로이 쉬고 있는 사람들의 모습과 묘하게 충동적인 공기. 이상하게도 멀리 다닥다닥 붙어 있는 건물들은 대학로 언덕 위에서 내려다보던 서울의 풍경과 크게 다른 감흥을 주지 않았다. 높이 제한으로 고층 건물이 없다는 것이나, 알록달록 한눈에 들어오는 거대한 퐁피두센터의 모습을 제외한다면.

떠나올 때부터 이 도시에 특별히 원하는 풍경은 없었다. 파리, 라고 할 때

사크레쾨르 대성당(Sacré-Cœur)

막연히 떠올릴 만한 낭만을 기대하지 않았다는 뜻이다. 숱한 정보를 통해 보고 듣던 그 파리가 아니라 오로지 나의 의식 속에서 주관적으로 경험하는 '생활 세계'로서의 파리를 재구성 해보고 싶었다고 할까. 물론 그러자면 좀 더 오래 이곳에 머물러야겠지만.

　긴 세월 가깝게 지내온 스승이 파리 유학생 출신인데, 파리에 관한 이야기의 결론은 항상 단순했다. 파리는(특히 파리의 집은) 춥다. 물가는 비싸다. 그런데, 교수님. 그 얘기를 늘 아련한 얼굴로 하시잖아요. 딱히 할 것도 없다면서 무얼 두고 온 사람처럼 자주 그리로 가시잖아요.

젊은 시절 내 이성과 감각을 깨운 이들의 흔적을 더듬을라치면, 사실 독일이 제일 먼저여야 했다. 그런데 어느 순간 불쑥 파리행 티켓을 예약해 버린 것이다. 세계대전 후 재건을 많이 하지 않은 곳을 먼저 찾고 싶었다거나, 혁명에서 파리 코뮌까지 그 역사의 현장이 궁금했다거나 하는, 그런 변명으로 충분치 않은 그 어떤 이유를 나도 잘 모르겠다.

핑크 플로이드의 〈Money〉를 마지막으로 흑인 버스커들의 공연이 끝난 뒤, 언덕을 내려와 몽마르트르 거리를 걸었다. 몽마르트르. '마르스Mars(전쟁의 신)의 언덕'이라고도 하고, '순교자의 언덕'이라고도 한다. 여기서 파리 코뮌이 시작되었다지. 포도밭과 풍차가 있던 이 고즈넉한 마을에 대포가 줄지어 들어서고, 노동자들이 쇠종을 울리며 거리를 누비고 다녔다 한다. 평생 억압받아온 이들의 영혼을 깨웠을 그 쇠종 소리.

부르주아들이 버리고 떠난 파리에서 끝까지 프로이센에 저항했던 150년 전의 사람들. 나라의 자존심까지 내팽개친 공화정이 대포를 빼앗으려 할 때, 이 언덕에서 온몸으로 정부군의 앞을 가로막았던 그들의 모습을 상상해 본다. 정부군 병사들은 결국 총구를 내리고 시민의 편에 섰고, 코뮌의 불꽃은 그렇게 타올랐다. 그러나 불과 두 달 뒤, 피의 투쟁 한가운데서 몇 만 명이 목숨을 잃었으니….

진정한 노동자 계급의 정부로서 그 수명이 너무도 짧았기에 아쉬움이 더한 파리 코뮌. 프루동주의니 블랑키주의니 하는 내부의 정치적 갈등이 아니었더라면. 부르주아의 돈줄을 막지 않았던 이상주의를 조금만 내려놓았더라면. 그리고 어쩌면, 그들 스스로 폭력에 무감해져 가지 않았더라면.

비극으로 끝난 코뮌의 현장인 이곳을 배경으로 몇 년 뒤 그려진 르누아르의 순진무구한 그림 〈물랭 드 라 갈래트의 무도회〉가 테르트르 광장 여기저기에서 눈에 띈다. 왁자한 선남선녀의 무도회장. 건강한 육체들 위로 투명하게 부서지는 햇살이 손에 잡힐 듯 생생하다. 코뮌 기간에도 몽마르트르와 센 강변에서 그저 그림을 그리고 또 그렸다는 르누아르는, 그 불꽃같은 역사의 중심에서 고군분투한 화가 쿠르베와는 또 다른 의미의 예술가이었을 것이다. 어릴 적부터 도자기공장에서 일했다는 가난한 재단사의 아들. 그 한 작품을 위해 1년이 넘도록 120호나 되는 캔버스를 들고 매일같이 이 언덕을 올랐을 르누아르의 모습.

고통은 지나가지만, 아름다움은 남는다.

르누아르가 남긴 말처럼, 그에게 있어 예술이란 늘 아름답고 기쁨에 차 있는 것이어야 했다. 인생이 우울한데 그림마저 우울할 필요는 없다던 그의 신념은 고통과 영광이 공존했던 자신의 삶에서 비롯된 것이었다. 가장 가까운 친구를 전쟁에서 잃은 경험. 프랑스 최고 훈장 레지옹 도뇌르까지 받은 말년. 극심한 관절염의 고통 속에서 손가락 관절이 완전히 마비된 후에도 붓을 팔에 묶고 활기 넘치는 그림을 그렸던 사람. 삶의 모든 시간 속에서 그는 예술가이기를 원했다.

"천사를 본 적이 없기에 그릴 수 없다"고 했던 사실주의 화가 귀스타브 쿠르베*Gustave Courbet*. 늘 죽음과 가까이 있는 서민들의 삶과 그 시대를 화폭에 담 았던 그는 부패한 권력과 세상에 대한 분노로 그림을 그렸다. 최초의 노동자 정 부였던 파리 코뮌에 적극적으로 참여한 뒤, 훗날 망명지에서 외롭게 생을 마감 한 그는 어쩌면 이렇게 말했을지도 모르겠다.

'아름다움은 지나가지만, 고통은 세상을 변화시킨다.'

아름다움도, 고통도, 모든 것은 지나간다. 그리고 지나간 모든 것은 흔적을 남긴다. 그 찬란한 육체의 아름다움이 이윽고 사라질 것을 르누아르가 몰랐을 리 있겠는가. 불멸의 신과 영웅을 그리던 과거의 그림에서 벗어나 지금 반짝이 는 것, 언젠가 퇴색하고 사라질 것들을 그렸던 인상파의 그림처럼, 아름다움도 고통도 그 자체로 영원하지 않은 것. 기억하는 삶과 기록하는 예술혼이 면면히 이어질 뿐이다.

북적이는 테르트르 광장을 걸으며, 르누아르와 쿠르베를 다시 생각한다.

찰나의 삶 속에 깃든 영원의 빛. 르누아르의 아름다움과 쿠르베의 고통이 양 갈래 길에 서 있다. 삶은 유한하고 세상은 정의롭지 않으니, 그들은 예술로 영원히 깨어 있는 길을 택하였다.

나는 늙는 게
좋다고 생각한다

파리에서 가장 오래된 다리 퐁네프*Pont Neuf*를 지나 예술의 다리. 사람들로 북적이는 다리 입구에서 야바위꾼들이 성업 중이었다. 주의 깊게 관찰한 결과, 여자 한 명과 남자 세 명이 한 팀이라는 것을 알 수 있었다. 순식간에 컵 속의 주사위를 없애버리는 기술도 신기하긴 했지만, 제일 신기했던 건 그런 뻔해 보이는 야바위에 무려 100유로(!)의 판돈을 순식간에 잃는 사람들이 계속 있었다는 것이다.

떠들썩한 그 풍경을 한동안 바라보다가 문득 소설가 박상륭 선생이 르네 마그리트의 그림을 가리켜 '야바위'라고 했던 기억이 떠올랐다. 파이프를 그려 놓고 파이프가 아니라고 하는 그의 그림이 '눈을 뻔히 뜨고 보면서 눈을 도난당하는' 야바위라는 것이다. 하긴, 어디 예술뿐이랴. 우리의 인생 역시 희망의 바람잡이 연기나 세상의 기민한 손놀림에 영혼을 도난당하는 거대한 속임수일지도 모르는데. 이런, 또 시작이군. 게으른 공상가, 어서 발걸음을 옮기라고!

고독한 사람들의 도시

센 강변에 늘어선 작은 노점들. 책과 그림을 구경하며 천천히 걸었지만, 주인들 대부분은 그저 책을 읽거나 하던 일을 계속하며 가벼운 눈웃음을 건넬 뿐이었다.

날이 저물고 달이 뜨면 말테가 '완벽하다'고 했던 풍경이 완성되겠지. 세상 모든 것들이 "마네의 초상화 속 얼굴처럼" 단순화되고, 여기 진열대의 책들처럼 조화롭게 배치되어 "그 무엇도 빠짐이 없는" 풍경. 이 길 위에서 말테는 무엇하나 제대로 해놓은 것 없는 28년의 인생을 돌아보고 있었다. 세상에, 스물여덟이라니! 그 무엇을 제대로 해놓아야 하는 나이인가 말이다. 스물여덟, 그때로 돌아간다면, 다시는 말테처럼 인생을 되돌아보는 일 따윈 하지 않을 텐데.

"메밀꽃이 피어날 무렵. 타박타박 나귀를 타고. 장을 따라 사랑 따라서 오늘도 떠나가네." 보이는 풍경에 전혀 어울리지 않는다는 걸 알면서 그냥 떠오른 옛 노래 〈장돌뱅이〉를 흥얼거리며 걸었다. 이건 아무래도 아까 시골 장터 같은 야바위판을 구경했기 때문이야.

고즈넉한 뤽상부르 공원. 지금은 프랑스 상원의사당으로 쓰이고 있는 뤽상부르 궁전이 저만치 보인다. 호수에 모형 배를 띄워 놓고 그 옆을 뛰어다니며 노는 아이들. 이 공원과 팡테옹 언덕 사이에 있는 툴리에 가의 작은 방에서 덴마크 출신의 젊은 시인 말테가 글을 쓰고 있었다. 가난과 질병, 죽음의 이미지로 가득 찬 대도시 파리에 대한 글을.

몰락한 귀족 가문의 청년 말테에게 남은 것은 끔찍한 가난과 고독뿐이었다. 그리고 그가 찾아온 도시 파리는, 살겠다고 모여든 사람들이 죽어가는 도시, 도

뤽상부르 공원(Jardin du Luxembourg)

무지 휴식을 제공하지 않는 바쁘고 무지막지한 도시였다. 난생처음 그런 대도
시로 이주해 온 말테는 정확히 3주 만에 자기 자신이 누구인지도 모를 지경에
이르게 된다.

　작가인 릴케 자신의 모습이 투영된 소설 『말테의 수기』. 쓰고 싶은 글도 못
쓰고 죽게 될까, 삶이 무의미하게 끝나버리진 않을까, 끊임없이 두려워하는 이
고독한 시인의 일기는 사실 우리 모두의 두려움에 관한 이야기다.

　무엇이 두려운가. 무엇이 두려워 우리는 무언가를 하는가. 언젠가는 모든
것이 끝나리라는 두려움. 그 전에 무언가를 이루지 못하면 어찌할까 하는 두
려움. "운명이 내뱉은 타액과도 같은" 낙오자가 될까 싶은 두려움. 파리 시내

를 걷고 또 걸으며 걸인과 병자들을 보고, 남루한 사내의 죽음을 목격하고, 팡
테옹에서 성녀의 그림을 보고, 달빛 아래 도시를 바라보던 말테는 결국 이렇
게 말한다.

이 끔찍한 것 속에서, 겉보기에 혐오스럽게만 보이는 것 속에서 존재
하는 모든 것들에게 통용되는 존재성을 보는 게 보들레르에게 주어진 과
제였어. (…) 내가 이곳에서 실망해서 괴로워하고 있다고는 생각하지 마,
그 반대거든. 비록 현실이 나쁘다 하더라도, 나는 그 현실을 위해 내가 기
대했던 모든 것을 포기할 마음의 준비가 되어 있어.
— 라이너 마리아 릴케, 『말테의 수기』

좁고 추운 파리의 빈민 아파트 5층 방에서 글을 쓰며 세상의 절망과 싸운
말테는, 그래서 오늘을 살아가는 우리 모두의 모습에 다름 아니다. 책의 끝부분
에 나오는 탕자의 이야기. 서로를 자유롭게 하는 사랑만이 진정한 사랑이며 신
에 이르는 길이라는 깨달음은 천천히 찾아오지만, "그를 사랑할 수 있는 한 분
이 아직 그를 사랑하려 하지 않았다"는 마지막 구절로 모든 것은 또 다른 시작
이자 질문으로 남게 되었다.

공장에서 대량생산 해내듯 같은 방식으로 맞이하는 죽음이 아닌, 각자의 삶
의 결실로써 고유한 죽음에 이를 수 있기를 꿈꾸었던 말테. 그는 또 이렇게도
말했다.

어쩌면 사람은 그 모든 추억에 다다르기 위해서 나이를 먹지 않으면 안 될지도 모른다. 나는 늙는 게 좋다고 생각한다.

지금 당장 삶을 정리하라 한다면, 내게도 역시 고향을 떠나온 말테처럼 트렁크 하나와 고르고 고른 책 한 상자가 남을 것이다. 그러나 나에겐 거쳐 온 날들의 합보다 더 큰 추억이 있다. 켜켜이 쌓인 시간 속에서 잊히고 다시 살아나며 나를 존재하게 한 추억들. 그 모든 추억에 온전히 다다르기 위해 나이를 먹어야 한다면, 그래야 한다면, 나도 늙는 게 좋다고 생각한다.

샹젤리제 거리에서
죽다

"오늘은 어디로 가?"

숙소 로비에서 책장을 정리하고 있던 직원, 엘이 물었다.

"음… 내가 사랑하는 어떤 남자가, 샹젤리제 거리에서 쓰러진 가로수에 맞아 죽었거든. 오늘은 종일 거기 앉아 있으려고."

장난스럽게 콧잔등을 찡그리는 그를 뒤로하고 문을 나섰다. 정말이야, 엘.

이젠 익숙해진 전철역 키오스크에서 모빌리스(1일권)를 끊어 콩코드 역으로 갔다. 멀리서도 한눈에 보이는 태양신의 상징 오벨리스크. 이집트에서 기증받아 옮기는 데만 5년여가 걸렸다지. 이탈리아에서 본 수많은 오벨리스크야 로마 황제가 수집한 것이라지만, 이집트 통치자가 다른 나라에 선심 쓰듯 기증을 한 이유를 모르겠다.

이집트 룩소르 신전의 전면 사진을 보면 람세스 2세의 좌상 왼쪽에 거대한 오벨리스크가 솟아 있고 오른쪽엔 기단만 남아 있는데, 원래 거기에 있던 오벨리스크가 바로 여기 콩코드 광장으로 옮겨진 것이라고 한다. 아무리 생각해도 그 조화롭던 신전의 한쪽을 떼어내 기증을 했다는 건 이상한 일이야.

런던 템즈 강변엔 오벨리스크도 모자라 스핑크스까지 세워 놓았었지. 이집트의 거대한 스핑크스에 코가 없는 것도 영국 때문이라는데 말이다. 이집트 침공 당시 떼어간 그 코는 영국박물관에 전시되어 있다. 유럽의 박물관들에서 확인하게 되는 오랜 약탈의 역사는 때로 다른 소장품에 대한 몰입까지 방해하곤 한다. 그래서였나. 루브르 박물관을 찾을 때마다 생각만큼의 감흥을 느끼지 못했던 건. 하긴, 영국박물관에 비하면 루브르의 페르시아관이나 이집트관은 명함도 못 내밀 수준이지만.

당통과 로베스피에르가 처형된 콩코드 광장에선 중국인 커플과 그 친구들이 오벨리스크 앞을 장악한 채 결혼사진을 찍고 있었다. 이탈리아에서도 가는 곳마다 예복을 차려입고 촬영 중인 중국인들을 보았었지.

광장 모퉁이 바닥에 앉아 오가는 사람들을 바라보며 프랑스 혁명을 생각했다. 세계사의 가장 중요한 사건 가운데 하나였을 그 혁명의 중심 무대, '혁명광장'이라 불리던 이곳은 숱한 죽음도 무색하게 번쩍이는 오벨리스크와 무심한 사람들의 발길만이 남아 있다.

당통과 로베스피에르. 혁명 후 각자 허무주의와 맹목적 신념이라는 다른 길로 접어든 두 사람. 끝까지 함께였다면 더 좋았을 텐데. 대학 시절 좋아했던 작가 뷔히너의 희곡 『당통의 죽음』에 이런 대사가 있었다.

고독한 사람들의 도시

"혁명은 크로노스*와 같아서 자기의 친자식들을 잡아먹는다네."

원하는 건 오로지 '휴식'이라던 당통. 로베스피에르가 빵을 원하는 민중들에게 사람의 머리를 던져주고 있다며 괴로워하던 그는, 결국 정적이 된 친구에 의해 단두대로 보내졌다. 몇 달 뒤 로베스피에르 역시 피해 갈 수 없었던 운명. 혁명의 끝에 그들은 그렇게 크로노스의 자식처럼 참혹하게 사라졌다.

희곡 속 당통의 대사처럼, 어쩌면 우리 모두는 가련한 연금술사들. "창조될 때의 실수를 서로 파헤치지 말고, 이젠 사이좋게 나란히 앉아서 쉬어야 할 때"라던 그의 말이 떠오른다. 그럴 수 있을까, 우리. 원망과 미움을 멈추고. 언젠가는.

400년 된 가로수의 거리, 샹젤리제를 걷는다. 작가 프루스트의 산책로. 『잃어버린 시간을 찾아서』의 질베르트와 마르셀이 데이트를 하던 곳. 별다를 것 없는 일상 속에서 어느 날 문득 5,000마일 넘는 거리를 날아와 노래로만 읊조리던 샹젤리제 거리를 걷고 있자니 프루스트의 소설 속 구절이 절로 떠올랐다.

삶은 정말로 놀라운 것이고, 기대하지 않았던 아름다운 것들로 가득 차 있다.

이 거리, 사람들, 산호색의 하늘과 몇 백 년 역사를 지켜보았을 충직한 나무들. 명품과 기념품 상점, 노천카페들로 가득한 거리 끝에 개선문이 보인다. 분

---

* Krónos, 그리스 신화 속 농경을 다스리는 신. 아버지를 몰아내고 신들의 왕이 되었으나, 자신의 권좌를 지키기 위해 자식을 삼키는 악행을 저질렀다.

별다를 것 없는 일상 속에서
어느 날 문득 5,000마일 넘는 거리를 날아와
노래로만 읊조리던 샹젤리제 거리를 걷고 있자니
프루스트의 소설 속 구절이 절로 떠올랐다.

"삶은 정말로 놀라운 것이고,
기대하지 않았던 아름다운 것들로 가득 차 있다."

고독한 사람들의 도시

주히 관광객들을 실어 나르는 버스. 거리 양쪽을 가로지르는 횡단보도 사이의 안전 공간은 개선문 배경의 사진 촬영 명당으로 사람들이 줄지어 차례를 기다리고 있다. 근처에 있던 젊은 중국인 커플이 갑자기 목청을 높이며 싸우기 시작했다. 이봐요, 제발. 이제 막 누군가를 떠올리고 있단 말이에요.

어디에서든 벤치에 앉아 상념에 잠길 때면 나의 머릿속에 떠오르는 몇 가지 장면이 있다. 하나는 스페인 영화 〈아만테스〉. 매혹적인 미망인에게 빠져 자기만을 바라보는 여인을 죽일 마음을 품게 되는 남자. 오래된 연인이 앉은 벤치 아래로 하나둘 떨어지는 핏방울. 붉게 번져가던 치명적인 욕망의 끝.

다음으로 고독하기 이를 데 없는 대만 영화 〈애정만세〉. 그 마지막처럼 벤치에 앉아 울었던 적이 있다. 그들도 나도 언제나 홀로 남겨지던 삶.

그리고 마지막으로 이 장면. 눈 내리는 공원 벤치에 앉아 '마치 대단한 밤이 다가오는 것처럼' 하품을 하고 또 하는 남자.

"그래, 돌아갈 시간이야. 안 그러면 문이 닫힐 거야."

천천히 밤이 오고, 그는 그 자리에서 눈사람이 되어 죽음을 맞는다. 외덴 폰 호르바트의 소설 『우리 시대의 아이』는 지금 이 시대에 조금은 지루한 메시지가 되었을지라도 나에겐 여전히 떠올릴 때마다 한없이 슬픈 작품이다.

　　나는 군인이다. 그리고 나는 군인인 게 좋다. 이제는 내가 어디에 속하
　는지 알기 때문이다. 모든 게 확고하다. 마침내 질서가 잡혔다. 일상의 걱
　정들아, 안녕.

국가와 전쟁의 대의명분 아래 악의 본성을 키워간 그들. 전망 없이 흔들리는 청춘에게, 규율이란 포장 속의 증오와 폭력은 얼마나 매혹적인가. 죄책감도 없이 그가 죽인 이들. 깨닫지 못했으나 그가 사랑한 이들. 간결하고 단순하기 그지없는 호르바트의 문장들 사이에서 나는 지금도 종종 호흡을 멈추고 뜻 모를 서러움을 느낄 때가 있다.

전장에서 살인을 서슴지 않던 주인공은 결국 부상으로 군대를 떠나 가난한 생활로 다시 돌아가고, 그토록 충성을 다했던 국가와 사회의 비합리성을 서서히 깨달아 간다.

그렇다고 날 욕하지는 마. 나는 어쩔 도리가 없었어. 나는 바로 우리 시대의 아이였거든. 부디 이 점만은 알아주기를….

순백의 눈에 갇힌 그의 영혼은, 그의 죄는, 구원받았을까?

헝가리계의 나치 망명객으로 세계 각처를 전전하며 글을 쓰던 작가 호르바트는 파리에 머물던 중 바로 이 샹젤리제 거리에서 폭풍에 쓰러진 나무에 맞아 사망했다. 그때 그의 나이, 서른여섯. 그는 어떤 체계적인 이론이나 학파도 만들지 못했고, 그럴 시간도 없이 요절했고, 브레히트처럼 명확한 사상적 입장을 드러내지 않았다. 하여 상당 기간 소홀히 다루어졌고, 일순간 유행이자 신화로 조명되었으며, 대체로 오해받았다. 그의 칼은 브레히트만큼 날카롭지 않았고, 그의 유머는 타보리만큼 노련하지 못했다. 축제는 망쳐지고, 인간관계는 어긋나고, 의사소통은 실패한다. 과격한 언어와 냉담한 태도 사이에서 낙차 큰 꽃가루를 뿌리며 만개하려다 말아버린 예술.

그의 문우였던 추크마이어의 표현을 빌려 "미처 실현되지 못한 긍정적 능력"을 가진 작가. 좋은 말로 '실현되지 못한 능력'이요, 나쁜 말로 '경솔하며 지적 품위가 부족한' 것으로 종종 매도되곤 했던 호르바트. 그는 말과 생각 사이의 불일치를 이야기하지만, 사회의 폭력과 소시민의 악마성을 이야기하지만, '정말 쉬운 언어로' 이야기한다. 어쩌면 문제는 그것이었을 것이다.

고향도, 가족도, 운도 없었던 사람. 이 거리 어느 나무 아래에서 호르바트가 고단한 망명객의 삶을 마감했겠지. 같은 시기에 역시 이곳에서 발터 벤야민이 광고지 여백에 글을 쓰는 궁핍한 생활을 견디며 자본주의를 연구하고 있었다. 그 몇 년 전에는 『동물농장』의 조지 오웰이 호텔 식당에서 접시를 닦고 있었고.

파리는 예술가들의 도시이자 망명객들의 도시다. 뿌리 없이 떠도는 이들을 품어주는 도시. 혼란스럽고, 지저분하고, 다들 조금씩 미쳐 있지만, 그토록 많은 이들이 파리에 모여들었던 이유를 알 것 같다. "파리에서 런던으로 왔더니 너무나 정갈하고 지루하다"던 조지 오웰의 말을 알아듣고 있으니, 나도 모르게 이 도시에 익숙해져 가고 있나 보다.

아까 거쳐 온 콩코드 광장 근처의 한 호텔에서 조지 오웰이 접시닦이 생활을 했다. 그의 책 『파리와 런던의 밑바닥 생활』에 묘사된 것처럼, 열기로 가득한 지하 준비실에서 아침 일곱 시부터 밤 아홉 시까지 접시를 닦고 유리잔과 나이프의 광택을 내는 혹독한 노동자의 일상… 이긴 했다지만, 하루 2리터씩의 포도주가 제공되고, 일이 특별히 힘들었던 날엔 맥주가 추가 제공되었다고 자랑 아닌 자랑을 하는 대목에서 웃어야 하나 고민했던 기억이 난다. 그런 이들에게 맥주나 와인 같은 건 그냥 술이 아닌 모양이다. "맥주 한 잔에 명예 따윈 버릴 수 있다"던 셰익스피어의 말처럼, 어쩌면 신이 내린 선물 같은 것. 찰나의 삶에 영원한 즐거움을 맛보게 해주는 것.

파리에 온 뒤 처음이다. 제대로 된 식당에서 와인을 곁들인 저녁 식사를 주문한 것이. 하지만 샹젤리제 거리에서 유명하다는 프랑스 가정식 레스토랑의 음식은 생각보다 실망스러웠다. 짜디짠 수프와 연어 스테이크를 무심히 삼킨 뒤 다시 거리의 벤치로 나와 개선문의 야경을 기다린다.

여덟 시가 넘었는데 아직도 해는 저물지 않고, 갑작스레 밀려드는 추위. 소설 『개선문』의 라비크를 생각하면서 오늘 밤엔 칼바도스를 한 잔 마시고 자야지. 책 속 구절처럼, "언젠가는 모든 것에 익숙해져야" 한다. 사무치던 모든 것들이 세월과 함께 서서히 흐려졌다. 용서하고 익숙해져 자유로워진 시간.

기억할 만한 삶의 풍경은, 기다리는 자를 위한 것이다. 사실 개선문의 야경 자체를 보고 싶어 이렇게 앉아 있었던 건 아니다. 정지된 상념 속에서 삶 속의 어느 한순간을 기다리는 자의 특권이랄까. 시간의 진실, 시간의 허상, 시간의 속도, 그 모든 것들이 사라진 자리에 남은, 기억의 지층. 가로등과 개선문에 불이 켜지고, 나는 불러낸 많은 이들의 이름을 남겨두고 벤치를 떠났다.

어둠이 내려앉은 루브르 박물관의 유리 피라미드를 거쳐 도착한 밤의 에펠탑. 전경을 제대로 보기 위해선 샤요궁 *Palais de Chaillot* 광장으로 올라가야 한다. 휘황찬란한 특수조명이 동원된 레이저 쇼가 시작되고 광장에서 버스커들이 남미음악을 연주하고 있는 동안, 반대쪽 계단 아래에선 노숙자 아저씨 둘이 나란

히 서서 벽에 볼일을 보고 있었다. 아름답고 냄새나는 비현실적인 순간이 영원
속으로 미끄러진다.

　떠나오기 전 읽었던 루이 아라공의 산문에는 "진정으로 서정적인 것은 사람
들이 경멸하고 비웃는 것을 찬미하는 것"이란 구절이 있었다. 나는 언제나 사람
들이 경멸하는 것에 관심이 있다. 에펠탑의 아름다운 야경이 아니라, 푸아그라
가 곁들여진 풍성한 만찬이 아니라, 진정 이 도시를 서정적으로 느끼게 해줄 나
만의 풍경을 찾아 오늘도 낯선 거리를 걸었다.

센 강변의
고독한 시인

파리의 밤거리는 어두웠다. 처음 북역에 도착해 잠시 도심 분위기를 보러 밖으로 나왔을 때, 어두침침한 조명, 바닥엔 쓰레기가 널려 있고, 여기저기 무리지어 담배를 피우고 있는 흑인들에 일순간 긴장. 숙소로 가기 위해 RER(파리 근교선)을 타자 낡은 열차 안에 온통 흑인들, 심지어 색색의 아프리카 의상까지 갖춰 입은 피곤한 표정의 흑인들이 가득해 마치 영화의 한 장면을 보는 것 같았다.

레알 샤뜰레 역 도착. 우범지역이라며 겁주는 정보를 잔뜩 보고 온 것이 무색하게 거리는 밤을 즐기려는 사람들로 가득했다. 게다가 한 흑인 남자는 내가 길을 물어보려고 인사를 건네자 오히려 화들짝 놀라서 말까지 더듬었다. 이런 황당함이라니. 흑인들은 길을 물어볼 때마다 친절했고, 잘 모른다고 하고서도 뒤늦게 힐레벌떡 쫓아와 "알아보니 저쪽"이라며 길을 안내했다.

주말에 도착한 탓으로 밤새 거리의 소음에 시달렸다. 수면제라도 먹고 잠을

고독한 사람들의 도시

청해 볼까 하다 그냥 현지의 밤을 받아들이기로 결심. 좁고 추운 호텔 방에 웅크린 채 온갖 상념에 잠겨 있는 동안, 그만 마르셀 까르네 감독의 영화 〈새벽*Le Jour Se Leve*〉을 떠올리고 말았다.

사랑 때문에 사람을 죽인 청년 프랑수아. 어두운 방에서 경찰차의 사이렌 소리를 들으며 사랑했던 여인들을 회상하는 주인공처럼, 나도 잊고 살던 전생의 범행 장소를 찾으러 이 도시에 숨어든 느낌이었다. 점점 커지는 소음. 테라스로 나가 밖을 내다보니 무리 지은 젊은이들이 거리 곳곳을 누비며 노래하거나 함성을 지르고 있었다.

꼭 이런 새벽에 영화의 주인공은 스스로 목숨을 끊었다. 어쩌면 내게도 그럴 만한 이유가 아주 없지는 않겠지. 하지만 책을 읽고, 음악을 듣고, 오직 책을 읽고, 음악을 듣고, 길을 걷고, 기다린다, 아직 남은 모든 것을.

다음날, 노천카페에서의 조식. 머릿속으로만 그리던 풍경 속에 한자리를 차지하고 앉아 주변을 관찰했다. 영화나 TV에서 보던 것과는 사뭇 다른 파리 뒷골목의 아침. 깨진 병과 담배꽁초, 문 닫은 가게 앞에서 밤을 보내고 짐을 꾸리는 노숙자의 굽은 등. 새벽녘 테라스에 서 있는 동안, 노숙자들이 건물 벽과 진열창에 볼일을 보는 뒷모습을 무시로 목격했다. 그 흔적을 비켜 가며 아무렇지 않게 상점 문을 열던 사람들.

크루아상 한 개에 버터와 딸기잼, 커피 한 잔. 한국에서라면 1만 원이 훌쩍 넘는 가격에 절대 선택하지 않을 메뉴지만, 파리에서의 조식에 크루아상을 뺄 수는 없는 거니까. 그래, 빵은 맛있군. 진한 커피도 입에 맞다.

파리의 지하철은 여행자들에겐 그야말로 지옥일 것이다. 구불구불 땅굴처럼 이어진 어둡고 긴 통로. 그 길고 너저분한 통로의 끝에 마치 지하세계로 들어가는 문이 있을 것만 같다. 에스컬레이터도 없는 계단 곳곳에서 캐리어를 든 여성들이 쩔쩔매고 있는 광경. 물론 나는 어디에서도 그런 불편에선 예외였다. 짐이라곤 늘 배낭 하나뿐이었으니까. 예쁘게 차려입고 찍은 여행 사진 한 장 없는 걸 결국은 후회할 거면서.

그러고 보니 이런 파리의 지하 공간에서 〈델리카트슨 사람들Delicatessen〉 같은 영화가 탄생한 것은 아닐까. 황폐해진 세상, 사람의 고기를 먹는 것을 당연시하는 지상의 인간들과 달리 지하 인간들은 고기를 먹지 않는다. 권력자와 집단이 끊임없이 서로를 이용하는 이기적인 세상에서 생명에 대한 존중과 사랑으로 변화를 꿈꾸는 이들이 있었고, 지상의 삶은 잠시나마 그렇게 아름다워졌다.

에펠탑 주변을 어슬렁거리다 다시 센 강변을 걷는다. 100여 년 전쯤, 아마도 거의 같은 풍경 속을 걷고 있었을 사람들. 좁은 하숙방에서 나와 이 강변을 자주 산책했던 폴 발레리의 모습을 상상해 보았다. 걷고 또 걸어 단골서점이었던 '셰익스피어 & 컴퍼니'에도 가고, 어느 날은 생제르맹의 카페에서 친구 앙드레 지드와 피카소가 토론을 벌이는 것을 지켜보기도 했겠지. 이 강변에서 떠올릴 만한 사람들이야 많고도 많겠지만 오늘따라 폴 발레리가 생각난 것은, 역시 온몸에 와 닿는 바람 때문이다. 살아야겠다던 그의 시 때문이다.

그때 나는 20세였고 사고의 힘을 믿고 있었다. 또 그때 나는 존재하느냐, 존재하지 않느냐 하는 문제로 미묘한 고통에 빠져 있었다. 나는 우울하고 경박하고 겉으로는 다루기 쉬운 듯 하지만 속으로는 까다롭고, 극단

이 강변에서 떠올릴 만한 사람들이야 많고도 많겠지만
오늘따라 폴 발레리가 생각난 것은
역시 온몸에 와 닿는 바람 때문이다.
살아야겠다던 그의 시 때문이다.

적으로 경멸적이고, 절대적으로 찬양적이고, 쉽게 감동은 줄 수 있지만 설
득하는 것은 불가능한, 그런 인물이었다.

$\qquad$ – 폴 발레리

일찍이 인정받은 시인이었으나, 일생을 자처한 고독 속에서 무명의 생활인
으로 조용히 살고 싶어 한 사람. 넘치는 관심과 사교클럽의 초대들을 무심히 넘
기고 "바쁜 사람들의 사막 속으로" 은퇴하겠다고 했던 폴 발레리는, 파리에서
국방부 직원과 개인비서 등으로 성실히 일하며 매일 새벽 다섯 시면 어김없이
일어나 시를 썼다. 그의 태도를 떠나 그의 작품들이 빚어내는 분위기가 종종 정
치적으로 이용되었음을 알고 있지만, 그리고 내가 좋아하는 비평가 에드먼드
윌슨이 아무래도 그를 썩 좋아하지 않았던 것 같지만, 나는 그를 아련한 마음으
로 기억한다.

발레리의 글과 함께했던 그 시절의 내가, 그랬다. 사고의 힘을 믿고 있는 한
편으로 존재하느냐, 존재하지 않느냐 하는 문제로 미묘한 고통에 빠져 있던 날
들. 그가 그랬던가. "사람은 타인을 위해서가 아니면 결코 아름답지도, 비범하
지도 않다"고. 그렇게 사람으로 인해 존재하게 될 것을 알면서, 저마다 고독하
기만 한 삶.

폭우가 몰아치던 어느 밤, '나와 나 사이'에 자신이 존재하는 강렬한 경험을
한 뒤 몽펠리에서 파리로 이주해 온 발레리. 절필한 뒤 문단으로 다시 돌아오
기까지 이 도시에서 20여 년을 오로지 사유하는 존재로서 고독하게 살았던 한
예술가의 초상.

'테스트 씨'든 '젊은 파르크'든 아직도 발레리의 인물들을 다 이해하지 못하 겠지만, 적어도 이것만은 분명하다. 존재하느냐, 존재하지 않느냐, 혹은 존재하고 있느냐, 존재한다고 믿고 있느냐, 하는 문제에 몰두했던 청춘의 한때. 내가 인생의 어느 시기보다 오롯이 나였던 그 시절을 그들과 함께했다는 것. 그리고 그 시절로 인해 지금의 내가 존재한다는 것.

바람 부는 센 강변에서 다시금 나의 기원을 떠올렸다. 결함이 내 삶의 바탕 이었다.

> 내가 지닌 미지가 나를 나로 만든다.
> 내게 있는 서투름이, 불확실함이, 바로 나 자신이다.
> 나의 나약함, 나의 연약함…
> 결함이 내 시작의 바탕이 된다. 불능이 내 기원이다.
>
> – 폴 발레리, 「테스트 씨」

너도 결국
행복을 택하고 말았구나

유럽을 여행할 때 식사는 대개 비슷한 패턴이다. 원래 아침밥을 잘 먹지 않지만, 조식이 포함된 숙소에서는 아침에 최대한의 칼로리를 저장한다. 점심은 광장이나 야외 벤치에서 간단하게 빵과 음료, 저녁은 아주 가끔 제대로 된 식당을 찾을 때 외엔 주로 통조림과 치즈 등을 사 들고 귀가해서 먹기. 값싼 와인을 잔뜩 챙겨서 들어가는 짓은 첫 여행에서 숙취로 고생한 뒤 그만두었다.

오늘의 숙소 조식 메뉴 - 두껍고 짜디짠 치즈와 토스트, 시리얼, 삶은 달걀, 오렌지 주스와 커피. 심심해서 삶은 달걀을 머리에 두들겨 껍질을 까고 있었는데, 그 모습이 재미있었는지 옆 테이블의 노부부가 말을 걸어왔다. 오, 영국식 악센트! 영국에서 만난 사람들은 대체로 과묵한 편이었는데, 의외로 다정한 이들을 만났다. 내 머리가 테이블보다 조금 더 단단하다는 농담에 즐겁게 웃는 그들과 서로의 일정에 대해 짧은 대화를 나눴다.

고독한 사람들의 도시

나란히 식당을 나서는 노부부의 뒷모습을 보며, 언젠가 종로의 극장에서 본 〈다리 하나로도 충분하겠다〉라는 프랑스 단편영화가 떠올랐다. 파리 생마르탱 운하를 배경으로 펼쳐지는 네 커플의 삶과 사랑 이야기. 오랜 세월 사랑과 연민의 힘으로 늙어간 노부부가 서로 기대어 다리 끝으로 사라지는 뒷모습을 지켜보며 경외감과 함께 잔잔한 슬픔을 느꼈었다.

경사진 지붕 아래 빨간 차양의 카페. 바로크 양식의 건축물들이 이어진 생제르맹 거리를 걷는다. 영화 〈엄마와 창녀〉의 주인공처럼 68혁명 이후 방황하던 유럽의 청춘들이 이 거리에서 책을 읽거나 수다를 떨며 공허한 시간을 견뎠겠지. 학생과 노동자들이 연대해 모든 사회 관습과 규범으로부터 자유를 외쳤던 68혁명. '금지를 금지하라!', '불가능한 것을 요구하라!', 소르본 대학에 붉은 깃발이 나부끼고 호찌민과 로자 룩셈부르크의 사진을 든 사람들이 파리를 점령했던 그때, 대규모 유혈 사태가 벌어진 곳이 바로 여기 생제르맹 거리였다.

무한히 자유롭기를 원했던 한 시대의 초상. 그 역사의 현장을 천천히 걷고 있다. '파리의 청담동'이라는 소개대로 고급 부티크와 카페들이 가득한 거리. 윤기 나는 저 풍경 역시 실패한 혁명을 증언하고 있는 것만 같다. 2011년 뉴욕 월가를 점령한 반反자본 시위대 앞에서 슬라보예 지젝이 한 연설이 떠올랐다.

"내가 걱정하는 유일한 점, 우리가 언젠가는 집에 갈 것이고, 그 후 1년에 한 번씩 만나 맥주를 마시고 향수에 빠져 '우리는 젊었지. 그곳에 있을 때가 참 좋은 시절이었지'라고 회상하게 될지도 모른다는 점입니다. 그런 일은 일어나지 않을 거라고 약속해 주십시오."

그래, 어쩌면, 축제는 쉽다. 공동의 것을 위해 싸우는 것. 그리고 돌아간 집에서 유령처럼 노랫가락이나 부르며 늙어가지 않는 것. 기억해야 할 것은 바로 그것이다.

장 으스타슈[*]의 1973년도 영화 〈엄마와 창녀〉에는 클래식과 실존철학에 심취하고 스스로 '어느 정도 지적'이라 자부하는 젊은 남자 알렉상드르가 있고, 그를 진정으로 원하는지도 분명하지 않은 두 여자가 있다. 알렉상드르는 일하는 동거녀의 아파트에서 그녀의 도움으로 살아가면서 생제르맹 거리의 카페에서 시간을 죽이거나 다른 여자를 만나기도 한다. 전망 없는 잿빛 일상 속에서 세 남녀는 그저 서로를 바라보고 몸을 섞고 이야기하고 때로 질투하고 카메라 안팎을 하릴없이 들락날락한다. 인간의 본능만으로 자본주의의 질서와 치부를 꿰뚫어 보려 했던 으스타슈의 영화적 실험이었다.

1970년대 파리의 청춘들은 영화의 주인공처럼 무기력과 허무함에 사로잡혀 있었고, 예술인들 역시 저마다 흩어져 감상주의에 젖거나 상업적 시스템에 안착했다. 그러나 미국으로 건너간 트뤼포가 따스하게 변해 가던 그 시기에 장 으스타슈는 여전한 사회적 문제의식을 부여잡고 홀로 괴로워하고 있었으니, 그가 자신의 머리를 권총으로 날려버리기까지는 거기에서 10년의 세월이 더 필요했다.

어느 시대에 너무 일찍 떨어져 비극으로 화한 천재들의 이야기는 얼마나 많

---

* Jean Eustache(1938~1981). 프랑스의 영화감독. 사실적이고 즉흥적인 작품세계로 '누벨바그의 진정한 계승자'로 평가받았다. 〈엄마와 창녀〉로 1973년 칸 영화제 심사위원대상을 받았으나, 이후 잇단 흥행 실패와 불운을 겪다 42세에 권총 자살했다.

고독한 사람들의 도시

고 많은가. 그러나 때로는 으스타슈처럼 너무 늦게 도착해 비극이 된 천재도 있다. 이미 60년대에 다양한 영화적 가능성을 실험한 고다르는 70년대 들어 서서히 새로운 매체에 관한 관심으로 옮겨갔다. 그러나 단 두 편뿐인 장편영화를 70년대에 내놓은 장 으스타슈는 누벨바그와 68혁명 이후 다른 이들이 놓고 떠나버린 시대정신과 실험성 사이 어디쯤의 화두를 붙잡고 자신만의 고집스러운 세계를 만들어갔다.

그는 누벨바그의 영향 아래에서 이야기되는 감독 중 '유일하게' 노동자 계급 출신이었고, 일생 가난했다. '빈곤의 미학'이라 불리는 작품세계만큼이나 현실에서도 스산한 삶을 살았던 사람. 〈엄마와 창녀〉를 본 직후 그의 여자 친구가 자살했다. 그로부터 10년 후, 마흔둘의 나이로 죽은 으스타슈. 자기 영화의 주인공처럼 카페에서 무심히 시간을 죽이곤 하던 그의 모습을 이곳 생제르맹 거리에서 더 이상 볼 수 없게 되었다.

나는 이것에 특별히 주목한다. 죽기 몇 해 전, 그가 프랑수아 트뤼포와 클로드 샤브롤 같은 프랑스 영화계의 거장들을 '감히' 비판했던 대목.

"비평가 시절 그들이 공격한 유형의 영화들을 이젠 그들 스스로가 만들어내고 있다"고 비판한 으스타슈의 말 속에는, 권력에 굴하지 않는 예술가 본연의 용기뿐 아니라 어쩌면 사회에 대한 아주 작은 타협의 제스처조차 태생적으로 불가능한, 도무지 변할 수가 없는 자신의 본성을 확인하는 아픔이 배어 있지는 않았을까. 당신 같은 영혼들을 익히 알고 있다. 어찌 모르랴. 으스타슈와 비슷한 시기에 활동한 독일 작가 외르크 파우저의 「트로츠키, 괴테 그리고 행복」이란 시가 있다. 함께 혁명에 몸담았던 여인이 혁명 그룹을 떠나 원래 살던 파리로 돌아가고, 결국 상류층 인텔리인 괴테 연구가와 결혼했다는 소식을 듣게 되는 '나'. 그는 말한다.

그렇군.
아무렴.
너도 결국 행복을 택하고 말았구나.

저마다 나름의 행복을 택하여 떠난 자리에 홀로 남아 쓸쓸했던 사람. 그가 아니었다면 나는 그토록 건조한 외설과 환멸의 시네마 베리테가 그토록 내밀하게 인간의 감성을 흔들 수 있음을 알지 못했을 것이다. 그리고 청춘을 기억하는 지금. 질서에 대한 도전과 불온한 사유의 끝에 결국은 변절해 버린, 내가 그토록 믿었던 어떤 이들이 어쩌면 충분히 잊을 만한 사람들이었음을 생각한다.

파리 여행자들의 명소인 생제르맹 거리의 카페들. 피카소가 영감을 얻고 까뮈가 『이방인』을 집필했다는 '레 뒤 마고 *Les Duex Magots*'를 거쳐 사르트르의 단골집인 '카페 드 플로르 *Café de Flore*'에 자리를 잡고 앉았다.

"내게 플로르로 가는 길은 자유로 가는 길이었다"고 했던 사르트르와 보부아르를 비롯해 당대의 지성과 예술가들이 카페 곳곳에서 글을 쓰거나 토론을 나누었을 풍경이 머릿속에 그려진다. 그런데 테이블이 이렇게 작아서야 어디 편하게 글을 쓸 수 있었을까. 아니면 집중이 더 잘 되려나. 테라스에서 커피 한 잔을 앞에 두고 이런저런 생각에 잠겨 있다 갑자기 들려오는 우리말에 깜짝! 입구 쪽을 보니 20대로 보이는 젊은 한국인 커플이 이른 시간이라 아직 열지 않

카페 드 플로르(Cafe de Flore)

은 2층으로 올라가겠다고 우기는 중이었다. 한 사람은 영어, 한 사람은 한국어로. 나중에 2층 화장실로 가는 길에 본 그들은 부둥켜안고 카페 여기저기를 돌며 사진을 찍는 중이었다. 젊은 날, 연인과 이런 여행이라니. 부러워라, 에잇!

사르트르의 『구토』에서 주인공 로캉탱은 지방도시 부빌에 머물며 마침내 '구토'의 정체를 알게 된 뒤 파리로 돌아갈 결심을 했었지. 나는 어쩌면 이곳 파리에서 오랜 구토와 현기증의 정체를 확인하고 싶었던 걸까. 아직 그것이 중요하기라도 하다면, 참 다행이야.

카페에서 나와 근처의 생제르맹 데프레 성당으로 들어섰다. 파리에서 가장 오래된 중세 건축물. 스웨덴 방문 중에 사망한 데카르트의 유골이 이곳 생제르

소르본 역(Cluny-La Sorbonne)

맹 성당에 옮겨졌다가 다시 팡테옹으로 이장되었다. 성당 안에 그 흔적인 작은 석관이 남아 있다.

데카르트의 유골은 이 성당뿐 아니라 프랑스로 건너오며 세 차례에 걸쳐 이장되었는데, 그 과정에서 오른손 집게손가락을 시작으로 머리뼈 등 유골 일부가 하나둘씩 사라지는 이상한 사건이 벌어졌다고 한다. 그 과정을 추적한 책 『데카르트의 사라진 유골』을 몇 년 전에 인상 깊게 읽었다. 근대를 열어젖힌 한 위대한 철학자의 이야기뿐 아니라 계몽주의의 시작과 과학 논쟁 등 근대 초기의 지적 지형도가 흥미진진하게 펼쳐져 있다. 그의 머리뼈는 서유럽을 횡단하며 여러 소유자의 낙인이 찍힌 채 파리 인류박물관 지하에 마지막으로

고독한 사람들의 도시

도착했다.

멀지 않은 곳에 생 쉴피스 성당도 있다. 『다빈치 코드』에서 오푸스 데이의 암살자 실라가 쐐기돌을 찾으려다 수녀를 살해한 곳. 세계에서 가장 큰 파이프 오르간이 있고, 보들레르가 세례를 받았으며, 빅토르 위고가 결혼식을 올린 곳. 하지만 그 웅장하고 화려한 성당보다 어쩐 일인지 무심히 지나치기 좋을 만큼 소박한 생제르맹 데프레 성당이 더 마음에 남는다. 파리혁명 때 파괴되고 하나 남은 종루. 밤이면 빛바랜 돌벽과 빨간 장미 화분이 놓인 창문 아래에서 바삐 걸음을 옮기는 카뮈나 헤밍웨이를 마주칠 것만 같다.

팡테옹과 소르본 대학 주변을 산책하다 숙소로 돌아오니, TV에선 티베트 순례자들에 대한 다큐멘터리를 하고 있었다. 싸늘한 공기. 여분의 이불조차 없는 옷장. 낑낑대며 침대 매트리스 위에 깔린 시트까지 빼내 이불 위에 한 겹을 더 덮은 채 몸을 웅크렸다.

잠결에 나는, 순례자들보다 등에 하나 가득 짐을 지고 묵묵히 험한 길을 동행하는 야크, 그들에게 더 깊은 영혼이 있을지도 모르겠다는 생각을 했다. 파리에서의 하루가 또 한 번 저물었다.

고통이
그의 숙명이었다

가을 아침. 퐁피두센터 4층의 유리창에 기대어 비 내리는 거리를 바라보았다.

세 번째 찾은 파리. 또다시 춥고 좁은 방을 얻고, 또다시 값싼 와인을 마시며 보내는 날들. 빗줄기 너머의 풍경을 바라보다가 문득 오늘이 목요일이란 것을 깨달았다.

비가 억수로 쏟아지는 파리에서 죽겠다.
그날이 어느 날인가는 이미 알고 있다.
파리에서 죽으리라. 피하지는 않겠다.
어쩌면 오늘 같은 가을날 목요일일 거다.

오늘 같은 목요일일 거다. 이 시를 쓰는
이 목요일, 상박골이 아파오고 있는데,

내가 걸어온 이 길에서 오늘만큼 내가

혼자라는 것을 느낀 적이 없으니 말이다.

– 세사르 바예호, 「흰 돌 위의 검은 돌」에서, 『오늘처럼 인생이 싫었던 날은』

안개에 쌓인 저 거리 어딘가에서 가난과 질병 속에 죽어가며 시를 쓰고 있었을 사람. 조국 페루를 떠나 파리로 숨어든 도망자. 시인 바예호에게 파리는 "달나라의 이상스러운 거리"였고, 자신을 끊임없이 떠나보내는 고통과 소외의 도시였다. 무너지고 상처 입은 이들이 잠입해 시를 쓰거나 죽어버린 도시. "앉아서 쉴 돌 하나, 빵 한 조각이라도 달라"며 고통스럽게 외치던 바예호의 시 앞에서 눈물 흘린 밤이 있었다. 그의 시처럼 죽어버리고 싶은 날이 있었고, 조금은 죽어 있던 날도 있었다. 그러나 혼자 묵묵히 걸어온 내 불쌍한 발, 그것의 성실함이 나를 이긴 지금. 목요일의 파리에 비가 내리고, 나는 더 이상 그때처럼 아프지 않다.

칸딘스키의 그림들을 본 뒤에 페르 라세즈*Père Lachaise Cemetery*로 가야지. 잿빛 하늘 아래 이슬비를 맞으며 걷기에 묘지만한 곳이 또 있을까. 직접 보지 않았더라면 감흥이 덜했을 칸딘스키. 형상 하나 하나가 자신만의 색채와 리듬을 가지고 자유롭게 캔버스를 유영하는 그의 그림은, 직접 눈앞에서 볼 때 비로소 "나의 작품은 곧 음악"이라고 했던 그의 말을 온전히 이해할 수 있게 된다. 흐르는 선과 색채가 한 편의 공연을 보듯 음악적으로 눈과 귀를 사로잡는 경험을 하게 되는 것이다.

피카소를 편애한 나머지 칸딘스키의 추상을 소홀히 대했던 파리. 그 부채감

비가 억수로 쏟아지는 파리에서 죽겠다.
그날이 어느 날인가는 이미 알고 있다.
파리에서 죽으리라. 피하지는 않겠다.
어쩌면 오늘 같은 가을날 목요일일 거다.
– 세사르 바예호

고독한 사람들의 도시

을 지워내듯 파리는 지금까지도 칸딘스키의 작품세계를 특별한 애정으로 조명하고 있다. 칸딘스키와 피카소의 그림들을 보고, 러시아 신인 작가들의 기획전에선 큰 감흥을 느끼지 못한 채 퐁피두 미술관을 나왔고, 페르 라셰즈에 도착하자 비가 그쳤다.

재능 있는 한 남자가, 타고난 그 재능으로 빛나는 시절을 보냈다. 지적이고 패셔너블한 데다 위트까지 넘쳤던 남자는 당대의 지성들과 함께 빅토리아 시대를 밝힌 별이자 자신의 동화 제목처럼 '행복한 왕자'였다. 그런 그에게 다가온 또 다른 남자. 젊고 아름답고 매혹적이지만, 사치스럽고 변덕쟁이에 무엇보다 '남자'였다. 치명적이었다는 말이다. 빅토리아 시대, 온갖 변화가 일어난 혼돈의 시대였으나 아직 동성애가 받아들여질 때는 아니었다. 행복한 왕자는, 그 사랑으로 인해 역시 자신의 동화에서처럼 모든 것을 잃고 생을 마감한다. 19세기 말의 유미주의자, 오스카 와일드의 이야기다.

동성애를 죄목으로 감옥에 끌려간 오스카 와일드. 두 아이의 아버지였던 그는 그 후로 죽을 때까지 아이들을 보지 못했고, 아이들 역시 아버지의 성을 버리고 살아갔다. 그가 사랑했던 남자 더글러스는 물론 그를 잊었고 말이다. 오스카 와일드의 옥중 편지를 출판하여 돈을 벌 궁리를 할 때 외에는.

내가 같이 있고 싶은 유일한 사람들은 예술가들과 고통을 겪은 사람들이야. 아름다움이 무엇인지 아는 사람들과 고통이 무엇인지 아는 사람들. 그 밖의 다른 사람들은 내게 아무런 흥미를 불러일으키지 못해. (…)
즐거움과 웃음 뒤에는 거칠고 엄혹하고 냉담한 기질이 있을 수 있어.

하지만 고통 뒤에는 언제나 고통이 있을 뿐이지. 기쁨과는 달리 고통은 가면을 쓰지 않아.

– 오스카 와일드, 『심연으로부터』

그 길고 깊은 고통의 끝이 무엇이었든 간에, 오스카 와일드는 한순간도 현실을 피해 가지 않았다. 훗날 왜 그때 프랑스로 망명하지 않고 영국에 있기를 택했는지, 위험을 예감하지는 않았는지 묻는 앙드레 지드에게 그가 이렇게 말했다.

"오, 물론이에요. 난 파국이 닥칠 거라는 걸 알고 있었어요. 이런 식이 아니더라도 다른 어떤 식으로든 말이죠. 나는 그걸 기다리고 있었던 겁니다."

그의 삶은 파괴될 수밖에 없었다. 그럴 수밖에 없는 어떤 영혼들이 있다. 한 남자의 형상으로 다가온 절대적인 아름다움 앞에 산산이 부서져버린 그의 삶. 자신을 버린 연인을 원망하고, 비난하고, 결국 또다시 매달리면서도 달리 어쩔 수 없었을 것이다. 왜 아니겠는가. 사랑이 그런 것을. 내가 사랑한 반만큼도 그가 나를 추억하지 않을 것을 알면서. 왜 아니겠는가. 사랑은 곧 고통이다.

"예술가는 두 번 다시 같은 것을 시작하지 않는다"고 했던 오스카 와일드. 타고난 천재성으로 빛났던 생의 한 시기가 저물자 완전한 고독과 고통이라는 또 다른 시작으로부터 삶을 갈무리한, 그는 어쩔 수 없는 예술가이자 유미주의자였다.

출소한 뒤 단 한 줄의 글도 쓰지 못한 채 쓸쓸히 맞은 죽음. 영국을 등지고 떠나온 파리의 한 호텔에서였다. 그리고 마지막 휴식처로 당도한 이곳, 페르 라셰즈. 그의 무덤은 짐 모리슨의 그것만큼이나 찾기 쉽다. 페르 라셰즈에서 사람들이 제일 많이 모여 있는 곳을 찾으면 짐 모리슨의 무덤이요, 아크릴 벽으로 둘러싸인 제일 거대한 무덤을 찾으면 오스카 와일드의 것이다.

엄청난 크기의 석재에 날개를 펼친 스핑크스 조각, 그리고 무수한 립스틱 자국들. 그를 사랑하는 전 세계 팬들의 추모 글과 키스 세례에 결국 보호벽까지 쳐진 그의 무덤은, 한순간 쇠락해 버린 그의 삶을 위로하기에 조금은 덧없이 느껴졌다.

쇼팽과 프루스트의 묘를 지나 무작정 걷는 길. 문 닫은 상점들이 이어진 을씨년스런 거리로 접어들었다. 파리에서 죽어간 이들의 이름을 나는 너무 많이 가슴에 담고 있다. 그들의 열정과 동량의 탄식이, 그 심연의 절망이 파리의 거리 구석구석에서 나의 걸음을 더디게 했다. 저 뒷골목 어딘가에서 소심한 회사원 쿠쟁이 비단뱀 그로칼랭의 탈피를 지켜보며 인간에 대한 희망을 키우고 있을지도 몰라. 하지만 『그로칼랭』의 작가 로맹 가리조차 "누구나 그렇듯 그로칼랭은 열망으로 그쳐야 한다"고 했었나. 이 절망과 분노의 세상에서, 인간이 존엄성을 회복한 고귀한 존재가 되고 그로칼랭이 아름다운 인간의 언어로 말을 걸어오는, 그런 날은 정말 오지 않을까. 나는 내 안의 그로칼랭을 아직은 동물원으로 보낼 준비가 되지 않았다.

페르 라셰즈를 떠나기 전, '코뮌 전사의 벽'을 찾아갔었다. 파리 코뮌 당시

코뮌 전사의 벽(La Mur des Federes)

마지막까지 싸운 시민 147명이 총살당했던 곳. 누구를 붙잡고 물어보아도, 묘지에서 일하는 청소부조차 위치를 잘 모르던 곳. 화려하게 장식된 무덤들과 커다란 아우슈비츠 희생자 추모비 사이의 그곳을 끝내 찾아냈을 때, 눈에 잘 띄지도 않는 그 쓸쓸한 벽을 우두커니 바라볼 수밖에 없었다.

넓디넓은 7만 기의 무덤 사이 한구석도 차지하지 못한 사람들. 그런 비극적인 죽음이 아니더라도, 파리 중심가의 이 비싼 땅에서 몸 누일 두어 평의 공간조차 그들의 몫은 아니었겠지. 자유로운 삶이 아니면 죽음을 달라고 했던 그들. 살아서 고단한 영혼, 죽음으로 자유로워졌기를.

어둑해져 가는 거리 위로 불빛이 하나씩 떠오르고 있었다.

고독한 사람들의 도시

Budapest

소년들에게
필요한 것을 줄 것

나무로 된 문과 단정한 타일 벽, 아르누보 시대의 분위기가 남아 있는 역사 안. 놀이공원 열차처럼 노랗고 자그마한 객차가 사람들을 내려놓고 떠났다. 120년 역사를 간직한 부다페스트 지하철 1호선의 모습이다.

고풍스러운 안내소 안에서 역무원으로 보이는 할아버지가 조명을 켠 채 책을 읽고 있었다. 이 작은 역에서 그의 시간을 방해할 만한 사람은 아무도 없다. 그가 읽는 저 책은, 어쩌면 헝가리 작가 임레 케르테스*Imre Kertesz*의 소설이나 페퇴피*Sándor Petöfi*의 시집쯤일까. 물기 머금은 고무나무 잎처럼 평화롭게 휘어진 그의 옆모습. 또 모르리라. 사막의 열기를 견디고 견뎌 이제야 종을 울리고 숨결을 얻은 선인장처럼, 당신들 모두가 어떤 뜨겁고 눈물 나는 과거를 안고 있을지.

역사를 나와 19세기에 건설된 네오 르네상스 양식의 국립 오페라 극장에 이르자 정문 왼편에 리스트*Franz Liszt*의 석상이 보였다. '피아노의 왕'이라 불리며 유럽 전역에서 인정받은 헝가리 최고의 음악가. 연주회가 끝난 뒤엔 서른 대의 마차로부터 호위를 받으며 열성 팬들을 따돌렸다는 일화가 당시 그의 위상을 말해 주고 있다. 그러고 보니 부다페스트에 도착하자마자 그의 이름이 붙은 공항에서 스피커를 통해 흘러나오는 헝가리안 랩소디 2번을 들었었다. 라싼에서 프리스카로, 이윽고 쏟아지던 카덴자의 화려한 집시 선율.

공항에서 도심으로 오는 내내 펼쳐진 창밖의 풍경은 차갑고 우울하기만 했다. 비애감을 주는 라싼*Lassan*의 느린 템포처럼 소멸의 이미지를 풍기는 도시. 그래서 더욱 마음을 주게 된 도시. 철의 장막이 아직 다 걷히지 않은 듯, 저음으로 메아리치는 어두운 도시의 파편들이 가슴속에 던져졌다.

극장 안으로 들어서서 붉은 카펫이 깔린 계단을 올랐다. 황금빛의 화려한 아치와 웅장한 대리석 기둥. 샹들리에가 매달려 있는 아름다운 천장화 아래에서 오페라 〈오셀로〉를 관람했다. 악인의 계략에서 비롯된 질투와 오해, 그리고 죽음. 언어를 알아듣지 못해도 상관없다. 몸짓만으로도 알 수 있는 셰익스피어의 희로애락.

믿지 않으면 사랑도 없는 것을. 믿지 못하면 사랑이 아닌 것을. 비극으로 마감된 가슴 아픈 사랑 이야기에 관객들은 저마다 탄식했다. 세 시간에 걸친 길고 긴 공연에 다리가 저리고 허기가 몰려온 것은 그 다음이었다.

대학 시절 지겹도록 과제에 등장하던 헝가리 출신의 문예 이론가이자 철학자 루카치*György Lukács*가 다니던 부다페스트 대학 본관을 지나 숙소 쪽으로 향했다. 헝가리 전통식 굴라쉬를 전문으로 하는 동네 식당에서, 굴라쉬가 아니라 연어 스테이크를 앞에 놓고 토카이 와인을 마시는 저녁. 화이트 와인을 즐기지 않는 편이지만, 헝가리를 대표하는 적포도주 에게르 와인을 이미 맛보았으니 이제 토카이 와인의 차례였다. 루이 14세가 '와인의 왕'이라 칭했던 세계 최초의 스위트 와인. 그 옛날의 명성은 퇴색했으나, 생생한 산도와 부드러운 풍미는 과연 왕이 사랑한 와인다웠다.

탁자마다 촛불을 밝힌 어두운 가게 안. 그래서였나. 술잔을 기울이는 사람들의 표정까지 그늘져 보였던 것은. 아직 가을인데, 겨울바람을 피해 들어온 나그네처럼 춥고 창백해 보이던 사람들. 민주공화국이 들어선 지 30년 가까운 세월이 흘렀음에도 오랜 외세의 침략과 세계대전, 공산 독재 등의 슬픈 역사가 그들에게 깊은 내상을 남겨 놓은 듯했다.

일순간 분위기를 바꾸는 음악 소리. 초로의 바이올리니스트가 헝가리 집시들의 애환이 서린 〈차르다시*Csárdás*〉의 선율을 열정적으로 연주하기 시작했다. 저렴한 물가에 부담 없이 즐긴 식사였지만, 결국 그에게 음반을 강매당하면서 지출이 커져 버렸다. 사실 안 사고 버려도 상관이야 없었으리라. 그러나 연주 내내 눈을 맞추고 미소를 보내던 그가 옆에 다가와 내민 손을 차마 외면할 수가 없었다. 음반과 지폐를 바꿔 들고 함께 웃어줄밖에.

다음날 저녁, 도보로 세체니 다리를 건넜다. 부다 지역과 페스트 지역을 연결하는 다리 중 가장 아름답다는 다리. 한국에서도 이렇게 걸어서 한강 다리를 건너곤 했었지. 하늘과 물을 바라보며, 거센 바람 속에 수직으로 버티고 있는 육체가 때로 너무도 거추장스럽게 느껴졌던 기억. 삶이 고통스러울수록 물

세체니 다리(Széchenyi Lánchid)

돌아오는 길을 잃기라도 할 것처럼
생의 조각들을 하나씩 떨구며 걷는다.
바위처럼 단단한 추억들 사이로
도나우 강의 찬바람이 소리 없이 스며들었다.

부다페스트

위에서의 걸음은 더욱 느려지곤 했다. 무슨 말인지 당신은 알 것이다. 돌아오는 길을 잃기라도 할 것처럼 생의 조각들을 하나씩 떨구며 걷는 밤. 바위처럼 단단한 추억들 사이로 도나우 강의 찬바람이 소리 없이 스며들었다.

마차시 성당 앞, 어부의 요새에 앉아 바라본 페스트 지역의 야경. 프라하, 파리와 함께 세계 3대 야경으로 꼽힐 만큼 아름답지만, 화려함과는 또 다른 일종의 장엄함을 느꼈다고 할까. 수많은 첨탑을 품은 네오 고딕 양식의 거대한 국회의사당 건물과 도나우 강에 일렁이는 황금빛 그림자. 한 무리의 새떼가 밤하늘을 가르며 날아갔다. 이런 밤을 꿈꾸었던 적이 있다. 오래된 어둠 속에 운명적으로 솟아 있는 도시. 타오르는 불빛에 유예되는 낮의 기억. 그 무엇에도 상처받지 않을 것만 같은 아름답고 비밀스러운 밤.

오늘 나는 한 할아버지의 모자를 찾아주었고, 잃어버릴 뻔했던 지갑을 되찾았다. 겔레르트 언덕을 내려오는 27번 버스 안에서 옆자리에 모자를 놓고 내리던 할아버지. 그를 따라 한 정거장 일찍 내려야 했지만, 모자를 받아들고 함박웃음을 짓던 얼굴을 잊을 수 없다. 젊은 시절 도쿄에 여행 갔던 경험을 풀어놓는 그에게 굳이 일본인이 아니라는 말을 하지는 않았다. 이가 숭숭 빠진 채 아이처럼 환한 얼굴로 얘기하던 그를 바라보는 것이 이상하리만치 행복했기 때문이다.

이 머나먼 도시의 길 위에서, 얼마나 많은 우연과 운명이 더해져 당신들을 만나게 되었을까. 오페라 역에서 종종걸음으로 나를 따라와 조금 전 내가 흘린 지갑을 건네준 당신. 노선을 몰라 헤매는 내게 중앙시장으로 가는 47번 트램을 알려준 당신. 그런 당신들을 만나 따스했던 날들.

공산주의 시절 '칼 마르크스 대학'으로 불렸던 코르비누스 대학을 지나 중앙시장으로 갔다. 부다페스트 최대 규모의 재래시장. 기차역이나 관공서쯤으로 보이는 웅장하고 고풍스러운 건물 안에 들어서자 온갖 향신료와 술, 빵과 채소와 고기를 파는 상점들이 끝도 없이 늘어서 있었다. 향신료와 와인을 구경하다 2층의 푸드코트로 올라갔다. 작은 테이블에 대여섯 명씩 부대끼며 시끌벅적 음식을 먹고 있는 풍경. 튀긴 빵 위에 각종 토핑을 얹은 헝가리 전통 간식 랑고쉬 *Langos*를 받아들고 그 틈에 끼었다. 시도 노래도 없었지만, 높이 자란 꽃처럼 더없이 소박하고 사랑스러워 보이던 사람들. 그들 사이에서 헝가리 피클과 겨자 소스 냄새를 맡으며 따뜻한 빵 위의 양파와 버섯을 먹는 일. 그것이 세상에서 가장 멋진 일 가운데 하나임을 알게 되었다.

세기말에서 20세기 초, 헝가리 예술인들의 집합소였던 '카페 뉴욕'. 그 명성을 익히 알고 있었다. 부다페스트에 관한 정보를 찾으면 빠지지 않고 나오는 명소. '세계에서 가장 아름다운 카페'라는 찬사가 붙어 있는 곳. 그와 어깨를 견줄 만큼 유명한 '카페 제르보'도 있지만, 제르보의 특제 케이크와 은쟁반에 담긴 프랑스풍 초콜릿보다는 가난한 작가들의 보금자리이자 『팔 거리의 아이들』의 작가 몰나르의 작업실이기도 했던 카페 뉴욕에 더 마음이 갔다.

동화 속 라푼젤처럼 머리를 길게 땋은 종업원이 가져다준 커피. 카페가 문을 열었던 세기말 그 시절에 '깊은 바다'라고 불렸다는 1층의 창가 자리에 앉아 커피를 마신다. 가난한 작가들에게 푼돈으로 배를 채울 수 있는 특별 메뉴를 내놓고, 때로는 돈을 빌려주기도 했다는 카페 뉴욕의 1층. 계단을 올라 위층의 공간은 헝가리를 대표하는 상징파 시인 아디*Ady Endre*와 몰나르 같은 이름 있는

카페 뉴욕(New York Cafe)

작가들이 모여 담론을 나누고 문예지 《서양西洋》을 만들던 곳이다. 물론 저항 시인이었던 아디는 카페 뉴욕의 호사스러운 분위기를 싫어했다지만, 눈만 뜨면 이곳으로 달려와 새벽까지 먹고 마시며 글을 쓰던 몰나르 같은 친구들을 외면할 수 없었을 것이다.

가난한 작가들의 자존심을 지켜주며 배려를 아끼지 않은 문학 애호가 주인. 단골 작가들의 모든 작품을 읽고, 그들이 좋아하는 커피를 일일이 기억했다 내오는 멋진 가르송들. 르네상스와 바로크 양식이 조화된 아름다운 실내장식. 그런 카페를 어찌 사랑하지 않을 수가 있을까. 그 시절을 살았다면, 나 역시 여기 1층에서 가벼운 주머니를 털어 빵과 오믈렛을 먹고 글을 쓸 힘을 얻기도 했으리라. 깊은 바다를 벗어나 위층으로 오를 가능성은 예나 지금이나 희박해 보이지만, 바다 저 밑바닥을 휘저으면 별처럼 무수히 떠오르는 플랑크톤만큼이라도 누군가에게 반짝이는 존재가 될 수 있다면, 이 삶을 후회하지는 않을 것이다.

　세기말, 부다페스트. 매일 공터에 모여 전쟁놀이를 하는 소년들. 그들 가운데 가장 작고 몸이 약한 네메체크는 졸병으로 궂은일을 도맡아 한다. 공터를 빼앗으려는 옆 동네 아이들과의 전쟁이 시작되고, 그 과정에서 네메체크는 친구 게렙이 몰래 적진에 가담했음을 알게 된다. 모든 것이 들통 난 후, 집에서 괴로워하는 게렙을 보고 아이들을 찾아온 게렙의 아버지. 아들의 배신 행위에 대해 캐묻는 그에게 차마 진실을 말하지 못하는 네메체크. 도리어 거짓말쟁이로 몰린 네메체크는 전쟁 과정에서 물에 빠진 후유증까지 겹쳐 몸져눕는다.
　공터를 두고 벌어진 최후의 일전. 속 깊은 네메체크에게 감동한 게렙이 돌아오고, 아픈 네메체크까지 마지막 힘을 보태 결국 옆 동네 아이들로부터 공터를 지켜낸다. 그리고 뒤따른 네메체크의 죽음. 공터는 결국 건설업자에게 팔려 새 건물이 들어서게 된다.

　몰나르의 소설『팔 거리의 아이들』은 청소년 문학의 걸작으로 평가받고 있지만, 그저 청소년들을 위한 성장소설이 아니다. 위대한 영웅과 영웅적인 죽음에 관한, 목숨처럼 지켜야 할 무언가를 가진 사람에 관한, 그리고 순수하고 숭고한 영혼을 지닌 사람에 관한 이야기다.
　작고 여린 육체에 깃든 강인함과 아름다운 정신. 네메체크는 조국과도 같은 공터를 지켜낸 영웅이자 무엇보다 '좋은 사람'이었다. 이 세상에서 좋은 사람으로 살아가기란 영웅이 되는 것만큼이나 어려운 일. 오늘도 그런 네메체크가 모이고 모여 공터를 지켜내고 있을 때, 누군가는 건물을 올리고 자신들만의 안위를 지키고 있을 테지. 세상의 작동 방식이 그러하다면, 그들의 방식으로 맞서거나 미래로 먼저 가 매복할 수밖에.

모두가 힘을 합쳐 소년 네메체크에게 필요한 것을 줄 것! 따뜻한 집과 엄마, 빵과 조국, 책과 운동화, 그리고 평화.

뉴가티 역 지하도 입구. 한 노숙자가 계단 벽에 기댄 채 멍하니 앉아 있었다. 아름다운 외관으로 유명한 기차역이지만, 사실 그 풍경을 구경하러 온 것도 기차를 타러 온 것도 아니다. 헝가리 영화 〈엠마와 부베의 사랑〉의 마지막 장면, 바로 이 기차역 지하도에서 신문을 팔던 엠마의 모습이 자꾸만 떠올라 부다페스트를 떠나기 전에 와본 것이었다.

고등학교 러시아어 교사로 평범한 삶을 살고 있던 엠마와 부베. 소련의 붕괴와 사회주의 체제의 몰락은 그녀들의 삶에 엄청난 변화를 가져온다. 러시아어 수업이 줄어들면서 생계가 어려워진 두 사람. 엠마는 부질없는 사랑에 매달리거나 부잣집 청소부로 일하게 되고, 부베는 외국인을 상대로 거리에 나서는 것을 택한다. 끝내 자살에 이르는 부베의 비극은, 자본주의화 되어가는 현실에서 살아남지 못한 1990년대 헝가리인들의 몰락을 상징적으로 보여주는 것이었다. 개방의 물결로 자유로워진 욕망. 자본주의에서 말하는 기회의 땅이 열렸으나, 개인의 삶은 가난과 혼란을 벗어나지 못한 시절.

시대의 변화에 재빨리 적응하여 살아남기란 얼마나 어려운 일인지. 부베는 살아남지 못했고, 엠마는 살아남았으되 영혼을 잃었다. 사람들 사이에서 아무

뉴가티 역(Nyugati pu)

런 표정도 감정도 없이 "신문!"을 외쳐대던 엠마의 모습이 너무도 아프게 다가

왔던 오래전의 기억.

 떠나고 돌아오는 기차역에서, 살아남은 자들을 바라보는 오후.

 어제의 죽음과 당신들의 온기가 철길 위를 교차한다.

 안녕, 부다페스트.

Wien

아름다웠던,
어제의 세계

우리 인간은 날이 갈수록 기계에 지배되고 있다.

그러나 빈에서는 기계가 한 번도 제 기능을 하지 못한다.

모든 것들이 서 있기는 하지만, 움직이지 않는다.

베를린 사람이 그냥 서 있는 것을 나는 본 일이 없다.

베를린 사람은 움직인다.

빈 사람은 어떤 상황에서도 서 있다.

- 카를 크라우스

어느 책에선가 읽은 카를 크라우스의 글귀가 오래도록 잊히지 않고 있다. 오스트리아의 작가이자 저널리스트였던 그에 따르면, 그 옛날 빈의 하늘은 언제나 관조적이었고 빈의 사람은 언제나 제자리에 서 있었다고 한다. 그래서였나. 고트프리트 벤이 베를린에서 행군할 동안 게오르크 트라클이 빈에서 코카인에 빠져 있었던 것은. 베를린을 사랑하면서 빈을 증오한 빈 출신의 예술가는 아마도 쇤베르크였을 것이다. 시대를 앞서간 음악가에게 베를린이 찬사를 바칠 동안, 빈은 오로지 야유를 보냈으니 말이다.

잘못된 과거에 대한 청산 의지가 부족한 나라, 극우 편향의 사회 분위기 등 오스트리아에 대해 좋지 않은 느낌이 있었다. 그러면서도 빈을 중심으로 한 예술가들의 세기말적 고뇌와 사유의 흔적을 찾아보고 싶은 욕망을 동시에 느꼈다. 그러던 어느 날, 빈의 작가 로베르트 무질의 난감한 소설 『특성 없는 남자』를 꾸역꾸역 읽다가 한 구절에서 눈길이 멎었다.

도시란, 사람과 마찬가지로, 사람들이 걷는 모습을 보면 알 수 있다.

또다시 카를 크라우스가 묘사한 빈이 기억난 것이다. "어떤 상황에서도 서 있다"는 빈의 사람들 말이다. 무질의 『특성 없는 남자』는 1차 세계대전을 앞둔 20세기 빈의 이야기다. '도처에서 옛것에 대한 투쟁이 일어난' 시대, '현실을 얻는 대신 꿈을 잃어버린' 시대의 이야기. "이곳에서는 모두가 손에 스톱워치를 들고 서둘러 가거나 가만히 서 있다"고 표현된 소설 속의 빈 사람들과 내 머릿속의 '서 있는 빈 사람들'은 물론 서로 다른 의미였지만.

시간은 모든 것을 파괴한다. 기계에 지배받지 않는 도시. 예술과 자연, 삶과 정신이 일치한 전통의 도시. 그래서 진보주의자들의 눈에는 일면 보수적이고 답답하기 그지없었다는 19세기의 빈은 어느 순간 과거의 세계가 되어버렸다. 현대화가 진행되어가는 빈을 지켜보던 카를 크라우스는 『파괴된 문학』 첫머리

고독한 사람들의 도시

에서 결국 이렇게 한탄했다.

> 빈은 지금 대도시로 파괴되고 있다. 옛 건물들과 함께 우리 기억의 마지막 기둥들이 쓰러진다.

기억의 기둥들이 쓰러진 자리엔 활기 넘치는 국제도시 빈이, 합스부르크 제국의 수도이자 모더니즘 운동의 중심지인 빈이 또 다른 방식으로 유럽 문명의 꽃을 피우게 된다. 프로이트와 비트겐슈타인, 클림트, 코코슈카, 쇤베르크 등 당대의 탁월한 지적, 예술적 풍경을 만들어낸 많은 이들이 빈에 있었다. 물론 이후 두 번의 세계대전으로 진정한 의미에서 모든 것은 파괴되었지만 말이다.

한 세기 전의 예술가들이 그토록 사랑했던 세계. 자본과 산업 대신 오페라와 미술과 연극의 힘을 믿었다는, 서 있는 자들의 세계. 경험하지 못했다고 그리워하지 못할 것은 없다. 그렇게 마음에 둔 지 십수 년 만에 빈이란 도시를 찾았다.

부다페스트를 떠나 도착한 빈 중앙역. 초대형의 현대적인 역사. 잘 차려입은 사람들의 분주한 발걸음. 바깥의 거리엔 2차 세계대전 이후 완벽하게 복원된 아름다운 건물들이 펼쳐져 있고, 정문 바로 안쪽에는 난민들이 무리 지어 앉아 있었다. 아이가 있는 난민 가족에게 먹을 것과 돈을 건네주고 가는 사람들. 역에 도착하자마자 난민들과 마주친 빈 여행은, 마지막 역시 그들의 뒷모습을 보는 것으로 끝났다. 빈을 떠나 프라하로 가는 기차 안에서 기찻길을 따라 끝없이 늘어선 난민들의 행렬을 바라봐야 했기 때문이다. 어떤 종류의 광경은 때로 사람의 영혼에 깊은 상처를 남긴다. 그들과 함께 나의 뒤에 남겨진 무력감은 내리던 빗줄기만큼이나 쓸쓸하고 거셌다.

화려한 아르누보 양식을 비롯해 일체의 장식이 배제된 모더니즘, 그 모더니즘에 자유로움과 재치를 더한 포스트모던 등 다양한 건축 사조가 어우러진 도시. 빈은 문학과 미술, 음악뿐 아니라 건축의 도시이기도 하다. 전통적 양식과 현대식 건물들이 조화롭게 배치되어 있는 거리. 런던처럼 모든 것이 질서정연하고 빈틈없이 계획되어 있는 느낌이지만, 적어도 런던에선 세상 모든 것을 경멸했던 게오르크 트라클*과 같은 이름이 떠오르진 않았으니까.

스스로 "반쯤만 태어났다"고 하던 시인. 빈을 '쓰레기 도시'라 부르던 100년 전의 트라클이 약에 취해 방황하고 있었을 모습을 상상해 본다. 세계적인 쇼핑 거리, 유명 디자이너의 숍과 카지노를 지척에 두고 하기엔 참 해괴한 상상이란 걸 알면서.

빈의 상징이자 오스트리아 최대의 고딕 양식 건물인 슈테판 대성당을 향해 천천히 걷는다. 골목 안쪽에 숨어 있어 아직 보이지 않는 성당. 건축가 한스 홀라인의 하스 하우스*Haas House* 외벽에 비친 슈테판 성당의 실루엣을 보며 마음을 가다듬은 다음이었음에도, 골목을 돌아 그 독특하고 웅장한 모습을 마주했을 때 적잖은 충격에 사로잡혔다.

이렇게 어느 순간 불쑥 마주치는 것들에서 특별한 감흥을 느끼곤 한다. 피

---

* Georg Trakl(1887~1914), 오스트리아 출신의 표현주의 시인. 사회에 적응하지 못하고 방황하다 스물일곱 나이에 코카인 과다복용으로 사망했다.

고독한 사람들의 도시

슈테판 대성당(Stephansdom)

경험하지 못했다고 그리워하지 못할 것은 없다.
한 세기 전의 예술가들이 그토록 사랑했던 세계,
자본과 산업 대신 오페라와 미술과 연극의 힘을 믿었다는,
빈을 찾았다.

렌체의 산타 마리아 델 피오레 성당을 처음 보았을 때처럼. 그에 비해 건물 주변으로 시야가 트여 있어 천천히 전경을 바라보며 다가갈 수 있는 경우엔 놀라움이 좀 덜하다고 할까. 물론 가우디의 사그라다 파밀리아 성당은 어디에서 어떻게 바라봐도 말문이 막히는 경우였지만.

슈테판 대성당 내부로 들어갔다. 직사각형의 색유리로 모자이크된 독특한 스테인드글라스. 건축가 안톤 필그람의 유명한 작품인 설교단에는 신부와 두꺼비 등으로 형상화된 선과 악의 상징들이 새겨져 있었다.

하이든과 슈베르트가 소년 성가대로 노래했던 곳. 세계에서 가장 크다는 성당 파이프오르간을 바라보며 잠시 모차르트를 생각했다. 바로 이 성당에서 결혼식을 올렸던 모차르트. 가난하게 죽은 그의 장례식이 또한 여기에서 약식으로 치러졌다. 성당 뒤편의 초라한 시체보관소를 거쳐 빈 교외의 공동묘지에 아무렇게나 던져져서 훗날 찾을 수도 없었던, 한 천재의 비극적인 종말. 그에 비해 베토벤의 장례식은 1만여 명의 시민이 운집한 가운데 성대하게 치러졌지만, 그를 사랑한 빈 사람들의 흐느낌과 아름다운 추도사 낭송을 베토벤은 결코 듣지 못했을 것이다.

슈테판 성당에서 그라벤 거리를 지나 콜마르크트 거리, 호프부르크 왕궁으로 이어지는 보행자 전용도로를 천천히 걸었다. 고풍스러운 건물들의 1층엔 샤넬과 루이뷔통, 온갖 명품 브랜드숍들이 자리하고 있다. 멀리서부터 코끝에 와닿는, 거름 같기도 하고 블루치즈 같기도 한 비릿한 냄새. 빈의 명물인 쌍두마차 피아커*Fiaker*가 모여 있는 미하엘러 광장에 가까워지고 있다. 이 거리 어디쯤에서 일생의 사랑을 만나 결국 그 사랑에 모든 것을 건 채 죽어간 한 여자의 이야기, 슈테판 츠바이크의 소설 『모르는 여인으로부터의 편지』를 떠올리며 천천히 걸었다.

카를 크라우스와 츠바이크가, 그리고 많은 이들이 그리워한 빈의 옛 시절이 아름답기만 했던 것은 물론 아니었다. 강압적인 교육과 도덕, 이율배반적으로 만연했던 성병, 열악한 노동 환경. 그러나 그토록 야만적인 전쟁의 시대를 맞아야 했던 사람들에게, 과거의 흠결보다는 향수가 더 깊게 다가왔던 모양이다. 슈테판 츠바이크의 자서전 『어제의 세계』에 그 절절한 그리움과 절망감이 아로새겨져 있다.

> 나는 다시 한 번 깨달았다. 과거의 것은 모두 사라지고, 성취된 것은 모두 멸망해 버렸다는 것을, 그리고 우리가 몸 바쳐 살아온 우리의 고향, 유럽은 우리의 삶을 훨씬 넘어서 파괴되어버렸다는 것을 말이다. 뭔가 다른, 새로운 시대가 시작되었다. 그러나 그 시대에 도달하기 위해서 얼마나 많은 지옥과 연옥을 지나가야 한단 말인가!

두 번의 전쟁은 한 유대인 작가의 영혼을 완전히 파괴했다. 망명객으로 떠돌다 브라질에서 부인과 함께 삶을 끝내버린 슈테판 츠바이크. 2년 뒤 세계대전이 끝날 것을 전혀 예상하지 못한 채 절망감에 사로잡혀 선택한 죽음이었다. "너무 성급한 이 사나이는 먼저 떠난다"는 유서를 남긴 채.

그러고 보니 너무 성급하게 떠난 빈의 남자가 또 한 명 있었다. "천재가 아니면 죽는 것이 낫다"며 스물세 살에 자살해 버린 사상가 오토 바이닝거*Otto*

Weininger. 츠바이크와 바이닝거는 빈의 이 거리에서 동시대에 어린 시절을 보냈다.

합스부르크 왕가의 겨울 궁전인 호프부르크 왕궁의 정문을 바라보고 섰다. 프란츠 요제프 황제가 아름다운 황후 시씨*Sissi*와 함께했던 구왕궁, 그리고 왕가의 몰락이 가까워서야 완공된 신왕궁. 일요일이면 빈 소년합창단의 성가를 들을 수 있는 왕궁 예배당과 시씨 박물관 등이 관광객들의 사랑을 받고 있다.

이루지 못한 사랑으로 권총 자살한 아들 루돌프, 그리고 여행 중 무정부주의자에게 암살당한 부인 시씨. 시씨의 죽음 후 요제프 황제는 "내가 그녀를 얼마나 사랑했는지 아무도 모를 것"이라며 비탄에 빠졌다고 한다. 먼저 떠나버린

호프부르크 왕궁(Hofburg)

고독한 사람들의 도시

부인의 초상화를 걸어두고 쓸쓸한 말년을 보낸 그에게 70년 가까이 군림한 황제의 자리는 어떤 의미였을까. 100년 전 어느 겨울, 쇠락해 가는 제국의 운명을 예감하며 홀로 마차를 타고 이 왕궁에 들어섰을 늙은 왕의 모습을 상상하는 것은, 무언가 깊은 애수를 불러일으켰다.

꽃이 지고 세상은 변해도 역사와 예술이 남아 인간에게 사랑이 있었음을 증명하리니, 어쩌면 모든 이야기는 거기에서부터 다시 시작되어야 할지도 모른다.

세기 말 예술가들이 사랑한 도시, 사랑한 나머지 증오한 도시, 빈에서 영원히 파괴되어버린 어제의 세계를 떠올렸다. 그것이 이 아름다운 도시의 두 번째 운명이다.

> 1
> 한 번 숨결의 그림자로부터 태어나
> 의지할 곳 없이 사라져가는 우리,
> 영원히 파멸해 버리고 만 자,
> 무엇에 바쳐진지도 모르는 희생물 같다.
>
> 거지처럼 우리는 아무것도 가진 것이 없다.
> 닫힌 대문 곁에 서 있는 멍청이들,
> 우리의 속삭임이 사라져버린 지 오래,
> 장님처럼 침묵에 귀기울일 뿐이다.

우리는 목적지도 없는 나그네,

바람이 쓸어가버리는 구름,

견딜 수 없는 한기 속에서 떨면서,

꺾여 가기를 기다리는 꽃들이다.

– 게오르크 트라클, 「밤의 노래」에서, 『현대대표시인선집』

고독한 사람들의 도시

빈에서는
카페로 가자

    좁디좁은 방. 묵직한 커튼이 달린 창문과 먼지가 눌어붙은 선반. 한기가 새어 나오는 창가에 서서 커튼을 열자 옆 건물의 집 안이 훤히 들여다보였다. 창문의 여닫이에 길게 매달려 있는 안개. 오래 밟고 다닌 양탄자처럼 부연 거울. 그래도 작은 욕실과 글을 쓸 수 있는 탁자가 있고, 차를 끓여 마실 수 있는 전기 주전자가 있다. 내가 원한 것의 전부였다.

    부다페스트에서의 반도 안 되는 크기의 이 방을 부다페스트에서의 배가 넘는 가격으로 겨우 구할 수 있었다. 그만큼 비싼 빈의 물가. 미술관과 박물관들을 포기할 수 없다면, 이제 먹는 것을 아끼는 수밖에.

    물가가 비싼 도시에선 주로 저렴한 테이크아웃 식당이나 마트를 찾는다. 커다란 바게트와 치즈를 1유로씩에 사서 하루 식사를 해결한 적도 있다. 불편 없이 묵을 수 있는 숙소에 경비를 좀 더 쓰는 대신, 저렴한 항공권을 예매하고 식비를 줄이는 것으로 예산을 맞췄다. 친구들은 "다양한 현지 음식 먹는 재미도 없이 무슨 여행이냐"고 했지만, 사람마다 어떤 상황에서 중요하게 여기는 것은 다르기 마련이니까. 그렇다고 먹는 즐거움을 아예 포기하는 것도 아니다. 유럽의 마트 물가가 워낙 저렴한지라 식당에서의 한 끼 가격으로 며칠 동안 먹을 온갖 종류의 통조림과 현지 음식을 살 수가 있다. 와인 한 잔 곁들인 소박한 저녁 식사는 하루를 정리하는 기쁨이 되어주기도 했다.

처음 해외여행을 시작했을 때, 가장 부담 없는 숙소를 찾아 도미토리 형태의 다인실에 묵었었다. 그리고 곧 알게 되었다. 세계 각국의 여행자들이 한 방에 모여 인연을 만들고 새로운 경험을 한다거나 하는 건, 적어도 내게 잘 맞는 방식은 아니라는 것. 그 뒤로 편하게 자고, 일어나고, 방이 아무리 작더라도 혼자 자유롭게 쉴 수 있는 공간을 주로 찾게 되었다.

그런 일이 생긴대도 나쁠 것이야 없겠지만, 여행을 떠났다고 해서 어느 순간 완전히 새로워진 자신을 발견하게 되는 일이 모두에게 일어나지는 않는다. 그저 나인 채로 여행을 할 수밖에 없는 시간이 있다. 억지로 어울리려 하기보다 그저 편견 없이 타인들을 바라보고, 친구까진 못되더라도 오가는 작은 친절과 눈빛에 감사하며, 이 짧은 생에 기억할 만한 풍경이나 새로운 인식의 끄트머리 하나라도 더 붙잡으려 애쓰는, 그런 여행을 하고 싶었다. 물론 무언가 계속 달라지고 있다는 소리를 친구들에게 듣고 있지만, 그것이 여행의 몫인지 시간의 몫인지는 분명하지 않다.

슈테판 대성당 옆 케른트너 거리. 빈에 온 다음날, 화려한 브랜드숍들이 늘

케른트너 거리(Kerntner Strasse)

어선 이 거리 안쪽에서 작고 허름한 아시안 식당을 찾아냈다. 야외의 간이테이블에 앉아 새우튀김을 얹은 국수와 오렌지주스를 3.5유로에 먹었다. 바로 옆에 있는 한식당의 메뉴판을 보니 가장 저렴한 라면 한 그릇이 9유로, 김치찌개는 우리 돈으로 2만 원이 훌쩍 넘는 가격이었다. 한식을 꼭 먹어야만 하는 입맛이 아니어서 참 다행이다. 숙소에서 가끔 컵라면을 먹긴 하지만.

　천천히 산책하다 마주친 국립 오페라 극장. 19세기 말 이곳에서 감독 겸 지휘자로 활동했던 구스타프 말러가 생각났고, 그가 가장 열정적으로 이 극장의 무대에 올렸던 리하르트 바그너의 오페라들이 함께 떠올랐다. 언젠가 일정이

맞을 때, 이곳에서 〈탄호이저〉나 〈트리스탄과 이졸데〉를 보고 싶다. 오페라를 특별히 즐기는 편은 아니지만, 〈탄호이저〉 같은 작품에서 들을 수 있는 거칠고 장중한 금관악기의 저음을 좋아하고, 〈트리스탄과 이졸데〉의 어긋난 사랑과 화음을 좋아한다. 지금에야 전 세계적으로 '말러리안*Mahlerian*'이라 불리는 마니아 층까지 있지만, 당대에 작곡가로서는 제대로 인정받지 못했던 말러. "중요한 것은 동시대 사람들의 생각에 휘둘리지 않는 것"이라며 "흔들림 없이, 단호하게 자신의 길을 가라"던 그의 말이 기억에 남아 있다.

D번 트램의 맞은편 자리에 헤밍웨이를 꼭 닮은 할아버지가 몸이 불편해 보이는 할머니의 손을 잡고 앉아 있다. 옆에 있는 관광객에게 영어로 길을 설명해주던 할아버지는 조심스레 할머니를 부축해 내리면서 나에게까지 인사를 건넸다. 한순간 주위를 환하게 밝히는 미소. 사람들에게 존중받아 마땅한 점이 있다면, 그것은 어떤 순간에도 사랑할 수 있다는 것이다. 목적 없이 다정할 수 있다는 것이다. 조금의 주저함도 없이 미소로 답하게 된 것 역시 여행으로부터 얻어진 수확이다. 긴 세월 나의 얼굴 위에 퇴적된 어둠이 낯선 도시의 일상 속으로 조금씩 사라지고 있었다.

트램을 타거나 걸으며 발길 닿는 대로 빈 시내를 돌아다니다 호프부르크 왕궁 쪽으로 돌아왔다. 이제 커피를 마실 시간. 자허*Café Sacher*, 데멜*Demel*과 함께 빈을 대표하는 3대 카페 중 하나인 '카페 첸트랄*Café Central*'에 가기로 했다. 클림트와 프로이트, 카를 크라우스와 호프만슈탈의 단골집. 망명 중이던 트로츠키가 전당포에 책을 맡긴 돈으로 종일 체스를 두며 커피를 마시던 곳. 무엇보다

카페 첸트랄(Cafe Central)

클림트와 프로이트, 카를 크라우스와 호프만슈탈의 단골집.
망명 중이던 트로츠키가 전당포에 책을 맡긴 돈으로
종일 체스를 두며 커피를 마시던 곳.

카페 사진 속에서 보던 알텐베르크의 흔적을 느끼고 싶었기 때문이다. 과연 그
는 가게에 들어서자마자 밀랍인형의 형상으로 입구에 떡하니 버티고 앉아 있었
다. 140년 전통의 고풍스러운 카페. 한쪽에 놓인 피아노에서 동그란 안경을 쓴
은빛 수염의 할아버지가 천천히 바흐를 연주하기 시작했다.

> 고민이 있으면 카페로 가자
>
> 그녀가 이유도 없이 만나러 오지 않으면 카페로 가자
>
> 장화가 찢어지면 카페로 가자
>
> 월급이 400크로네인데 500크로네를 쓴다면 카페로 가자
>
> 바르고 얌전하게 살고 있는 자신이 용서가 되지 않는다면 카페로 가자
>
> 좋은 사람을 찾지 못한다면 카페로 가자
>
> 언제나 자살하고 싶다는 생각이 들면 카페로 가자
>
> 사람을 경멸하지만 사람이 없어 견디지 못한다면 카페로 가자
>
> 이제 어디서도 외상을 안 해주면 카페로 가자
>
> — 페터 알텐베르크, 「카페로 가자」

오래전, 세계의 카페 문화를 다룬 책에 실린 한 편의 시를 통해 알텐베르크
를 알게 되었다. '빈의 소크라테스', 페터 알텐베르크. 오스트리아의 가장 위대
한 시인은 아닐지라도, 가장 창의적인 미치광이이자 방랑 작가였던 사람. 집도
없이 이 카페를 주소지로 둔 채 이 사람 저 사람에게 생활비를 받아 쓰는 데 전
혀 거리낌이 없었다는, 어떤 순간에도 세상의 눈치를 보지 않았다는 그에겐 이
도시 전체가 고향이자 집이었고, 빈의 예술가들은 친구로서 그를 사랑했다.

〈페터 알텐베르크의 그림엽서 문구에 붙인 5개의 가곡〉. 현대음악가 쇤베르크의 제자인 알반 베르크가 알텐베르크의 메모를 바탕으로 작곡한 작품이다. 이 곡이 쇤베르크의 지휘로 빈에서 초연되었을 때, 그 난해함으로 청중의 분노가 들끓은 나머지 쇤베르크는 객석을 박차고 나온 오스카 슈트라우스(세계적인 오페레타 작곡가이면서 요한 슈트라우스의 먼 친척이다)로부터 뺨까지 맞아야 했다. 괴짜 시인의 가사에, 대편성 관현악과 인간의 목소리에 관한 탐구가 결합한 실험적 음악은 따귀와 주먹다짐으로 끝났지만, 알텐베르크는 아마 신경도 쓰지 않았을 것이다.

깨어 있는 거의 모든 시간을 이 카페에서 보냈다는 알텐베르크가 빈 외곽의 정신병원으로 거처를 옮긴 후에도 카페 첸트랄의 단골들은 분주했다. 프로이트는 빈에서 가장 돈을 많이 버는 정신분석가가 되었고, 불안의 화가 오스카 코코슈카는 말러가 죽은 뒤 미망인 알마와 열정적인 사랑에 빠졌으며, 건축가 아돌프 로스는 여전히 단순명료하고 믿음직한 선으로 걸작들을 만들어내고 있었다. 곧 다가올 거대한 전운을 감지하지 못한 채로.

오직 '전적으로 자신이기 위해' 살아가던 자유로운 영혼 알텐베르크는 정신병원을 거쳐 그라벤 거리의 한 호텔에서 오스트리아-헝가리 제국의 소멸을 지켜보며 사망했다. 1940년에 잠시 문을 닫았다가 히틀러의 몰락과 함께 부활한 카페 첸트랄이 알텐베르크를 가장 중요하게 기억하고 있는 것은, 최고의 단골이었을 뿐 아니라 그의 삶이 스러져 간 옛 제국의 운명과 너무도 닮아 있었기 때문인지도 모르겠다.

아메리카노에 휘핑크림을 얹어 만든(달지는 않다), 우리나라에서 '비엔나커피'로 불리는 아인슈페너*Einspener* 한 잔. 할아버지 연주자의 손끝에서 흘러나오는 바흐의 인벤션과 모차르트 소나타를 들으며 카페를 거쳐 간 예술가들의 숨결을 느낀 시간. 끝없이 반복되는 역사의 대위법 속에 온몸을 던져 차이와 변화를 만들어 간 그들의 모습이 시간을 거슬러 아련하게 다가왔다.

흐린 가을 저녁. 카페를 나서자 미처 지나가지 못한 가느다란 빗발이 낡은 차양에 걸려 있었다. 미하엘러 광장을 등지고 그라벤 거리를 천천히 걷다 골목 안쪽에 숨어 있는 성 페터 성당을 찾았다. 빈에서 두 번째로 오래된, 그 옛날 모차르트가 미사곡을 연주하던 바로크 양식의 성당. 안으로 들어선 순간, 현실의 문을 지나온 듯 아름다운 소리가 울리고 있었다. 작고 소박한 외관에 비해 화려하기 이를 데 없는 내부 장식. 붉은빛의 대리석 벽면. 제단 아래에서 클래식 연주회가 펼쳐지고 있었다. 웅장한 파이프오르간과 한국인으로 보이는 바이올린 연주자. 헨델의 오페라 아리아를 기악으로 편곡한 〈라르고〉가 흐르고 있는 성당 안. 엄숙함보다는 화려함이나 섬세함에 가까운 헨델의 음악과 이 성당이 어딘가 닮아 있다는 생각이 들 무렵, 귀에 익은 구노*Charles Francois Gounod*의 곡이 이어졌다.

이토록 오래된 성당 안에서 헨델의 음악과 구노의 〈아베 마리아〉를 듣는, 너무도 일상적이어서 더욱 특별한 순간. 황금빛 제단 위로 솟구친 선율이 비둘기 문양의 돔 속으로 길게 사라져 간다. 사람들은 저마다 잊고 살던 신의 은총이 기억난 듯했다. 합스부르크 왕가의 800년 수도 빈에 평화로운 밤이 찾아들고 있었다.

고독한 사람들의 도시

그를 안다면
사랑할 수밖에 없다

카를프라츠 역 지하상가에서 따뜻한 국수 한 그릇을 먹고 크루아상을 간식
으로 챙겨 시립공원으로 갔다. 150년이 넘은 빈 최초의 공공 공원. 연두와 청록
이 어우러진 숲. 진홍빛 꽃을 매달고 있는 나무들. 물봉선 아름다운 호수엔 이
끼가 잔디처럼 깔려 있고, 사람들은 영국식 정원 여기저기서 산책을 하거나 책
을 읽고 있었다. 황금빛으로 번쩍이는 요한 슈트라우스 동상을 지나 개암나무
와 밤나무 아래 근엄하게 앉아 있는 슈베르트의 동상. 그 근처의 벤치에서 잠시
음악을 들으며 쉬어 가기로 했다.

아버지의 집에서 태어나 형의 집에서 죽기까지, 평생을 일정한 수입 없이
빈의 이곳저곳을 떠돌다 서른한 해의 짧은 생을 마감한 슈베르트. 도저히 가정
을 이룰 수 없는 가난이 이유가 되어, 그 자신의 표현을 빌려 "곰보에다 결코 미
인이라고 할 수 없으나 이루 말할 수 없이 좋은 여자"였던 테레즈와 헤어지고

긴 시간 고통 속에 살았던 사람. 겨우 인정받을 즈음 맞닥뜨린 병마. 그는 결국 자신의 눈앞에서 교향곡이 실연되는 감격의 순간조차 누려보지 못했다.

일생 얼마나 외로웠을까. 고즈넉한 공원에 앉아 로스트로포비치와 벤자민 브리튼이 연주하는 슈베르트의 〈아르페지오네 소나타〉를 듣고 있자니, 또다시 당대에 외면당한 예술가들의 비애가 가슴을 파고들었다. 이토록 아름답고 애틋한 아다지오의 슈베르트는, 숨 막히는 가곡 〈마왕〉의 슈베르트이기도 하다. 휘몰아치는 바람, 내달리는 말, 꽃과 금의 위험한 속삭임. 집에 당도한들 무엇하랴. 아이와 슈베르트는 이미 죽어버렸는데.

옆쪽 벤치에 앉아 있던 젊은 여인이 무언가를 꺼내 먹기 시작했다. 나에게도 빵이 있었지, 가방에 손을 뻗으려는데 머리 위로 떨어져 내리는 밤. 약간 벌어지고 토실한 밤 한 톨을 주워 껍질을 까고 있었더니 여인이 나를 바라보았다. 입으로 가져가 우물우물할 때까지 바라보는 그 표정이, 맛이 몹시 궁금한 모양이었다. 모른 체하며 맛있는 듯 먹다가, 갑자기 목을 잡고 토하는 시늉을 했더니 그녀가 소리 내어 웃었다. 사실 밤이 너무 써서 바로 뱉어내고 싶었는데 연기를 하느라 삼켜버린 것이었다. 가끔 이러고 싶을 때가 있다. 아이처럼 장난치고, 소리 내어 웃고, 세상 그 누구하고든.

빈에 있는 동안, 순환도로 링슈트라세*Ringstrasse* 구석구석을 걸어 다니는 것 외에 가장 많은 시간을 보내는 곳은 미술관이다. 파리의 루브르, 마드리드의 프라도와 함께 유럽 3대 미술관으로 꼽히는 빈 미술사박물관, 클림트의 〈키스〉가 있는 벨베데레 궁전, 에곤 실레 컬렉션으로 유명한 레오폴트 미술관 등 빈에만

빈 미술사박물관(Kunsthistorisches Museum)

100여 개에 달하는 미술관과 박물관이 있다.

　모처럼 맑은 하늘. 고딕과 바로크 양식의 건물들 사이 넓고 한적한 길을 걸어 미술관 지역인 무제움스크바르티어*MuseumsQuartier*에 도착했다. 입구를 지나 광장으로 들어서자 현대미술관인 MUMOK, 쿤스트할레 빈*Kunsthalle Wien* 옆으로 보이는 레오폴트 미술관. 4층까지 뚫려 있는 중앙 홀의 벽면 곳곳에 에곤 실레의 사진이 붙어 있었다. 빈 분리파의 작품을 전시하고 있는 4층을 둘러보고 3층으로 내려왔다. 끝없이 이어진 낯익은 자화상과 초상화들, 세계 최고의 에곤 실레 컬렉션이라는 명성에 부족함이 없는 듯 보였다.

빈, 하면 떠오르는 이름. 나는 오랫동안 에곤 실레의 한 부분만을 알고 있었다. 강렬한 영감과 광기를 타고난, 퇴폐적이고 세기말적 화풍을 지닌 미치광이 예술가. 그의 그림 속 인물들과 마주하며 든 생각은 그런 것들이었다.

현실의 자양분 위에서 길러진 예술가와 어느 날 갑자기 독초처럼 피어난 예술가가 있다고 했을 때, 에곤 실레는 당연히 후자 쪽이 아닐까. 심연을 건드리는 그림 속의 눈빛, 때로 악의 기운마저 느껴지는 공허함과 퇴폐적 에로티시즘. 그런 느낌들만으로 에곤 실레를 생각하고, 또 잊어버렸다. 그때의 내 영혼엔 더 이상 그런 이들을 위한 자리가 남지 않았으므로. 그리고 세월이 흐른 어느 날, 에곤 실레를 가장 가까이에서 지켜보았던 미술평론가 아투어 뢰쓸러*Arthur Roessler*의 회고담을 읽으며 그를 다시 떠올리기 시작했다.

에곤 실레는 내가 살아가면서 만난 사람 중 세상에서 제일 수줍어하는 사람이었다. 제일 수줍음을 많이 타고, 조용하고, 그러나 내면의 철학은 제일 탁월한 사람이었다. 그는 숲속의 미개인처럼 수줍음을 많이 탔으며, 크고 호기심으로 가득 찬 깊은 눈을 가지고 있었다. 마치 노루의 눈 같았다. 그의 수줍음은 무서움이 아니었다. 왜냐하면 그는 절대 불안해 하지 않았기 때문이다. 그의 수줍음은 다른 사람들의 마음이 쉽게 다치게 될까 하는 것에 대한 걱정이었다.

- 〈EGON SCHIELE : HIS EXPRESSIONISM〉(Media Arte, 2004)

어쩌면 그림 일부로 그를 판단했던 것만큼이나 위험한 일일 수 있겠지만, 이 짧은 표현으로도 나는 그에 대해 많은 것들을 알 것만 같았다. 다른 이의 마음이 다칠까 미리 염려하고 수줍어하는 자. 그런 자가 예술을 한다는 것은, 인간과 세계의 실상을 들여다보고 표현해 낸다는 것은, 타고난 숙명이자 견디기 힘든 고통이었을 것이다. 그는 그림을 그리기 위해 빈에서도 가장 비참하고 지저분한 노동자 추방 구역을 찾아다녔다. 뼈가 드러난 육체, 고통받는 영혼, 잔인하기 이를 데 없는 뒷골목의 삶에서 커다란 충격을 받은 실레.

부패하는 것, 타락하는 것, 죽어가는 것, 그는 그런 것들을 인간과 이 세상의 본질이자 예술의 존재 이유라고 생각했던 것 같다. 아름다움과 생명력, 윤기와 은총만큼이나 퇴폐와 악취와 고름이 또한 세상의 일부인 것처럼 말이다. 르누아르가 그린 육체와 실레가 그려낸 육체는 세상의 양극단에 서서 들여다보는, 예술의 빛으로 시시각각 변화하는 만화경 속의 육체다.

그가 어린 소녀를 유혹했다거나 외설적인 누드를 그렸다는 이유로 옥살이까지 했던 것을 알고 있다. 그리고 그가 인간의 성에 필요 이상(이렇게 말할 수 있다면) 천착하고 당시의 사회풍속을 해치는 존재로 받아들여졌다면, 그만한 이유가 있었을 거라고도 생각한다. 그러나 성병으로 사망한 아버지의 영향을 말하지 않더라도, 사실 성에 대한 집착은 인간의 공통된 내면이 아닐까. 다른 점이라면, 그가 그것을 있는 그대로 표현했다는 것이다.

뒤틀리고 고통당하는 육체, 신경과 힘줄이 팽팽히 당겨진 인간 본연의 모습으로 세상의 본질을 포착해 내려 애썼던 화가. "나는 썩어서 영원한 생명을 남기는 열매가 될 것"이라고 어머니에게 이야기했던 에곤 실레. 그는 또 "예술가는 사람들을 기쁘게 하는 것뿐만이 아니라 의식의 경고자, 일깨우는 자"라고 말했다. 시대를 휩쓴 데카당스의 안개 속에서 그저 술을 마시며 퇴폐적이고 일그러진 그림을 그리던, 그는 그런 화가가 아니었던 것이다. 그리고 어쩌면 뢰쓸러의 회고담을 통해 알아야 할 가장 중요한 것은, 책 첫머리의 별스럽지 않은 말일지도 모르겠다는 생각이 들었다.

　　여기에서 나는 한 예술가에 대해서 비평가의 입장에서 쓰는 것이 아니고, 한 사람의 친구로서, 그를 안다면 그를 사랑할 수밖에 없었던, 그리고 그를 마음에 받아들일 수밖에 없던 사람으로서 글을 쓴다.

내겐 이런 것이 중요하다. 알게 된다면 사랑할 수밖에 없는 존재. 어쩌면 일생 아무도 그를 알아볼 수 없을지도 모르지만, 알게 된다면 사랑할 수밖에 없는 존재. 그런 존재가 피안의 세계에 숨지 않고, 절망의 나락에서 단번에 파괴되지 않고, 현실과 부딪치며 어떻게 끝내 자신을 불태울 수 있는지. 번뇌에 찬 그 영혼이 또한 어떤 예술적 성취를 이루어낼 수 있는지. 그리고 그의 그림들 앞에 다시 서니, 이전보다 더 많은 것들이 보이는 듯했다. 그림 속 공허한 눈빛 속에 투영된 실레 자신의 영혼이. 풍경과 정물화 속에 깃든 상징과 관념들이.

그가 사랑했던 도시 체스키크룸로프의 아름다운 자연이 아니라 그의 입으로 "끝없고, 죽음이 보인다"고 말했던 대도시 빈에서, "여기보다 더 나쁜 곳은 없을 것"이라며 증오했던 빈에서 내가 그를 추억하는 것은, 잔인하지만 바로 그런 곳에서 비로소 실레의 예술적, 인간적 기질이 드러나게 되었다고 생각하기 때문이다.

끝없이 이어진 에곤 실레의 미로를 헤매다 다시 세상으로 나왔다. 미술관

앞마당, 벤치 역할을 하는 조형물 위에 앉거나 누운 사람들이 저마다 여유롭게 책을 읽거나 해바라기를 하고 있었다. 두어 달쯤 이 도시에 눌러앉아 미술관을 순례하며 저렇게 살아보았으면. 5만 원짜리 정기권을 끊으면 1년 내내 실레와 클림트와 코코슈카의 그림들을 볼 수 있다니. 작은 방에 한 조각 빵으로도 만족할 수 있을 것만 같은 삶. 밤이면 또다시 외로움이 찾아들고 불안이 엄습할지라도, 낮의 해가 나를 떠나지는 않으리라.

다음날, 합스부르크 왕가의 마지막 황태자 페르디난트가 거주했던 벨베데레 궁전을 찾았다. 지금은 클림트와 에곤 실레 컬렉션을 비롯해 바로크 미술관으로 사용되고 있는 곳. 아름답게 가꾸어진 나무와 호수, 조각상들이 늘어선 프랑스풍 정원을 바라보다 클림트 전시관으로 들어섰다.

세계에서 가장 유명한 그림 중 하나. 화려하고 감각적인 자태를 뽐내고 있는 클림트의 〈키스〉 앞에 많은 이들이 멈춰 서 있었다. 루 살로메가 빈을 가리켜 "세계에서 가장 에로틱한 도시"라고 말한 것도 클림트의 영향이 컸을 것이다. 4제곱미터에 가까운 거대한 규모의 〈키스〉는 말 그대로 아름답고 유혹적이고 그 누구도 모방하기 힘든 독특한 에너지를 지닌 그림이었다. 남녀의 독특한 구도와 과감한 황금색 사용 등에 눈길이 가면서도 온전히 압도되지 못했던 건, 관능에 대한 몰입이 부족한 나의 탓이었으리라. 〈유디트〉 등의 그림도 마찬가지였다.

세간의 평가를 떠나 사실 내게 더 인상적으로 다가온 것은 클림트의 풍경화였다. 특히 레오폴트 미술관에서 〈아터 호수Attersee〉의 에메랄드빛 물결 앞에 섰을 때, 정말이지 오랫동안 움직일 수 없었다. 물이 그냥 물이 아니요, 흔들리는 영혼의 살결로 덮여 있는 듯 깊고 영원한 느낌을 주던. 내 지난 생의 기억에 그런 호수가 자리하고 있는 모양이다.

20대의 젊은 나이부터 최고의 찬사를 받으며 부와 명예를 누린 예술가, 클림트는 행복했을까? 혹평을 받았던 빈 대학 학부화 논쟁도 그의 명성을 깎아내리진 못했다. 결혼하지 않은 채 쉰 살이 넘어서도 어머니와 함께 살았던, 이 성공한 남자의 내면이 어떠했을지 누가 알겠는가. 하지만 그가 만약 고독하지 않았다면, 그건 고독할 시간이 없어서였을 것이다. 그림을 그리고, 여러 여인의 육체에 탐닉하고, 혼외자식들을 들여다보고, 가구와 의상을 디자인하고, 카페 첸트랄에서 연인 에밀리나 귀부인들과 시간을 보낸 그에게, 세상에서 주어진 56년의 세월은 너무 짧았다.

전철에서 내려 빈 중심가를 향해 걸으며, 내일은 미술사박물관에 다시 가봐야겠다는 생각을 한다. 루벤스와 카라바조, 벨라스케스, 특히 피터 브뤼겔의 작품을 인상 깊게 보았지만, 이탈리아 화가 틴토레토의 〈하얀 수염의 남자〉를 찾지 못했기 때문이다. 빈의 작가 토마스 베른하르트의 소설 『옛 거장들』에 주요 모티브로 등장하는 그림이다.

30년 넘게 같은 그림을 보러 오는 예술 비평가 레거. 빈 미술사박물관 안내인으로 만족하며 살아가는 이르지글러. 그 둘의 삶을 동시에 살아보고 싶다는 생각을 하는 저녁. 일과를 끝낸 태양과 사람들 사이로 호프부르크 왕궁이 보이기 시작했다.

고독한 사람들의 도시

빈 미술사박물관 전시실

나는 항상 내게는 음악이 전부라고 생각했습니다. 가끔씩은 철학이 그렇다고 생각했고, 뛰어난 최고의 글들이, 또 예술이 다 그렇다고 생각했습니다. 그러나 예술이라는 것은 언제나 그렇듯이 유일하게 사랑한 사람에 비하면 아무것도 아니었습니다.

– 토마스 베른하르트, 『옛 거장들』

위대한 예술과 철학, 그 어떤 옛 거장들을 통해 삶의 의미를 찾는다고 할지라도, 현실 속에서 함께 호흡하고 교감을 나누는 이를 대신할 순 없다는 것. 물론이다. 태초에 사랑이 있었다.

Praha

카프카의 성에
오르다

열차가 프라하 근교로 접어들었다. 무너져 가는 건물들과 폐가, 버려진 공장, 낙서로 가득한 담장의 행렬. 중앙역에서 내려 구광장 방향으로 나서자 고풍스러운 거리 풍경이 한눈에 들어왔다. 빛바랜 화폭 속에 세월의 흔적을 고스란히 이고 선 도시의 실루엣. 빈에 오랫동안 머물다 온 탓인지 그 풍경이 조금은 낯설게 느껴졌다. 2차 세계대전 이후 상당 부분 복원되어 빈틈없이 단정해 보이던 도시 빈. 그에 비해 상대적으로 잘 보존된 프라하의 고풍스러움에는 나치 독일과의 합병으로 폭격을 피해 간 비극적인 측면이 내재해 있다.

숙소를 찾아가다 화약탑과 비슷하게 생긴 작은 탑 주변에서 길을 잃었다. 기준점이 될 만한 시민회관 건물도 통 보이질 않고, 나침반과 지도를 꺼내든 손 위로 부슬부슬 비까지 내리기 시작했다. 기념품 가게와 작은 레스토랑들이 숨어 있는 꼬불꼬불한 골목을 지나 큰 원을 그리며 빙빙 돌기를 20분쯤, 지도에도 없는 작은 기차역을 발견했다. 이름도 붙어 있지 않은 낡고 허름한 역사와 한쪽 귀퉁이의 중국식당. 켜켜이 먼지 쌓인 세월의 구덩이로 미끄러져 들어온 느낌이었다.

관광지를 벗어나 현지인들이 주로 오가는 이런 곳을 좋아한다. 흐릿하고 차가운 가게 안. 사람들은 하나같이 어두운 얼굴을 하고 맥주 한 병씩을 앞에 둔채 볶음밥이나 새우덮밥 따위를 먹고 있었는데, 몇몇은 밥을 먹다 말고 테이블에서 담배까지 피워대는 중이었다. 그 풍경은, 조금의 과장도 없이 가슴 깊이 와닿아서 영원처럼 느껴지는 데가 있었다. 자연이 도시 일부를 빌려 그려 놓은 하나의 이미지, 혹은 상징과도 같은 것이랄까. 나는 그 즉시 사람들 속으로 들어가 밥과 코젤 맥주를 주문하고 머리의 빗물을 닦았다.

지도상으로 'Namesti Republiky' 지하철역 근처였던 그 작은 기차역의 이름을 지금도 모르고 있다. 아니, 이제는 내가 정말 그곳에 있었는지도 헷갈릴 때가 있다. 그러면 또 어떤가. 삶과 죽음, 존재하지 않는 것과 존재함의 증거가 어차피 운명 안에서 함께하는 것을. 비 내리는 어느 가을, 프라하에 있었을지도 모르는 나의 오후는 그렇게 흘러갔다.

체코의 민주공화국 선포가 이루어졌던 역사적 장소, 아르누보 양식의 시민회관과 17세기 연금술사들의 연구실 겸 화약창고였던 화약탑. 완전히 다른 시대의 두 건물이 이질적이면서도 묘하게 어우러져 있는 거리를 지나 구광장으로 가는 길. 국기를 흔들며 행진하는 시위대와 마주쳤지만, 플래카드에 잔뜩 써놓은 체코어를 읽을 수가 없었다.

고독한 사람들의 도시

100년은 족히 되었을 것 같은 구광장 인근의 건물 4층. 커다란 열쇠로 끼끽대며 숙소 문을 열고 들어가서 고민에 빠졌다. 넓은 방 세 개에 식당과 다용도실, 샤워실과 화장실까지 따로 갖춘 집. 방 하나에 욕실 구조를 생각했던 터라 체크인했던 사무실로 되돌아가 확인을 하고 나서야 내가 예약한 것이 아파트 한 채였음을 알게 되었다. 공용 공간이냐는 물음에 놀란 얼굴로 "It's only for you!"라고 외치던 직원. 비수기에, 생각보다 저렴한 프라하의 물가 때문이었다. 오, 이런. 이 넓디넓은 집에서 대체 뭘 하고 지내란 말인가.

밤늦은 시간, 방 사이로 길게 이어진 복도를 걸을 땐 오싹한 느낌마저 들었다. 작은 소리까지 울리는 옛 건물 특유의 한기와 음산함. 좋아, 이열치열이다. TV에서 체코의 록 음악 전문 채널을 찾아내어 데스메탈 밴드의 라이브를 틀어놓았다. 처음 접하는 'Equilibrium'이라는 밴드였는데, 술을 퍼마시며 기괴한 퍼포먼스를 벌이는 본새가 빗자루 마녀 따위는 가볍게 쫓을 기세였다. 문제 해결!

다음날 느지막이 일어나 창문을 열고 작은 동네 성당의 첨탑과 지붕 위를 오가는 비둘기들을 바라보았다. 건물 아래를 내려다보니 밤늦도록 와자하던 술집 앞의 거리는 어제가 존재하지 않았던 것처럼 말끔했다. 있던 곳으로 다시 돌아가지 않는다면, 나는 어떤 삶을 살게 될까. 엄마와 오빠에게, 언젠가 꼭 돌아갈게요, 약속해요, 엽서 한 장을 띄우고 난 뒤 어딘가에서 일거리를 찾아본다면.

지난해, 마드리드 솔 광장 뒷골목의 음반 가게에서 스페인 아트 록 음반을 고르다가, 벽에 붙어 있는 직원 모집 공고를 보고 생각에 잠겼던 적이 있다. 어쩌면, 돌아가야 할 시간에 돌아가지 않을 수도 있지 않을까. 잠시 내 삶의 시야에서 사라진 채로 이전과는 다른 세상을 살아보는 일. 그러기엔 내가 너무 계획적이고 심약한 사람이란 걸 알면서 말이다.

저물녘이나 늦은 밤에 그 매력을 제일 잘 느낄 수 있는 구시가의 중심, 틴 성당. 바로 옆의 로코코 양식 건물인 골즈킨스키 궁전에 카프카가 공부한 독일 학교가 있었다. 체코 공산화를 선언한 장소이기도 했던 이 궁전은 지금은 갤러리로 이용되고 있는데, 1층에 카프카 관련 서적과 기념품을 파는 서점이 자리하고 있다. 관광객들로 가득한 천문 시계탑, 모차르트가 죽은 후 장례미사가 열렸던 성 미쿨라쉬 교회, 광장 여기저기에서 공연 중인 버스커들을 뒤로 하고 카를교를 향해 걸었다.

어린 시절의 집과 작업실, 수학했던 김나지움과 대학, 카프카 서점과 박물관, 프라하 거리 곳곳에 카프카의 흔적이 남아 있다. 짧은 여행과 요양원 생활 등을 제외하면 일생의 대부분을 프라하에서 보낸 카프카. 벗어나려 하면서도 차마 떠나지 못하고, 독일어로 글을 쓰는 유대인이면서, 보험공사 관리의 삶과 작가의 길을 병행하며 모든 것의 경계에 서 있었던 카프카.

프라하는 우리를 놓아주지 않을 걸세. 우리 둘 다 말일세. 이 어머니는 여러 개의 발톱을 가지고 있네. 우리는 복종해야만 하지. 그렇지 않으면 어쩌겠나.

– 프란츠 카프카, 오스카 폴라크에게 보낸 편지

도달할 수 없을 것만 같이 느껴지던 저 멀리 언덕.
노란 불빛으로 얼룩진 성채가 쓸쓸하게 서 있었고,
나는 K와 카프카와 기어이 죽어버린 그레고르 잠자를 생각했다.

그가 놓여날 수 없었던 프라하의 발톱이란 것이 어떤 의미인지, 이곳에 얼마나 오래 머물면 알 수가 있을까. 이방인으로 발을 들인 채 자유를 향한 길을 찾거나, 인간의 내부에서 도저히 도둑맞지 못할 어떤 심급이 존재함을 확인할, 혹은 뜻 모를 임무에 헌신의 시간을 가질 만한, 카프카에게 프라하란 도시가 그런 장소였나.

문득 오래전 프라하에서 날아온 지인의 편지가 기억났다. 닥종이 인형을 만드는 작가였던 그녀. 어느 날 갑자기 한국을 떠나 세계 구석구석을 돌아다니더니 결국 프라하에 정착한 뒤 보내온 편지였다. "트램이 다니는 철길 옆, 헛간처럼 낡고 시끄러운 집에서 살고 있지만, 이곳을 쉬이 떠나지 못할 것 같다"던 그녀의 편지. 내가 프라하를 찾은 지금, 그녀는 호주의 호숫가에 살고 있다.

카를교 입구의 마리오네트 가게에서 인형들을 구경하다 천천히 다리를 건넜다. 프라하를 가로지르고 있는 블타바 강. 비는 내리고, 다리 위의 부랑자들은 하나같이 개와 더불어 동냥을 하고 있었다. 자기는 비를 맞으면서도 개에게 담요를 씌워주거나 품에 껴안고 있는 모습이 잿빛 하늘만큼이나 우울하게 느껴졌다. 앞으로 이런 날엔 현금을 좀 더 챙겨 다녀야지. 체코 최초의 석조 다리인 카를교. 비 때문인지 거리의 화가도 버스커도 없었지만, 소원을 빌면 이루어진다는 얀 네포무츠키 성상 앞은 사람들로 북적였다. 성인이 순교 당했던 곳에서 기도하거나 부조상을 어루만지고 있는 사람들. 손길에 변색되고 닳은 부조만큼이나 겹겹이 쌓였을 그들의 소원이 부디 이루어지기를.

네루도바 거리를 지나 프라하 성으로 들어섰다. 카프카의 소설 속 K가 그토록 오르려 했으나 닿지 못했던 곳. 길게 뻗은 듯 보이지만 사실은 구부러져 있는 길. 아무리 열심히 걸어도 무언가에 가까워지지도 멀어지지도 않던 K의 여정. 우리의 삶 역시 그렇게 길고 지루했으나, 닻을 내리고 머무르지 않기 위해, 또다시 떠나기 위해 얼마나 큰 불안을 견뎌야 했는지. 정작 이 성에 오르는 것은 이다지도 쉬운 일이건만, K와 우리에겐 너무 많은 이야기가 필요했다.

아름다운 스테인드글라스로 유명한 비투스 대성당. 르네상스에 바로크, 신고딕 양식이 더해진 웅장한 성당 안에서 화가 알폰스 무하*Alfons Mucha*의 스테인드글라스를 바라보는 일은, 내가 지금 프라하 성 안에 있다는 사실보다도 더 꿈같은 느낌을 주었다. 30년 전쟁의 발단이 되었다는 구왕궁의 보헤미아 법정, 루드밀라 석관이 있는 바실리카 성당 등을 둘러보고 카프카의 집이 있었던 황금소로 쪽으로 발걸음을 옮겼다.

프라하 성의 안도 밖도 아닌, 성벽의 경계를 따라 길게 이어진 황금소로. 나지막한 건물들 사이, No. 22를 달고 있는 파란색 집 앞에 섰다. 절망과 희망 사이, 권력과 욕망이 하나가 되는 이곳에서 카프카가 오직 글을 쓰는 것으로 존재했었다. 무언가 하나의 개념처럼 느껴지던 존재가 실재했음을 확인하는 날들. 무엇으로 존재할 것인가, 나는. 담벼락 앞에 설 때마다 그저 한없이 허물어지고 말았던 나의 삶은, 빗장 한 번 열지 못하고 방황하던 나의 언어는, 자신을 증명할 그 무엇도 가지고 있지 않다.

다음날도, 그 다음날도, 밤이면 유럽 최초의 아트센터 루돌피눔 앞이나 카를교에 서서 프라하 성의 야경을 바라보았다. 또다시, 도달할 수 없을 것만 같이 느껴지던 저 멀리 언덕. 노란 불빛으로 얼룩진 성채가 쓸쓸하게 서 있었고, 나는 K와 카프카와 기어이 죽어버린 그레고르 잠자를 생각했다.

> 그에게 힘을 주고 싶으면 그가 옳으니까 지금까지의 태도를 고수해 나가야 된다고 말해 주면 될 거예요. 그러나 바로 그 방법으로는 어떤 것도 성취할 수 없을 겁니다. 두 눈이 붕대로 감겨 있는 사람에게 붕대를 통해 찬찬히 쳐다보라고 아무리 힘을 북돋아주어도, 그 사람은 아무것도 볼 수 없을 테니까요. 붕대를 풀어주어야 비로소 볼 수가 있을 것입니다.
>
> – 카프카, 『성』

붕대를 풀고 바라보는 세상이 아무리 험하다 해도 암흑 속의 평안이 삶을 잠식하게 두지는 않으리라. 그리하여 당신에게, 당신이 원하는 당장의 위로와 사랑을 주지 못할지라도 너무 서운해 하지는 말기를. 세상의 본모습을 가린 붕대를 벗도록 애쓰는 것, 모든 고통의 한가운데서 실존하려 애쓰는 것, 그 길 위에서 끝까지 친구로 남을 것을 약속한다면. 무엇으로 변신하더라도 우리는 서로를 알아볼 수 있을 것이다.

외롭고 절망적으로 서서 저 멀리 솟은 성을 바라보던 소설 속 K. "K가 이 지방을 찾아온 것은 애당초 명예롭고 자유로운 생활을 얻기 위한 것은 아니었다"는 책 속의 구절처럼, 어쩌면 나의 인생도 그럴지 모르겠다는 생각이 들었다. 되풀이되는 괴로움과 욕망, 그 끝에 닥쳐올지 모를 거대한 허무를 감내하면서 무언가를 향해 나아가는 것. 혹은 무언가로부터 출구를 찾는 것.

일생 자유롭기를 꿈꾸었지만, "문제는 자유가 아니라 출구"라고 한 카프카의 말을 가슴에 새기고 있다. 세상 곳곳에 존재하는 출구를 가리고 있는 높은 성벽과 종소리에 나를 복종시키지는 않으리. 어느 가을, 자유와 욕망의 경계에서 달아나 또 다른 영토를 찾아 나선 나는, K가 그토록 오르려 했던 프라하 성 한복판에 서 있었다.

삶은 언제나
영원일 뿐

프라하의 하늘은 오늘도 흐리다. 구광장에서 이어진 골목길을 지나 카를교로 향하는 길. 부슬비가 내리기 시작했고, 사람들은 익숙한 듯 몸을 움츠리며 코트 깃을 세웠다. 런던에서 수시로 보던 풍경처럼. 긴 회랑 안의 기념품 가게에서 탁상시계와 빗자루 마녀 인형을 구경했다. 프라하의 대표적인 기념품 중 하나가 바로 이 마녀 인형이다.

매년 봄, 프라하를 비롯한 유럽 각지에서 '발푸르기스의 밤*Walpurgis Night*' 축제가 열린다. 마녀들이 지하세계로 가기 전 악마와 만나 흥청망청 놀기 위한 축제라나. 파우스트가 발푸르기스 축제의 소란 속에서 그레첸을 잊어보려 애썼었지. 사랑이 없는 것보다 더 슬픈 것은 잘못된 사랑이 있는 것이다.

젊은 날, "땅 파고 들어가 책만 읽지 말고" 생산적인 활동을 늘리라며 잔소리하던 나의 친구. 그 시절 나는 주로 두더지나 곰 따위에 비유되곤 했는데, 친구는 내가 이렇게 씩씩하게 여행 다니는 것을 지금도 믿을 수 없어 한다. 친구야, 나도 믿을 수가 없단다. 골방에서 혼자 잠이 든 줄 알았는데, 정신을 차려보니 길 위에 있었어. 인생엔 가끔 그런 일이 일어나기도 하더라. 반복되는 혼란과 침묵의 끝에 문득 찾아온 새날. 나는 전속력으로 도망치는 대신 삶과 삶 사이를 천천히 걸어가 보는 쪽을 택했어.

큰길로 나와 한참을 걷다 보니 도로 왼편으로 블타바 강을 향한 작은 골목과 그 끝에 있는 카페가 보였다. 강가 풍경이나 볼까 하고 골목으로 들어가 카페 건물의 테라스에 선 순간, 무언가 가슴을 싸하게 하는 기억. 영화 〈새벽의 7인〉의 한 장면이 떠오른 것이다. 2차 세계대전 중, 체코 레지스탕스의 일원이 강변에서 사랑하는 여인과 마지막 키스를 나누던 장면. 그들 뒤로 펼쳐져 있던 프라하 성과 카를교의 풍경이 참 슬프고도 신비로워서 오랫동안 머릿속을 떠나지 않았었다.

이쯤이었겠구나, 그들이 서 있던 곳이. 죽음을 예감한 연인들의 애틋한 모습이 머릿속에 그려졌다. 나치의 점령군 사령관을 암살한 뒤, 칼 보르보이스 성당 지하실에서 독일군에 항전하던 대원들. 마지막으로 살아남은 두 친구가 서서히 물이 차오르는 지하실에서 미소 지으며 서로의 머리에 총을 겨누던, 〈새벽의 7인〉의 그 슬픈 결말을 잊을 수 없다. 실화였다는 사실이 더욱 가슴을 울렸던 영화. 조국의 해방을 위해 목숨을 바쳤던 특공대와 레지스탕스의 이야기를 프라하 사람들은 아직도 기억하고 있을 것이다.

저 멀리서 밀려온 바람이 강물 위로 작은 물결을 만드는 동안, 카페에서 드보르작의 첼로 협주곡이 들려오기 시작했다. 관현악 선율과 첼로 독주 사이의 숨 막히는 긴장 속에 일렁이는 노스탤지어. 이것은 머나먼 미국 땅에서 조국 체코를 그리워한 드보르작의 노스탤지어이자 이루지 못한 사랑의 노스탤지어다.

전철에서 내려 몇 사람에게 길을 묻고 헤맨 끝에 비셰흐라드*Vysehrad*의 정문인 레오폴트 문*The Leopold Gate*에 도착했다. 왕궁과 요새로 건설되었다가 폐허로 방치된 끝에 지금은 문화공원이 된 비셰흐라드. 체코를 빛낸 많은 예술가의 묘지가 여기에 있다. 사실 비셰흐라드에 온 이유도 바로 그 묘지 때문이었는데, 레오폴트 문을 통과하면서, 바로 알았다. 묘지가 아니더라도 프라하에서 내가 제일 오래 산책하게 될 곳이 바로 여기임을.

나뭇잎 날리는 고즈넉한 길. 거친 풀밭과 1,000년이 넘은 돌들. 자두나무와 밤나무 사이를 오가는 다람쥐. 숲의 풀무질로 바람이 일 때마다 신선한 공기가 얼굴에 훅, 하고 와닿았다. 프라하에서 이렇게 인적이 드문 유적지는 처음이었다. 관광객들은 틴 성당과 구광장, 혹은 프라하 성이나 바츨라프 광장 쪽에 주로 모여 있다. 여기 비셰흐라드는 프라하의 야경을 조망하는 명소로 알려져 있으니 일몰이 가까워야 사람들이 찾아들 모양이다.

여러 갈래로 뻗은 산책로. 무심히 서 있는 로마네스크 양식의 조그만 성당. 보헤미아 왕국의 영화를 뒤로하고 버려진 아름다운 성터의 언덕길을 올라 성곽에 다다랐다. 한눈에 펼쳐져 있는 프라하의 풍경. 시가지를 가로지르는 블타바 강과 붉은 지붕들 너머로 멀리 프라하 성이 보였다. 그 위로 솟아오른 비투스 대성당. 이제 서서히 해가 지고 장밋빛 공기가 감돌면, 낮게 깔린 하늘과 블타바 강이 하나로 이어지고 프라하 성이 노랗게 물들겠지.

바람 부는 비셰흐라드 언덕에 서서, 또다시 사랑했던 이들과 어리석은 내

비셰흐라드(Vyšehrad)

삶의 한때를 생각했다. 조금만 덜 다정했더라면, 그랬더라면. 고통의 기슭에서 그토록 막막하게 서 있던 시절의 기억들이 하나씩 떠올랐지만, 그때의 마음이 더 이상 내 안에 있지 않다. 이제 안녕, 안녕.

다시 발걸음을 옮겨 성 페테르와 파블 성당, 국립명예묘지 쪽으로 향했다. 성당 근처 화장실 입구에서 관리인 할머니가 이용료를 받고 있었는데, 얼마인 지를 묻는 내게 다시 질문이 돌아왔다.

"얼마를 내고 싶어요?"

잠시 당황. 주머니를 뒤져 하나 남은 20코루나 동전을 조심스레 건넸을 때 (우리 돈으로 1천 원 정도 된다), 할머니의 얼굴에 번지던 미소. 살면서 처음 받아 보는 질문이 아직도 남아 있다는 것이, 기뻤다.

아담한 규모에 화려한 프레스코화로 장식된 성 페테르와 파블 성당을 둘러 본 뒤, 근처에 있는 묘지로 들어섰다. 바로 눈에 띄는 얀 네루다의 이름. 프라하 에서 가난한 퇴역군인 아버지와 청소부 어머니 사이에서 태어나, 일생을 독신 으로 살며 언론인이자 작가로 활동한 사람. 가난, 짝사랑, 혹은 상대의 죽음으 로 끝난 연애, 제대로 인정받지 못한 작품세계, 건강에 대한 강박. 온갖 고통 속 에서 병마에 시달리다 외롭게 죽은 얀 네루다. 훗날 그의 시에 매료되어 이름을 가져다 쓴 이가 바로 칠레의 위대한 시인 파블로 네루다였다.

블타바 강 왼편의 말라스트라나 구역. 주민들과 안면을 쌓아가던 한 걸인이 사실은 다른 지역에서 온 부유한 사람이라는 소문이 돈다. 사람들은 차츰 그에 게 돈을 주지 않게 되고, 그가 얼어죽은 다음에야 그것이 헛소문이었음을 알게 된다.

프라하에 와서 말라스트라나 구역을 걸을 때나 네루다의 이름을 딴 네루도 바 거리를 걸을 때, 인간 군상들의 슬프고 지리멸렬하고 뭉클한 이야기가 펼쳐 져 있는 얀 네루다의 소설을 떠올리곤 했다. 지역 사람들의 이기주의로 얼어죽 거나 목을 매 자살하는 이방인의 모습이 너무도 아프게 느껴졌던 기억. 무엇이 그리도 두려운가. 이 동정 없는 세상에서, 이방인들은 우리의 숲을 위협하는 밤 이나 산짐승일 뿐이었다.

체코 국민음악의 아버지로 불리는 스메타나의 무덤 앞에 섰다. 카를교에서 국립극장으로 이어지는 길에 스메타나의 이름이 붙어 있고, 블타바 강 주변에 스메타나 박물관도 있다. 체코가 오스트리아 제국으로부터 독립하려 했던 1848년 혁명 당시 시민군으로 참여했던 스물네 살의 스메타나. 합스부르크 왕가의 군대가 시민군을 진압하기 위해 프라하로 진격했을 때, 스메타나와 시민군들은 카를교에 바리케이드를 쌓으며 저항했다. 물론 혁명은 순식간에 진압되었지만.

고국의 정치적 질곡 속에서 민족주의 작곡가로 활동하던 스메타나는 건강 악화로 청력을 완전히 잃고 난 뒤에 연작 교향시 〈나의 조국〉을 작곡했다. 같은 상태에서 9번 교향곡 〈합창〉을 작곡한 베토벤에 비견될 만한 일이다. 〈나의 조국〉 중 〈블타바〉와 그의 또 다른 걸작 〈나의 삶으로부터〉를 프라하의 카페나 거리에서 자주 들을 수 있었다. 우울증에 시달리다 결국 정신병원에서 삶을 마감한 스메타나를 체코인들은 자랑스러워하고 또 사랑하는 것 같았다.

나와 그들 사이에 나무와 바람뿐인 비셰흐라드 묘지. 알폰스 무하와 드보르작, 극작가 카를 차페크 같은 이들의 무덤 사이를 천천히 걸으며 사이페르트가 생각났다. 체코 최초의 노벨문학상 수상자, 카프카의 작업실이 있던 황금소로에서 태어나 프라하에서 죽은 시인 사이페르트*Jaroslav Seifert*의 무덤은 왜 이곳에 없는 것일까.

우리가 연인을 기다릴 땐

삶은 언제나 영원일 뿐

그의 시 「철학」의 한 구절이 마음에 들어 홈페이지 대문에 걸어둔 적이 있다. 묘지를 떠나 언덕을 내려가는 동안, 삶의 모퉁이에서 사라져버린 몇몇 기억들이 먼지처럼 다시 피어올랐다. 삶을 영원으로 이끄는 그 무엇이 시와 마찬가지로 자연 속에도 있는 것 같았다.

비셰흐라드에서 트램역 쪽으로 내려가는 길은 전철역 방향보다 훨씬 가파르다. 일몰을 보기 위해 하나둘 모여드는 사람들. 내가 밟아온 길의 끝에서 누군가는 여정을 시작하고 있다. 뒤에 남겨진 나무들이 청량한 향기를 내뿜었고, 태양은 점차 램프처럼 빛을 발하기 시작했다.

강을 끼고 도는 도로. 여행 수첩에 옮겨 놓은 얀 네루다와 사이페르트의 시를 읽으며 트램을 기다리고 있는 이 순간. 잔잔히 물결치던 블타바 강이 프라하의 저녁 햇살에 부서진다. 사랑이 아니어도, 삶은 언제나 영원일 뿐.

체코 소설의
슬픈 왕

프라하를 방문하는 사람들이 반드시 찾아오는 곳. 구광장의 옛 시청사 옆에 붙어 있는 천문 시계탑 앞이다. 해와 달, 별들의 위치를 보여주는 상단 천문판과 하단의 달력으로 이루어진 천문 시계 오를로이*Orloj*. 매시 정각이 되면 시계의 창문이 열리고 12사도 조각상이 지나가는 퍼포먼스를 볼 수 있다. 오늘 내가 거기에 다다랐을 때도 발 디딜 틈 없이 모여든 사람들이 그 광경을 보며 즐거워하고 있었다. 죽음을 상징하는 해골이 줄을 당겨 종을 치고 모래시계를 뒤집는 모습이 어찌나 귀여운지.

오늘에서야 시계탑을 찬찬히 들여다보았다. 지구를 중심으로 도는 태양과 달의 궤도를 모방한 천문판. 중세의 세계관이 그대로 반영된, 천동설을 믿던 시대의 산물이란 뜻이다. 훗날 그 믿음이 깨졌을 때, 지구가 그저 태양의 주위를 1년에 한 번씩 도는 별에 지나지 않는다는 것을 받아들여야 했을 때, 사람들은 얼마나 혼란스러웠을까. "지구는 우주의 중심이라는 커다란 특권을 포기해야 했다. 이제 인간은 엄청난 위기에 봉착했다."고 한 괴테의 말은 괜한 엄살이 아니었을 것이다.

지구, 그리고 지구에 사는 인간의 우주적 의미를 보잘것없는 차원으로 떨어뜨렸다는 비판을 받은 지동설. 그리고 보면 과학이란 늘 그렇게 철학적이고 시적인 측면을 동시에 가지고 있는 것 같다. 인간은 과연 신의 사랑을 입은 유일하고 절대적인 존재인가? 무한한 우주 속에서라면, 왜 하필 지구인가? 지동설로 인한 그런 혁명적 질문으로부터 새로운 사상과 감성이 움텄을 거였다.

"과학은, 지성이 결코 파악할 수 없으나 시적詩的 직관이 이해할 수 있는 목표를 향해 끊임없이 전진한다."

물리학자 막스 플랑크의 말과 같은 이유에 끌려 과학자를 꿈꾼 시절이 있었다. 수학과 과학으로 이루어진 신비롭고도 명징한 세계 속에서 오직 알고자 하는 것에 몰두했던 시절. 어디서부터 어떻게 삶이 어긋나기 시작한 것인지 기억조차 나지 않게 되었을 때, 나는 노트에 물리학 공식 대신 록 밴드의 계보를 정리하고 있는 나 자신을 발견했다. 어쩌면 삶이란 그런 것. 내 안으로부터 걸어 나가는 또 다른 나의 뒷모습을 바라보는 것. 그 절벽 같은 순간을 쓸쓸히 받아들이고 또 망각하는 것.

흐린 하늘 아래, 안개 자욱한 구광장에서 제프 버클리의 노랫가락이 들려오기 시작했다. 읊조리고 절규하며 그와 꼭 닮은 목소리로 〈Grace〉를 부르고 있는 버스커.

고독한 사람들의 도시

프라하 구광장(Staroměstské Náměstí)

"나는 죽어가는 것이 두렵지 않아요. 하지만 그것은 너무 천천히 진행되는
군요."

프라하 한복판에서, 틴 성당의 거대한 첨탑을 바라보며 제프 버클리의 노래
를 듣게 될 줄이야. 곧이어 들려오는 익숙한 연주. 당신이 무엇을 하려고 하는
지 알아요. 이런 스산한 날에 〈Hallelujah〉를 듣는 슬픈 일이 생기기 전에 나는
이곳을 떠나겠어요. 틴 성당 지하에서 맛있는 피자를 먹고, 바츨라프 광장을 부
지런히 산책할 거라고요.

중세 동굴 같은 느낌을 주는 틴 성당의 지하 레스토랑에서 마르게리타 피

자와 맥주 한 잔, 내 생애 최고의 올리브유를 맛보고 바츨라프 광장으로 갔다. 광장 초입의 벽을 따라 커다란 기록 사진들이 전시되어 있었는데, 내가 그 앞에 골똘히 서 있자 한 아저씨가 말을 건넸다. 나치가 프라하에 진입했을 당시의 모습, 소련군 탱크가 바로 이 광장까지 밀고 들어왔던 68년 '프라하의 봄', 공산정권을 붕괴시켰던 시민혁명인 '벨벳혁명' 등 체코 현대사의 중심이었던 바츨라프 광장에 대한 기록들을 하나씩 설명해 주던 아저씨. 모든 말을 다 알아듣진 못했지만, 오랜 외세의 지배와 2차 세계대전 등 격동의 현대사 속에서도 결국 시민혁명으로 민주화를 이뤄낸 체코인의 자부심이 그대로 느껴졌다.

광장에서 이어진 긴 대로 끝, 웅장한 국립박물관을 배경으로 체코 사람들이 수호성인으로 여긴다는 성 바츨라프의 기마상이 서 있다. '프라하의 봄'이 좌절된 뒤, 소련 침공에 맞서 프라하 대학 학생이었던 얀 팔라크가 분신한 장소이기도 하다. 그를 기리는 기념화단에 몇 송이 꽃이 놓여 있었고, 사람들은 그 주위에서 사진을 찍느라 분주했다. 침략과 저항과 혁명의 공간. 밀란 쿤데라의 소설 『참을 수 없는 존재의 가벼움』 속 여주인공 테레사가 이곳에서 생명의 위협을 무릅쓰고 사진을 찍던 대목이 기억났다. 엄청난 너비의 대로변에 빼곡히 늘어선 대형 상점들. 혁명의 광장은 이제 고급 아파트와 상점으로 가득 찬 자본의 공간이 되어 있고, 오직 하늘과 바람만이 세월을 견디며 여기에 남았다. 대기 속에서 소용돌이치는 소음과 나의 슬픈 침묵이 한몸으로 흐려졌다. 이른 달과 시들어가는 꽃, 어스름과 추위 속에서 천천히 그곳을 떠났다.

고독한 사람들의 도시

작가 보흐밀 흐라발*의 단골 맥줏집, 그 유명한 프라하의 '황금호랑이*U* *Zlateho Tygra*' 선술집을 찾아왔다. 카를교에서 구광장으로 가는 골목 사이에 숨어 있는 펍. 세계적으로 유명한 곳이지만, 유심히 살피지 않으면 찾기 힘든 건물에 10여 개의 테이블이 전부인 작은 규모다.

문을 열고 들어서자 내부를 가득 메우고 있는 사람들. 동네 마실 나온 것 같은 남자들이 끼리끼리 선 채로 맥주잔을 들고 있었는데, 문 앞에서부터 그들에 가로막혀 맥주를 받아들기까지 꽤 오랜 시간이 걸렸다. 겨우 손에 쥔 필스너 우르켈 한 잔. 입구 쪽의 오크통 위에 맥주잔을 올려놓고 사람들 사이사이로 가게 안을 둘러보았다. 흐라발을 그린 그림과 그의 두상 조각, 체코 대통령이었던 하벨과 함께 찍은 사진 등 술집 곳곳에 흐라발의 흔적이 남아 있었다.

체코의 작은 간이역. 2차 세계대전이 끝날 즈음, 삶이 우울해 자살하려다 실패한 수습 철도원 밀로쉬는 독일군의 화약수송 열차를 폭파하기로 한다. 임무를 완수한 뒤, 경비초소에 있던 독일군 병사에게 발각되어 동시에 총을 쏘며 죽음을 맞는 밀로쉬. 마지막 순간에 엄마를 부르며 울부짖던 독일군 병사와 그는, 그의 말처럼 "다른 곳에서 평범한 사람으로 만났더라면 서로를 좋아하며 많은 이야기를 나누었을지도 모르는" 이들이었다.

흐라발의 소설 『엄중히 감시받는 열차』는 원작과 영화 모두 아름답고 슬프다. 아니 '재미있고 슬프다'가 더 적합한 표현일 것 같다. 각자의 방식으로 적에 저항하는 사람들. 호색한과 괴짜, 소심하거나 무모한 사람들의 우스꽝스러운 모

---

* Bohumil Hrabal(1914~1997), '체코 현대소설의 아버지'로 불리는 체코의 국민작가. 제2차 세계대전과 공산주의 체제하에서 많은 작품이 출간 금지되고 생활고를 겪으면서도 고국을 떠나지 않아 '체코 소설의 슬픈 왕'이라 불린다. 『엄중히 감시받는 열차』, 『나는 영국 왕을 섬겼다』 등의 대표작이 있다.

습. 그러나 그런 희비극의 매력만으로 흐라발을 다 설명할 수는 없다. 한 작가를 그토록 사랑했던 기억은, 내 삶에 늘 있는 일은 아니었다. 그의 작품을 영화화한 감독 이리 멘젤*Jiri Menzel*의 마스터 클래스 행사까지 찾아간 것도, 멘젤의 영화를 좋아해서 뿐만이 아니라 흐라발은 이미 만날 수 없는 사람이었기 때문이다.

독일군에 의해 다니던 대학(카를 대학)이 폐쇄되자 철도원과 제철소 노동자, 폐지 수집상 등 온갖 직업을 전전하며 살아간 흐라발. 소련 공산당이 무너지기 전까지 20년이 넘도록 책들을 출간 금지당하면서도 조국을 떠나지 않았던 작가. 그를 생각할 때마다 작곡가 쇼스타코비치가 같이 떠올랐었다. 동료 예술가들이 자유를 찾아 망명하는 동안 끝내 자신의 나라에 남아 고통 속에서 창작의 불꽃을 피워 올렸던.

솔직히 말해야겠다. 나는 흐라발의 소설 『너무 시끄러운 고독』을 읽을 때마다 운다. 왜인지 모르겠다. 슬프려면 더 슬플 수 있고, 비극적일라치면 더 비극적인 이야기들이 많겠지만, 35년째 폐지를 압축하며 책을 읽고 있는 주인공 한탸를 볼 때마다, 가슴속에 묻어둔 또 다른 나를 마주하는 것처럼 눈물이 나는 것이다.

35년째 나는 폐지더미 속에서 일하고 있다. 이 일이야말로 나의 온전한 러브스토리. 35년째 책과 폐지를 압축하느라 35년간 활자에 찌든 나는, 그동안 내 손으로 족히 3톤은 압축했을 백과사전들과 흡사한 모습이 되어 버렸다. 나는 맑은 샘물과 고인 물이 가득한 항아리여서 조금만 몸을 기울여도 근사한 생각의 물줄기가 흘러나온다. 뜻하지 않게 교양을 쌓게 된 나는 이제 어느 것이 내 생각이고 어느 것이 책에서 읽은 건지도 명확히 구분할 수 없게 되었다. 지난 35년간 나는 그렇게 주변 세계에 적응해 왔다.

– 보흐밀 흐라발, 『너무 시끄러운 고독』

이토록 아름다우면서도 본질을 꿰뚫는 자기소개를 읽어본 적이 없다. 한 존재를 이렇게 설명할 수 있다면, 이 세상에 대해서도 그럴 수 있을 테지. 무서운 속도로 변화하는 세상을 따라가지 못하고 어리둥절한 얼굴로 사람들에게 손가락질 당하는 존재. 책과 맥주가 있는 자기만의 세상 속에서 조금씩 구부정해지고 찌부러지다 그만 납작하게 소멸해 버리는 존재. 깊디깊은 지하 방에서 세네카와 노발리스를 읽으며 30촉 전구처럼 희미하게 깜박인 날들이 내게도 있었다.

두 번 다시 그녀를 볼 수 없었다. 한 개비 장작처럼, 성령의 숨결처럼 단순했던 내 어린 집시 여자. 내 난로에 불을 지피는 것 외에는 아무것도 바라지 않았던 여자. 건물 잔해 속에서 찾아낸 무거운 널빤지들을 커다란 나무 십자가처럼 어깨에 메고서 끌고 오던 여자. 감자 스튜와 말고기 소시지면 족했고, 난로에 불을 지피고 가을 하늘에 커다란 연을 날리는 것 외에는 더 이상 바라는 게 없었던 여자.

게슈타포에게 잡혀가 아우슈비츠 어느 소각로에서 태워졌다는 그녀. 연을 날리며 함께 날아오를 꿈을 꾸었던 여자를 잃고도 끝까지 사랑을 믿고 싶었던 몽상가 한탸는, 더는 이름이 기억나지 않는 그 어린 집시 여자의 연을 마당에서 태운다. 이토록 슬픈 사랑의 끝을 읽어본 적이 없다. 발 디딜 틈 없는 선술집, 제대로 몸을 움직일 수조차 없는 이 시끄러운 고독 속에서 흐라발과 한탸를 생각하는 저녁. 또다시 눈물이 날 것만 같아 생각보다 맹맹한 맛의 맥주를 계속 들이켤 수밖에 없었다.

옆에 있던 할아버지와 건배 한 번, 짧은 눈인사를 나누고 밖으로 나왔다. 시끌벅적한 술집들과 달리 구시가지 골목 골목은 우물처럼 깊고 조용했다. 오래된 책이나 바게트에서 풍기는 것 같은 뒷골목의 냄새를 맡으며 다다른 구광장.

그들의 이마에는 모두 별이 하나씩 새겨져 있다. 삶이 시작되는 순간 저마다의 내면에 싹트는 천재성의 표정이다. 그들의 시선은 힘을 발한다. 소장이 나를 바보천치라 부르기 전에는 내게서도 샘솟던 힘이다.

여기에 앉아 이마에 별이 새겨진 사람들의 모습을 바라보고 있던 소설 속 한탸처럼, 그렇게 사람들을 바라보았다. 비밀스러운 빛을 간직한 영혼들. 앞질러 가버린 사람들의 뒤에서 세상의 축을 묵묵히 돌리는 고독한 영혼들. 어느 날 문득 심호흡 한 번 한 뒤 녹색 버튼을 누르고, 거대한 압축기 속으로 기어들어가고 싶은 날이 혹여 올지라도. 변하지 않고, 도망가지 않고, 끝내 꿈꾸는 것으로 세상을 견뎌볼 수 있다면.

막 시작된 프라하의 밤. 오가는 사람들의 이마에도, 검푸른 하늘에도, 별들이 하나씩 떠오르고 있었다.

Heidelberg

네카어 강변의
철학자들

걷는 것을 좋아한다. 외로워서, 그리워서, 혹은 외롭지도 그립지도 않아서. 굳이 무엇을 향하지 않아도 길이 있어 좋았다. 낮과 밤의 사이에 빛과 노을 외에 어떤 것들이 있는지, 어둠은 또 얼마나 빠르게 움직이는지, 길 위에선 모든 것들을 볼 수 있다.

길을 걷는다는 것은 인생을 살아가는 것과 같아서 궤도를 벗어나도 끝나는 법이 없다. 방황하는 이에게 어디부터가 그의 땅인지를 물을 필요가 없듯이, 길을 걷는 이에게 어디까지가 그의 여정인지를 물을 필요도 없다. 가파른 길을 올라 오래된 도시를 굽어보고 있는 사람들. 하이델베르크에선 모두가 '철학자의 길*Philosophenweg*'을 따라 걷는다.

네카어 강을 가로지르는 카를 테오도르 다리. 해발 200미터 언덕으로 이어지는 좁은 돌계단을 따라 '철학자의 길'이 펼쳐져 있다. 하이델베르크 대학에 몸

고독한 사람들의 도시

가파른 길을 올라
오래된 도시를 굽어보고 있는 사람들.
하이델베르크에선 모두가 '철학자의 길'을 따라 걷는다.

담았던 헤겔과 야스퍼스가 매일 걸었던 길. 시인 횔덜린*이 이 도시의 아름다움에 취해 시를 썼던 곳이 바로 여기 철학자의 길이다.

좁고 구불구불한 언덕길. 흙먼지 피어오르는 거칠고 소박한 길 위에 집과 사과나무와 이름 모를 식물들이 줄지어 있다. 가꾼 듯 가꾸지 않은 울창한 정원과 숲. 전동휠체어를 타고 산책 나온 동네 할머니와의 짧은 인사. 그리고 강 건너 구시가가 한눈에 들어오는 작은 동산에 이르렀다. 한 소녀가 난간에 걸터앉아 책을 읽고 있었고, 벤치에 앉은 사람들은 멀리 하이델베르크 성에서 이어진 도시의 곡선을 바라보고 있었다. 이 길 위에서 시를 쓰던 또 한 명의 독일 작가 아이헨도르프가 그랬던가.

"하이델베르크 자체가 화려한 낭만주의이다."

그가 바라보던 19세기 초의 풍경엔 사과나무 대신 포도밭이 펼쳐져 있었겠지. 끝날 듯 끝나지 않는 길 위에서의 상념. 전쟁의 폐허 위에 인간의 의지로 다시 세운 도시가 저만치에 굳건히 서 있는, 철학자의 길에서 보낸 한나절.

실존주의의 대표적 철학자로서 나치에 동조했던 하이데거와 달리, 야스퍼스는 하이델베르크 대학에서 교수직을 박탈당하면서도 유대인 아내를 끝까지 지켜낸 순애보가 기억에 남아 있다. 명예와 안위를 버리고 끝내 사랑을 지킨 철학자. 수단이 목적이 되지 않는 삶, 진정한 아름다움과 인격의 가치를 논하다 아내의 90세 생일에 평화롭게 눈을 감은 야스퍼스는 참 행복한 사람이었던 것 같다. 그의 일생을 관통한 성실과 사랑의 미덕이 그에게 있어 철학의 토대

---

* Friedrich Hölderlin(1770~1843), 네카어 강변의 소도시에서 태어난 독일 시인. 살아생전 인정받지 못한 채 가난과 정신착란증에 시달리다 사망했고, 20세기 이후 비로소 재발견되었다.

이기도 했으니 말이다.

　횔덜린이 "내가 아는 한, 조국의 가장 아름다운 도시"라고 노래했던 하이델
베르크. 이 도시에 머무는 동안 인상적이었던 몇 가지가 있는데, 우선은 유서
깊은 대학도시답게 '정말 건전하다'는 것이었다. 320만 권의 장서를 보유했다
는 도서관에서 학문에 열중하고 있던 학생들. 학생식당이나 노천카페에서 만난
이들은 낯선 이방인에게도 구내식당이나 도서관 이용법을 친절히 알려주었다.
하우프트 거리 같은 중심가를 제외하고는 저녁 여덟 시만 넘어도 고요해지는
도시. 여기에 도착한 날, 인적 없는 거리를 헤매며 숙소를 찾아다닐 때도 밤 아
홉 시가 채 되지 않은 시각이었다.

　그리고 하이델베르크 성이 있다. 30년 전쟁과 프랑스와의 전쟁 등으로 파
괴되고 벼락까지 맞았지만, 네카어 강 100미터 높이의 언덕 위에 여전히 위엄
을 지닌 채 솟아 있는 성. 그러나 성 안을 거닐 때, 전쟁 통에 한쪽이 무너져 내
린 화약탑과 감옥탑, 그 잔해에 뿌리 내린 풀과 나무에서 느끼게 되는 감정이란
조금은 쓸쓸하고 아득한 것이었다.

　물론 프리드리히관 지하실에 있는 22만 리터의 거대한 와인통이 가장 부럽
고 인상적이었다는 건 비밀이다(전쟁과 전염병 등을 대비해 만든 술통이라는데, 심
심해서 계산을 해보니 내가 매일 한 잔씩의 와인을 마신다고 할 때 1,600년 동안 마실
수 있는 양이었다). 맞은편에 서 있는 술통 지킴이 페르케오*Perkeo*의 목상. 이탈리
아 출신의 애주가로 하이델베르크까지 불려와 15년 동안 하루 18리터의 와인
을 마시며 술통을 관리했다는 그는, 세상에서 제일 행복한 직업인이었음이 틀
림없다.

하이델베르크 성(Schloss Heidelberg)

　　붉은 사암 성벽과 미완성의 정원, 번개로 파괴된 종탑이 이어진 하이델베
르크 성. 이곳을 산책하던 괴테가 빌레머 부인을 만나 이룰 수 없는 사랑에 빠
져들었다. 머무는 곳마다 스캔들을 뿌리고 다니던 괴테에게 하이델베르크라
고 예외는 아니었겠지. 빌레머 부인에게 절절한 사모곡을 바친 괴테는 몇 년
뒤 마리앙바드에서 열아홉 살의 울리케를 만나 또다시 시집을 냈다. 지칠 줄
모르는 정열과 여성성에 관한 탐구가 그의 예술의 원동력이었다면, 낯선 도시
로의 여행은 사랑의 원동력이 아니었을까(아무리 여행을 다녀도 나와는 상관없는
사랑 따위!).

　　　　　　　　　　　　　　　　　　　　　　　　　고독한 사람들의 도시

숙소에서 빵과 치즈, 청어 통조림을 먹고 나온 지 몇 시간 만에 철학자의 길에서 배가 고파졌다. 경사가 높고 길게 이어진 길. 중간 중간 낮은 담벼락 너머 정원을 엿보거나, 동네 사람들과 대화를 나누거나, 횔덜린 같은 이들의 기념비를 그냥 지나치지 않는 것도 꽤 에너지가 필요한 일이었다. 산책 뒤 모처럼 배불리 먹어보기로 결심, 카를 테오도르 다리를 총총히 건너 하이델베르크 대학의 뷔페식 학생식당으로 향했다.

학생식당 멘자Mensa는 외부인에게도 개방되어 있어서 교직원, 학생들과 어울려 식사를 할 수 있다. 빵과 샐러드, 가지와 버섯볶음, 생선구이 한 토막, 밥과 카레까지 담고도 6유로가 채 안 되는 가격이었으니 거기에서도 더 할인되는 학생 가격은 얼마나 저렴할지. 창밖으로 푸른 잔디밭을 오가는 청춘들의 모습을 바라보며, 약간의 부러움과 서글픔을 더해 밥을 비볐다(카레는 절대 권하지 않겠어요).

이 도시에 왔다가 사랑의 열병을 앓은 이가 괴테만은 아니었다. 하이델베르크 대학으로 유학 온 작센 왕국의 황태자가 하라는 공부는 안 하고 그만 하숙집 처녀와 사랑에 빠지고 말았던, 소설이자 영화 〈황태자의 첫사랑〉. 상투적인 스토리지만, 영화 속 하이델베르크의 풍경과 더불어 주인공의 노래를 더빙한 테너 마리오 란자의 목소리만큼은 정말 멋졌던 기억이 난다. 여행지에서의 짧은 사랑이란, 그러니까 향신료와 같은 것이다. 없으면 끝내 없는 것도 모르지만, 있으면 전체를 바꾸어 놓는 것.

18세기부터 1914년까지 죄를 지은 하이델베르크 대학 학생들을 가두었다는 학생 감옥에도 가보았지만, 벽면 가득한 낙서와 그림들은 그 어떤 반성의 흔적도 없이 발랄했다. 독일에서 가장 오래된 대학. 나치에 가장 먼저 협조한 대학. 대학광장에서 나치가 지목한 불온서적을 종일 불태웠던 대학. 그러나 독일이 그러하듯 하이델베르크 대학 역시 지난 과오를 성찰하며 '살아 있는 정신에게*Dem Lebendigen Geist*'란 슬로건을 내걸고 학문적 가치와 인류를 위한 길을 함께 고민하고 있다 한다.

멋진 노교수님의 수업이 진행되고 있는 강당 뒤쪽에 살그머니 앉아 학창시절로 돌아간 듯 독일어에 귀기울였다. 학생들의 젊음과 학문에 대한 열정이 한없이 부러웠지만, 시간 속에서 저마다의 아름다움이 번갈아 여닫히는 삶의 한 이치를 나는 이제 이해하고 있다.

다음날도 그 다음날도 철학자의 길을 걸었다. 또다시 카를 테오도르 다리를 건너고, 시청사가 있는 마르크트 광장에서 커피 한 잔을 마시는 일상. 뮌헨의 시청 광장인 마리엔느 광장에선 네오 고딕 양식의 웅장한 신新시청사(100년 넘은 건물에 '신'이 붙는 유럽이라니)에 압도되어 그저 바라보기만 했었는데, 하이델베르크 시청사는 참 소박하고 다정해서 누구에게라도 말을 걸고 싶은 기분이 된다.

때로는 노천카페가 되고 때로는 시장이 되기도 하는 시청 앞 광장. 여기에서 비스마르크 광장까지 이어지는 구시가의 중심지를 하우프트 거리라고 부른다. 근처에는 하이델베르크에서 가장 오래된 교회이자 30년 전쟁 중에도 파괴되지 않은 기적의 건물, 독특한 바로크 양식의 돔을 가진 성령교회도 있다.

저물녘, 하우프트 거리를 천천히 걸어 숙소로 돌아가는 길. 슈만이 스무 살

고독한 사람들의 도시

하우프트 거리.
오른쪽 회색 건물이 슈만이 살았던 집이다.

에 머물렀던 집 앞을 지나면서 그 시기에 작곡했던 〈나비〉의 선율을 흥얼거려 보았다. 열정 넘치던 아마추어 시절의 왈츠. 강 약 약의 박자 위에 때로는 활기 차게, 때로는 여리고 섬세하게 미끄러지는 선율이 청춘의 모습과 닮아 있다. 청춘들이 살아가는 오래된 도시의 가로등에 하나씩 불이 켜지고, 맥주 한 잔 놓인 따뜻한 저녁 식탁으로 세상의 중심이 옮겨 가고 있었다.

München

축제가 끝나도
삶은 계속된다

뮌헨 구시가의 성 미하엘 교회. 아치형 천장과 화려한 바로크 양식의 제단 앞에 앉아 잠시 쉬어 간다. 매일 낯선 도시를 걷고 또 걷는 여행자. 여행이 아니어도 그랬었지. 혼자 걷기. 휘파람 불기. 시시한 꿈꾸기. 아무도 나에게 안부를 묻지 않았다. 누구도 그립지 않았던 그 시절이 가고, 따뜻한 사람들이 사는 세상에 한발 다가선 시간. 다시는 오래 방황하지 않기 위해, 다시 한 번 오래 사랑하기 위해 기도드렸다.

밖으로 나와 조금 더 걷다 보면 뮌헨에서 제일 큰 규모의 프라우엔 교회 *Frauen Kirche*(성모교회)가 나온다. 붉은 지붕, 고풍스러운 고딕 양식의 예배당과 두 개의 쌍둥이 탑. 유럽 어느 도시에 가든 여기도 저기도 온통 성당이지만, 그래서 무얼 봐도 무감해지는 때가 오기 마련이지만, 성당 안에 가만히 앉아 있어 보면 신기하게도 조금씩 다른 감정을 느끼게 된다. 숨바꼭질하던 어린 시

말러와 헤세, 토마스 만,
브레히트와 칸딘스키, 루이제 린저,
젊은 시절 나의 감각을 깨운 많은 이들이
이 도시에서 살거나 죽었다.

고독한 사람들의 도시

절처럼 커다란 기둥 뒤나 장궤틀 아래 몸을 숨기고 오빠를 놀래주고 싶은. 혹은 어느 오후, 스테인드글라스를 통해 쏟아지는 빛 속에서 시간을 거슬러 돌아온 첫사랑이나 신의 뜻을 마주하는 것만 같은. 성당 안에서의 상념들이 내 유럽 여행의 한 부분을 이루었다고 말할 수 있다.

신시청사가 있는 마리엔느 광장 벤치에 앉아 전철역 매점에서 사 온 샌드위치를 먹으며, 뮌헨이라는 도시에 대해 생각했다. 베를린과 함부르크에 이은 독일 최대의 도시. 알프스를 지나 이자르 강가에 서 있는 바그너의 도시. 말러와 헤세, 토마스 만, 브레히트와 칸딘스키, 루이제 린저, 젊은 시절 나의 감각을 깨운 많은 이들이 이 도시에서 살거나 죽었다. 그리고 머릿속에 떠오른 단어 '아르카디아*Arcadia*'. 토마스 만의 소설『토니오 크뢰거』에서 뮌헨을 가리키던 말이다.

이상향, 아르카디아. 명상적이고 청교도적인 북독일에 대비되는 남쪽의 예술 도시 뮌헨을 토니오는 그렇게 불렀다. 일상적이고 생동하는 삶 속에서 사랑하고 살아가는 '시민'들이 있다면, 다른 한편에는 인식하고 의심하며 창작의 고통을 감내하는 '예술가'란 존재들이 있다. 예술가로 살아가면서도 명랑하고 행복한 시민의 삶을 동경하던 소설 속 주인공 토니오.

문학이란 것은 소명이 아니라, 당신에게 분명히 말해 두고 싶습니다만, 일종의 저주입니다. 언제부터 이것이, 이 저주가 느껴지기 시작하지요? 일찍부터, 엄청나게 일찍부터지요. 아직도 의당 하느님과 세상 사람들과 더불어 평화로운 화해 속에서 살아야 할 그런 시기에 벌써 이 저주가 찾아옵니다. 당신은 자기 자신에게 어떤 낙인 같은 것이 새겨 있는 것 같이 느끼기 시작하고 다른 사람들, 평범하고도 정상적인 사람들과 이유를 알 수 없는 갈등에 빠져 있는 자기 자신을 발견하게 되지요. 당신을 모든 사람들로부터 분리시키고 있는 반어, 불신, 반항, 인식, 그리고 감정의 심연이 점점 더 깊어지기만 해서, 당신은 고독해지고 그때부터는 더 이상 서로 간의 이해가 불가능하게 되는 것입니다.

— 토마스 만, 『토니오 크뢰거』

그러한 감정의 심연 속에서 때로 고통스럽게 예술가의 길을 걷는 이들이 내 주위에도 있다. 그들의 영혼을 알아보고 또 사랑하지만, 그 세계에 속할 수는 없었던 나. 너무도 분명하게 운명적인 그들의 재능과 고독 위에 쓸모없는 불행 하나를 더하지 않기 위해, 좀 더 밝은 시민의 세계 속에서 살아가기 위해 긴 시간 나는 몸부림쳤다. 그 또한 쉽지는 않았지. 토니오의 연인 리자베타는 결국 그를 가리켜 '길 잃은 시민'이라 했지만, 예술가도 아니면서 끊임없이 사회와 불화하는 나 같은 이는 또 무어라 불러야 하나. 예술가의 벗이자 불량 시민, 충분히 사랑받지 못했으나 아직도 세상을 사랑하는. 나는 그저 구경꾼이다.

다시 걷는 사이 국립극장과 레지덴츠 궁전이 있는 오데온 광장을 지났다. 슈바빙을 향해 가고 있다는 뜻이다. 옛 바이에른 왕국의 궁전인 레지덴츠 궁은 프랑스 베르사유 궁전에 견줄 만한 화려함으로 유명하다. 그리고 이탈리아 풍의 건물들로 둘러싸인 오데온 광장은 뮌헨 산책의 랜드마크이자 교차점인

데, 내가 그토록 좋아했던 피렌체의 시뇨리아 광장과 닮아 있다. 지금쯤 무얼 하고 있을까, 그리운 피렌체의 광장들. 저녁이면 울려 퍼지는 기타 선율과 가스등처럼 번지는 불빛을 이고 낮의 풍경을 기억해 내고 있을까. 어둠 속에서 비로소 열리던 피렌체의 깊은 눈.

　예술가들의 거리, 슈바빙Schwabing. 생각보다 고즈넉한 가로수길. 종종 눈에 띄는 작은 갤러리와 잘 가꾼 집들이 늘어선 뒷골목. 여기에서 칸딘스키와 클레 등의 청기사파 화가들이 그림을 그렸고, 토마스 만과 헤세 같은 작가들이 글을 썼다. 그들의 단골집이었던 카페 '제로제Seerose'를 찾아 커피를 마신다. 별달리 눈에 띄지 않는 길모퉁이 건물 1층의 소박한 가게. 토마스 만이『부덴부로크 가문의 사람들』을 집필하며 살기도 했던 건물이다. 지금까지도 뮌헨 예술가들의 아지트라는 카페에서 내 젊은 날 사랑했던 이들과 그 작품을 하나씩 떠올려보는 시간.

　누군가는 내게 슈바빙에 와서 어찌 전혜린을 이야기하지 않느냐 묻겠지만, 평생 권력만을 좇은 친일경찰 출신의 아버지를 "두려워하면서도 숭배했다"던 그 명석한 여인을, 나의 청춘과 더불어 너무 많은 감정을 불러일으키는 그녀를 굳이 호명하고 싶지는 않다. 그보다는 서서히 몰락해 가는 부덴부로크 가문의 사람들이나, 고적한 이 거리를 휘적휘적 걸어갔을『황야의 이리』하리 할러*의 삶을 떠올렸다. 칸딘스키의 푸른 하늘에 클레의 황금물고기를 그려 넣어보면서.

---

* 헤르만 헤세의 소설 『황야의 이리』의 주인공. 부조리한 현대사회에 내던져진 중년의 지식인 하리 할러가 심각한 정신적 위기를 겪는 과정이 책 속에 그려져 있다.

뮌헨에는 알테*Alte*, 노이에*Neue*, 모데르네*Moderne* 등 엄청난 규모의 피나코텍*Pinakothek*(미술관) 세 곳이 있다. 시대별로 작품들을 모아 놓았는데, 특히 19세기 이후의 근대회화 전시관인 노이에 피나코텍은 고흐와 마네, 세잔의 대표작들을 전시하고 있어 꼭 한 번 들러봐야 할 곳이다. 일요일엔 어디든 단돈 1유로에 입장할 수 있으니 이보다 더 좋은 기회가 없다.

그 외에도 신선하고 강렬한 인상을 주는 작은 미술관이 있는데, 바로 뮌헨을 중심으로 활동했던 청기사파 전시관이 있는 렌바흐 하우스*Lenbachhaus*다. 칸딘스키를 특별히 좋아한다면, 그리고 그의 시대별 화풍 변화를 제대로 느끼고 싶다면 그곳으로 가면 된다. 칸딘스키 외에도 그의 연인이었던 가브리엘 뮌터와 프란츠 마르크, 클레 등의 인상적인 작품들을 만날 수 있다. 사실 너무 큰 규모의 미술관보다 렌바흐 하우스나 파리의 오랑주리 미술관 같은 곳이 작품에 오롯이 집중하기에 더 좋은 점이 있다.

저 멀리 '승리의 문' 주변으로 뮌헨 대학의 건물들이 늘어서 있다. 2차 세계대전 당시 반나치 유인물을 뿌린 저항단체 '백장미'의 멤버 한스*Hans Scholl*와 조피 숄*Shophie Scholl* 남매. 히틀러를 추종하던 독일인의 양심을 깨우기 위해 반정부 활동을 벌인 그들은 결국 뮌헨 대학 총장이던 후버 교수와 함께 단두대에서 삶을 마감했다.

거대한 힘 앞에서 물러서지 않는 부류의 사람들이 있다. 그것은 힘에 대한 두려움이 없어서가 아니라, 행동한 후 자신에게 가해질지 모를 고통에 대한 두려움을 극복한 것이다. 하이델베르크 성령교회를 찾았을 때 나치 만행에 대한 사진전을 하고 있었는데, 그때 보았던 숄 남매의 얼굴이 잊히지 않는다. 순수한 정열과 집념 한편에 평화가 깃들어 있던 얼굴. 그들의 짧은 생을 기억하는 오후.

뮌헨 사람들의 일상을 그대로 느낄 수 있는 '영국 정원'을 걷는다. 천천히 산책하거나 여기저기에서 독서를 하는 사람들. 구시가를 조망할 수 있는 전망대도 있고 서핑을 하는 작은 강도 있지만, 공원이 워낙 넓어 구석구석 둘러보기가 쉽지 않다. 뮌헨의 작가 루이제 린저의 소설 『생의 한가운데』에서 바로 이 주변에 살던 주인공 니나. 그녀의 집 주위를 맴돌다 공원을 가로질러 쓸쓸히 돌아갔을 슈타인의 모습이 떠올랐다. 굳은 의지와 자유혼을 지닌 여인에게 일생 사로잡힌 남자. 좌절될 것을 알면서, 이루어질 수 없음을 알면서, 그녀 삶의 모든 과정을 지켜보며 사랑한 그는 초인이었을까, 바보였을까.

영국 정원을 지나 슈바빙 대로에서 전철을 타고 축제 현장에 도착했다. 그 유명한 옥토버 페스트 기간인 것도 모른 채 항공권을 예매했던 나. 지나치게 비싼 숙박비로 고민하다 문득 깨달음이 왔다. 아무리 뮌헨이라지만 분명 무언가가 있다! 때는 가을, 그 무언가가 옥토버 페스트임을 깨닫는 데엔 그리 오랜 시간이 걸리지 않았다. 이런 바보. 그래, 이참에 축제 구경 한번 해보는 거지 뭐. 다행히 오랜 검색 끝에 걸어서 옥토버 페스트 현장까지 갈 수 있는 뮌헨 중앙역 근처의 숙소를 꽤 저렴한 가격으로 구할 수가 있었다.

맛있는 냄새와 노래, 왁자한 함성과 네온 불빛을 내뿜는 대관람차, 여기저기 쓰러져 있는 유쾌한 주정뱅이들, 거대한 맥주 천막마다 장관을 이루고 있는 사람, 사람, 사람들. 브라스 밴드의 공연이 펼쳐지는 가운데 수많은 이들이

옥토버페스트(Oktoberfest)

고독한 사람들의 도시

한곳에 모여 맥주잔을 들고 있는 엄청난 광경 앞에 멍하니 서 있었다. 그것은 마치 정교하게 완성돼 있는 브뤼겔의 풍경화와도 같은 것이어서, 작은 틈새라도 뚫고 들어갈 엄두가 나지 않았다.

뢰벤브로이, 파울라너, 호프브로이 등 6대 맥주 회사의 대형 천막들을 구경하다 결국 바이에른 전통 축제장인 오이데 비즌*Oide Wiesn*으로 향했다. 3유로의 입장료 때문에 그나마 앉을 자리를 찾을 수 있는 구역이었기 때문이다. 19세기 제조법으로 만든 맥주를 고유의 1리터짜리 마스크루크*Maßkrug* 잔에 담아주는 천막 안. 대부분 바이에른의 전통복장을 갖춰 입은 독일 사람들에게서 전통을 지켜 가는 자부심이 느껴졌다. 경쾌한 음악에 맞춰 왈츠처럼 빙글빙글 돌아가는 바이에른의 전통춤 공연. 무거운 잔을 겨우 들어 맥주를 마시고 있는 동안 주위 사람들은 저마다 따뜻한 눈인사를 건네 왔고, 한 독일 할아버지는 먼저 다가와 여러 장의 사진을 찍어주었다.

축제의 밤. 생기 넘치게 웃고 즐기는 그들 속에서 나 역시 명랑하고 선량한 시민이 되고 싶었다. 밤과 꿈은 깊고도 짧겠지만, 잠시라도, 남은 생에서라도.

축제가 끝나도 삶은 계속된다. 남쪽의 아르카디아, 뮌헨을 떠날 시간이 다가오고 있다.